Leo K., Jahrgang 1962, lebt in Wien und ist freier Schriftsteller und Musiker und genießt es nach wie vor, „nicht von der Kunst leben zu müssen".
Neben seinem Hauptberuf als Techniker schreibt Leo K. für diverse Print- und Internet-Medien im Musik- und Politikbereich und ist seit seinem siebzehnten Lebensjahr als Bassist mit den verschiedensten Bands in Österreich und im benachbarten Ausland unterwegs.

Von Leo K. ist in diesem Verlag erschienen:
„ZOFF-ein Rock'N'Roll-Schundroman" (©2013, 2.Auflage 2018)

Webpräsenz:

www.leo-k.org
https://www.reverbnation.com/leok
https://www.facebook.com/The1LeoK/

Für Ratna

Leo K.

Zwischen-Zeit

Roman

Impressum

Bibliografische Information der Deutschen Nationalbibliothek:
Die Deutsche Nationalbibliothek verzeichnet diese Publikation in der
Deutschen Nationalbibliografie; detaillierte bibliografische Daten sind im
Internet über http://dnb.dnb.de abrufbar.

© 2020 Leo K.

Lektorat: Susi Minarz

Herstellung und Verlag: BoD – Books on Demand, Norderstedt

ISBN: 978-3-7526-4125-7

ANSTATT EINES VORWORTS

Hier liegt nun also der Nachfolger zu meinem Rock'N'Roll-Schundroman vor, es sollte das „Opus Magnum" werden, und dementsprechend hat die Arbeit daran auch ganze sieben Jahre gedauert. Im März 2020 sollte die „finale Phase" der Fertigstellung beginnen und dann legte das Corona-Virus die Welt lahm und hat keinen Stein auf dem anderen gelassen. Eigentlich wäre dies der Zeitpunkt gewesen, alles bisher Gesagte und Geschriebene in den Mistkübel zu werfen, doch nein! Nach einer anfänglichen Schockstarre war für mich klar, dass gerade jetzt dieses Buch fertiggestellt werden musste, das nun doch kein Roman im herkömmlichen Sinne und schon gar keine Biographie ist, aber dennoch den einen oder anderen Charakter, der mir im Laufe des Lebens begegnet ist, porträtiert, und natürlich auch auf ganz aktuelle Entwicklungen Bezug nimmt. Ich nenne es nun scherzhaft das „Opus Magnus" – eine Fantasiebezeichnung für etwas, das im Grunde genommen immer noch unvollendet ist und wohl nie vollendet werden kann.

Die verwendeten Lied-Texte geben Hinweis auf jene Anhaltspunkte und Guidelines im Leben, die in Momenten tiefster Verzweiflung als ewige Konstante bestehen bleiben, sozusagen Lieder als Lebensretter.

„Zwischen-Zeit" steht metaphorisch einerseits für den magischen Zeitpunkt zwischen Traum und Wirklichkeit, nämlich jene kurze Zeitspanne zwischen dem Dämmerland der Träume und dem Erwachen ins Bewusstsein, und andererseits für die Zeitenwende, an der die Menschheit meiner Meinung nach gerade steht.

„Zwischen-Zeit" ist zweifellos ein merkwürdiger Roman. Es ist ein Roman, in dem Musik und Schienenstränge eine große Rolle spielen, ein Roman der von der Liebe in Zeiten des Klimawandels erzählt, und der unter anderem auch davon handelt, warum aus einem Wolf niemals ein Haustier werden kann. Nicht zuletzt ist dieses Buch, auch wenn es auf den ersten Blick nicht so aussehen mag, ein Plädoyer für das schönste, zerbrechlichste und filigranste Gut, das wir haben – nämlich unser Leben!

Dank und Wertschätzung ergeht an all die Menschen mit denen ich gemeinsam Musik machen durfte und darf – Music is my life!

Mein besonderer Dank geht an Susi Minarz für die geleistete und unschätzbar wertvolle Arbeit als Lektorin.

Im Gedenken an meinen Freund Dr. Manfred Bauer, der mir literarisch zum Vorbild wurde und in großer Dankbarkeit all den Frauen in meinem Leben, die hier nicht einzeln genannt werden können und die mich rechtzeitig geerdet haben, ehe ich aus der Bahn flog...

You can never go back 2B4...
(McCafferty / Agnew / Murrison © 2014)

1
Dunkle Stunden

Money can't buy

Es geschah in einer dieser Nächte nach einem dieser Auftritte. Ich durchlebte gerade eine erbärmliche Zeit.

She ain't here and you're asking why
Life's a bitch and then you die
Come on lover just let go
Is there something I should know

Was it just one of those nights
Something you don't remember, yeah
Just one of those crazy nights
Something I don't remember

(UFO, One of those Nights by Laurence Archer, Pete Way, Phil Mogg
© 1991)

Zuerst war da die Enttäuschung mit dieser Vanessa gewesen, deren Preisschild so hell gestrahlt hatte, dass ich davon geblendet worden war – der Traum, in dem diese Luxus-Prinzessin die Hauptrolle spielte, zerplatzte an einem Donnerstagabend, Ende August 1992. Es war überdurchschnittlich warm, und ein Gewitter lag in der Luft – ich erinnere mich an die surreale Wolkenstimmung, die sich über dem grünen Berg zusammenbraute, als ich mit Tränen in den Augen auf dem Weg nach Hause war...

Freitag waren wir dann nach Germany aufgebrochen, ein Jugendzentrum in Bayern sollte zum Ort des Triumphes werden doch es kam anders. Zum einen war ich nicht gut drauf siehe oben. Unser Schlagzeuger meinte nur lapidar: „Es wird ein paar Tage weh tun, vergessen wirst Du sie aber nie!" Er sollte Recht behalten, doch die nächste Seniorita wartete ohnedies bereits in den Kulissen auf ihren Auftritt...

Anyway - wir wohnten beim Schlagzeuger der befreundeten lokalen Band Toxx, die laut Plakat „Special Einhighzing" machen würde. Der Typ lebte auf einem Alternativ-Bauernhof, wir übernachteten im Stadl und schliefen im Heu. Ich sehe noch vor mir, wie ich meine Goldketten und all den Rock'N'Roll-Kram sorgsam neben dem Schlafsack aufbewahrte und sich die anderen darüber lustig machten. Am Samstagmorgen gingen wir ins nahe Dorf in eine Kneipe frühstücken. Dort wollte ich ein Ei essen, doch mir zitterten die Hände derart, dass der gesamte Inhalt des Salzstreuers auf dem Ei landete. Dann machte ich den Fehler, am Vormittag schon einen Gin-Tonic zu trinken, was nicht wirklich zu einer guten Stimmung innerhalb der Band beitrug und schon gar nicht zu meinem Spielvermögen. Und zu guter Letzt stellte sich im Lauf des Tages heraus, dass neben uns und Toxx noch eine Truppe von Trommlern vor Ort war - und die stahlen uns mit der guten Laune, die sie verbreiteten, die Show, aber so was von...

Abbauen, heimfahren im Bandbus, die Jungs schliefen hinten, ich saß vorne bei unserem Fahrer und redete ein wenig mit ihm, damit er nicht einschlief, denn es war die Nacht zum Sonntag und nicht viel Verkehr auf der Autobahn. Irgendwann nickte auch ich ein, im Radio lief unterdessen ein Song von Annie Lennox, die gerade ihr erstes Solo-Album nach dem Ende der Eurythmics veröffentlicht hatte.

Money can't buy it, baby
Sex can't buy it, baby
Drugs can't buy it, baby

You can't buy it, baby *)

*) Annie Lennox © 1992

Diese Textzeilen fanden ihren Weg in meine Gehirnwindungen und ließen mich nicht mehr los. Am frühen Morgen zu Hause angekommen, nachdem der Truck beim Proberaum entladen worden war, legte ich mich daheim ins Bett. Es mochte ca. halb Acht gewesen sein und immer und immer wieder holten mich diese Textzeilen aus dem Halbschlaf in eine zu lange verdrängte Wirklichkeit, bis mir plötzlich speiübel wurde – ich schaffte es gerade noch zur Toilette, wo ich mich übergab – mir wurde in diesem Moment klar, dass ich mein Leben bisher praktisch weggeworfen hatte und nun grundlegend ändern musste! Der Grundstein zu diesem Buch wurde also bereits damals gelegt, denn es handelt – wie wir gesehen haben und noch sehen werden - von den Verästelungen in den Lebensläufen, den entscheidenden Wendepunkten und den Sackgassen der Geschichte. Voila, here we go!

Memorabilia

Ein uraltes Bild aus den 1870er Jahren in einer der verstaubten Sammelmappen meines Großvaters zeigte eine Ansicht von „Österreichs Erster Bergbahn". Diese führte vom Halterbachtal auf die Sophienalpe. Am höchsten Punkt stand eine Dampfmaschine, die mittels eines großen Umlenkrads das Zugseil antrieb, mit dem ein offener Wagen, der wie eine Kutsche aussah, auf den Schienen hinauf gezogen wurde, während auf dem Gegengleis sein Zwilling Richtung Tal fuhr. Ein kurzweiliges Vergnügen der Aristokratie jener Zeit, während jener Vorfahr, der dieses Bild - vielleicht eine frühe Photographie oder doch ein gemaltes Bild? – hinterlassen hatte, hier bestenfalls als Maschinist tätig gewesen war und die feinen Damen in den Wagen nur aus der Ferne bewundern konnte.

Der Großvater selbst war eines von sieben Kindern. Als er 1904 in Wien in ärmlichsten Verhältnissen geboren wurde, gab man ihm keine sieben Jahre zum Leben, da er sehr früh an der Kinderlähmung erkrankt war. Da aber sein Vater, der Familienerhalter, aus dem ersten Weltkrieg schwer verwundet (mit einem Lungendurchschuss) heimkehrte, lag es nun an meinem Großvater, für alle anderen zu sorgen. Und dieser Verantwortung kam er denn auch nach. Er lernte zuerst ein Handwerk und wurde Tischler - sein von ihm gefertigter Sessel, das Gesellenstück, ist übrigens bis zum heutigen Tag bei mir in Verwendung. Am freien Sonntag ging man in den Wienerwald, um Holz zu sammeln, denn in der Zeit nach dem Krieg war dieses in Wien wie so vieles Mangelware, die Ausflüge auf die Sophienalpe und in den Lainzer Tiergarten dienten in jenen Tagen also dem verbotenen „Erwerb" von Brennmaterial.

Einer späteren Berufung folgend wurde der Großvater an einem Freitag den Dreizehnten bei der Gemeinde Wien eingestellt (jawohl, dem Roten Wien) und gehörte zum Heer der Arbeiter, die an der Elektrifizierung der Wiener Stadtbahn mitwirkten. Dies war der Einstieg in die Elektrotechnik, die seitdem seine Geschicke und die der Nachkommen prägen sollte und dem Großvater schließlich eine Fixanstellung bei den Wiener E-Werken einbrachte. Nun durfte er auch die Frau heiraten, die er im „Arbeitersportverein" beim Wandern kennengelernt hatte, und die er damit von ihrem Schicksal als Hilfsarbeiterin in der Wiener Tabakregie in Ottakring erlöste. Als sich die Verhältnisse änderten und der Ständestaat seine bösen Schatten über Wien warf, musste er seinen sozialistischen Grundsätzen abschwören und benötigte ein Glaubensbekenntnis, um die Stelle bei der Stadt Wien nicht zu verlieren. Die Römisch-Katholische Kirche verlangte von ihm und seiner Frau, die er ja in deren Sinn nicht „rechtmäßig" geehelicht hatte, mit dem Kreuz in der Hand dreimal das Kirchengebäude zu umrunden - erst nach diesem

Bußgang könne er in die Glaubensgemeinschaft aufgenommen werden. Da die Altkatholische Kirche auf derlei Schikanen verzichtete, wurde er eben Altkatholik.

Die Mitgliedschaft beim sozialistischen Schutzbund stellte er ruhend, als seine Frau guter Hoffnung war. Die Schutzbundpistole wurde an einem sicheren Ort verwahrt, eingemauert unter der dritten Stufe der Kellerstiege des soeben provisorisch fertiggestellten Hauses in Pressbaum.

Welch traurige Ironie des Schicksals, dass genau auf dieser dritten Stufe elf Jahre später ein Fliegerabwehrgeschütz stehen sollte, das einem amerikanischen Flugzeug den Garaus machen würde. Trotz Verbots war der Großvater samt seinem älteren Sohn in den Wald geschlichen, nur um zu sehen, dass den unglücklichen Gesellen aus dem Flugzeug nicht mehr zu helfen war, ihre Körper hingen leblos in den Baumkronen.

Dazwischen liegen Jahre, über die geschwiegen wurde, nur in weinseliger Laune erzählte der Großvater vom Krieg, noch seltener von der Zeit davor.

*

Auf dem Friedhof von Untertullnerbach, so erzählt man sich, gibt es am oberen Ende ein paar Gräber die nicht beschriftet sind. Dort sollen Kinder begraben worden sein, die dem Euthanasie-Programm zum Opfer gefallen sind. Oberhalb des Klosters im Irenental, wo sie untergebracht waren, an der sogenannten „Himmelwiese", erinnert das Marterl von „Maria Rast" heute noch den Wanderer an dieses dunkle Kapitel heimischer Geschichte.

Unweit davon befindet sich die Wilhelmshöhe. Der Urgroßvater war wegen seiner Schussverletzung in der dortigen „Lungenheilanstalt" untergebracht. Die Anstalt war jedoch hoffnungslos überfüllt. Bei einem Besuch erzählte er hinter vorgehaltener Hand, dass in der Nacht alle Fenster weit geöffnet

11

wurden, um kalte Luft hereinzulassen, dass immer wieder Betten wegen Platzmangel auf den Gang geschoben wurden, wo an Schlaf nicht zu denken war, und dass es nur eine Frage der Zeit war, wie lange sein „Kur-Aufenthalt" hier dauern würde. Die Todesnachricht kam daher wenig überraschend...

*

David, der Bruder des Großvaters, war wie dieser überzeugter Gegner der Nazis. Er entzog sich der Einberufung zum Kriegsdienst, indem er „ins Gebirge" ging. Er brach zu einer waghalsigen Bergtour im Gebiet des Gesäuses auf und kehrte niemals mehr zurück. Auf dem Bergsteigerfriedhof von Johnsbach erinnert eine Inschrift an den Vermissten.

*

Der Großvater selbst wurde nicht zum Kriegsdienst eingezogen, da er im Umspannwerk Wien-Auhof einen „kriegswichtigen" Dienst versah. Dieser erwies sich in den letzten Kriegstagen dann als zunehmend gefährlich. Das Kriegsgefangenenlager neben dem Umspannwerk diente als menschlicher Schutzschild gegen die Bombenangriffe der Alliierten, dennoch wusste die Großmutter nie, ob ihr Mann lebend heimkehren würde. Als eines Tages ein Zug mit flüchtenden Nazis beim Wienerwaldsee beschossen wurde und dieser entgleiste und dadurch die Westbahnstrecke unterbrochen war, ging der Großvater nach dem Dienst einfach zu Fuß nach Hause nach Pressbaum. Natürlich nicht auf der Straße, sondern von Auhof entlang der Mauer des Lainzer Tiergartens bis Purkersdorf und von dort auf ihm wohlbekannten Wald- und Fahrwegen.

Die Ausbildung zum Elektrotechniker hatte es dem Großvater ermöglicht, seinen Volksempfänger so zu präparieren, dass er die

„Feindsender" hören konnte. Viele Jahre später hatte ich übrigens die in den Sesselleisten versteckten Antennenbuchsen entdeckt, die mit der „geheimen" Antenne auf dem Dachboden verbunden waren, die den Empfang von Kurzwellensendern ermöglichte. So wusste der Großvater genau, wann die Zeit gekommen war, ein Leintuch am Fenster zu befestigen - das Signal an die Russischen Soldaten, die Wien südwestlich umrundeten, dass hier kein Widerstand geleistet wird. Die Russen erwiesen sich in der Folge zwar als besser als der Ruf, der ihnen vorauseilte. Einmal hatte sich der Großvater jedoch schützend vor die Frau Nachbarin stellen müssen, und dies, obwohl der Soldat sein Gewehr im Anschlag hatte. Der Großvater bewahrte sie davor, vergewaltigt zu werden. Er erklärte, dass ihr Mann im Krieg nur Sanitäter gewesen sei und er hätte aus seiner Waffe die ganzen Jahre keinen einzigen Schuss abgegeben. Die beiden Söhne des Großvaters, die von den Russen regelmäßig Schokolade erhielten, trugen das Ihrige dazu bei, und den Ausschlag gab schließlich „Pavel", jener Offizier, der im Obergeschoß des großelterlichen Hauses residierte, dort bis zum Ende der Besatzungszeit 1955 verblieb und mit dem Großvater auch danach noch lange im Briefkontakt stand.

Die grüne Frau

Ein junger Herr steht stolz vor seinem Auto, Anzug, Hut, siegessicherer Blick, Wirtschaftswunderzeit! Das Schwarz-weiß-Bild strahlt dennoch eine gewisse Traurigkeit aus, die sich nur dem erschließt, der das drohende Unheil kennt, das sich hier anbahnt, und von dem hier erzählt werden soll, wiewohl die Hauptperson auf dem Bild gar nicht zu sehen ist.

Dort, wo Anton Wildgans einst jeden Abend dem Zug der Kaiserin-Elisabeth-Westbahn entstieg, um nach getaner Arbeit in der Stadt zu seiner Familie heimzukehren, dort, in jenem engen Tal, das sich der Wienfluss im Sandstein des Wienerwaldes gegraben hat, finden gemäß Statistik die meisten Selbstmorde statt. Es scheint dies also ein Ort zu sein, der Verzweiflung und Ausweglosigkeit geradezu anzieht, und dort, in der Gegend jener Bahnstation, trugen sich die folgenden Begebenheiten zu:

Gertrud trug den Keim einer Erbkrankheit in sich, ihr Großvater hatte sich erhängt, als sie noch zur Schule ging, die Familie war in Untertullnerbach stigmatisiert. Schon als kleine Gerti wurde sie oft von Alpträumen geplagt, in denen ein roter Wollfaden eine zentrale Rolle spielte. Später, als sie für die Reifeprüfung lernte, verabreichte ihr ihre Mutter Beruhigungstabletten - in einer später als manisch erkannten Phase der Euphorie absolvierte Gertrud die Reifeprüfung mit Bestnoten. Eine Stelle als Buchhalterin in einer Firma, die Bekannten ihrer Eltern gehörte, war bereits anvisiert. Ein Abend in der Tanzschule, der länger als geplant dauerte, kam jedoch dazwischen. Spät am Abend am Wiener Westbahnhof, als sie den letzten Zug des Tages erwischen wollte, lief sie ausgerechnet ihrer zukünftigen Chefin über den Weg, die prompt „aufgrund Gertruds unschicklichen Lebenswandels" die Zusage für die Stelle als Buchhalterin zurückzog. Gertrud verfiel in eine erste Depressionsphase. Dann kam es zu dem Zwischenfall in der Waldschenke. In diesem einst im Irenental beim Bahnhof Untertullnerbach befindlichen Lokal fand am Samstagnachmittag zur Herbst-Sonnenwende ein beschwingtes Fest statt – und es wurde Ribiselwein ausgeschenkt. Gertrud war mit ihren Eltern hingegangen, die hofften, dass ihre betrübte Tochter ein wenig Ablenkung finden würde. Als jedoch Gertruds Vater mit einer Kellnerin zu schäkern begann, kam es zum Streit, Gertruds Mutter ging verärgert nach Hause, und Gertrud selbst trank – den Ribiselwein und seine gefährliche Wirkung nicht kennend – ein Glas nach dem anderen. Gertruds Vater war mit besagter Kellnerin hinter dem Haus verschwunden und Gertrud geriet außer Kontrolle. Ein Gendarm sah sich nun veranlasst einzuschreiten. Mit den Worten „Wer ist diese Person?", ging er auf sie zu. Sie fiel ihm um den Hals, „geh Herr Inspektor – seih'n s'net so g'schamig!" gluckste sie nur…

Gertruds Mutter wurde indes unruhig, als lange nach Einbruch der Dunkelheit weder Mann noch Tochter zu Hause waren. Schließlich marschierte sie grimmig hinunter in den Ort und ging zum Gendarmerie-Posten. Dort fand sie Gertrud weinend in der Ausnüchterungszelle. Da Gertruds Eltern in jener Zeit noch über kein Telephon verfügten, war man am Posten übereingekommen, die junge Frau hier zu behalten, bis jemand von der Familie vorbeikommen würde. Natürlich wurde über diesen Vorfall eine Aktennotiz angelegt. Gertruds Mutter durfte schließlich mit ihrer Tochter nach Hause gehen, der völlig betrunkene Vater kam lange nach Mitternacht nach Hause und erlebte ein Donnerwetter. Am darauffolgenden Montag mussten sie noch einmal auf den Gendarmerieposten und Gertrud wurde angewiesen, sich von einem Amtsarzt untersuchen zu lassen.

Es folgte die erste Einweisung in die Psychiatrie, Wochen später der erste Elektroschock und bis an ihr Lebensende die Einnahme von Psychopharmaka.

Am prägendsten war für Gertrud aber die Begegnung mit Karl. Dieser war Jahrgang 1935 und entstammte einer Arbeiterfamilie, sein Vater war an den Februarunruhen 1934 beteiligt gewesen. Als die Geburt des Sohnes bevorstand war die Familie „aufs Land" geflüchtet und hatte in Tullnerbach-Pressbaum bei Wien ein billiges Grundstück am Waldrand erworben und mit einfachsten Mitteln und bloßen Händen ein Haus gebaut. Dort war also der junge Karl aufgewachsen, im tiefsten Wienerwald. Als er in den frühen Fünfzigerjahren, der Zeit des beginnenden Aufschwunges, erstmals nach Wien kam, um eine höhere technische Schule zu besuchen, kam er sich mit seinen Flanellhemden, Strickjacken und genagelten Schuhen wie ein Bauernbub vor. Viel zu lachen hatte er nicht in jenen Tagen, seine Klassenkameraden pflegten abseits der Schule ihre Zeit in Kaffeehäusern zu verbringen und am Abend in der Tanzschule und vielleicht auch in zwielichtigen Schenken ihre ersten Erfahrungen mit dem anderen Geschlecht zu sammeln. Bei Karl reichte das Geld nicht für den Kauf eines Anzugs und auch sein Haarschnitt schien ein wenig aus der Zeit gefallen zu sein. Eine Jugend ohne Freude also in jenen Tagen, wo Jazz, Swing und Rock'n'Roll Wien mit der ortsüblichen Verspätung erreichten.

Karls Tage waren indes lang zu jener Zeit. Sie begannen um halb fünf Uhr früh, sein Weg führte ihn zwei Kilometer entlang des Wienerwald-Stausees zum Bahnhof, sodann mit dem Zug der Westbahn nach Wien Hütteldorf, wo er in die elektrische Stadtbahn umstieg, die hier ihre Schleife machte. An einem jener Tage begegnete er im Pendler, so wurden die Züge genannt, die auf der Westbahn verkehrten, seiner späteren ersten Frau. Gertrud interessierte sich für den schüchternen, dunkelhaarigen und charismatischen jungen Mann, den sie da hin und wieder in einer Ecke sitzen sah und der partout nur aus dem Fenster sehen wollte. Gertrud stieg eine Station nach Karl in den Pendler, in Untertullnerbach, und sie hätte sonst was dafür gegeben, hätte Karl sie einmal angesprochen, doch das passierte nicht. Einmal ergab es sich jedoch, dass sie auf einer Sitzbank ihm schräg gegenüber einen Platz fand. So wurde sie Zeugin eines Gesprächs zwischen ihrem Schwarm und einem anderen Mann, dem sie entnahm, dass die beiden sich für die Jagd interessierten. Karl hatte die Schule gerade mit erfolgreicher Reifeprüfung abgeschlossen und seine Berufslaufbahn bei „Brown Boveri" begonnen, wo er seine Tage mit dem Zeichnen von Schaltplänen zubrachte. Der anbrechende Herbst würde seine erste Jagdsaison sein, ein Jagdhund war bereits von seinen Eltern angeschafft worden. Und eines Tages, als der erste Schnee gefallen war und Karl mit dem Hund durch die Wälder rund um den Wienerwaldsee streifte, stand er plötzlich Gertrud gegenüber, die mit ihren Skiern einen Ausflug gewagt hatte. Ein zaghaftes erstes Gespräch, mehr ergab sich nicht, auch wenn in Gertruds romantischen Vorstellungen der grüne Jägersmann sie nun hätte in den Arm nehmen und küssen müssen - doch dazu kam es erst viel später...

Gertrud und Karl wurden ein Paar, vorerst blieb es aber dabei, hin und wieder am Abend gemeinsam auszugehen, Karl wollte sich nicht festlegen. Sein Einstieg in das Berufsleben hatte ihm einen neuen Bekanntenkreis gebracht und das Vergnügen der Jagd beschränkte sich nicht auf den Aufenthalt in den Wäldern, es wurde oftmals auch bis spät in die Nacht gezecht und getrunken. Mit Gertrud traf er sich weiterhin, und eines Abends brachte er sie so spät nach Hause, dass deren Eltern ihr den Einlass in die Wohnung verwehrten. Im Wald, begleitet vom Rauschen des Hochwinds, verbrachten sie ihre erste gemeinsame Nacht auf einem improvisierten Lager. Einige Wochen später stellte Karl Gertrud seinen Eltern vor, danach wurde ein Besuch bei den Eltern von Gertrud anberaumt, wo sich die beiden Familien kennenlernen sollten. Das Treffen verlief in gespreizter und beinahe frostiger Atmosphäre, es blieb Karls Vater, dem Erz-Sozialisten nicht verborgen, dass Gertruds Eltern in der Zeit des Dritten Reichs auf Seiten des NS-Regimes gestanden waren.

Wieder etwas später, es war im Oktober 1958, machten Karls Eltern zusammen mit Karl, Gertrud und Karls kleinem Bruder eine Wanderung von Pressbaum nach Gruberau zum Gasthaus Schusternazl, wo es aber nur eine kleine Jause gab, denn natürlich hatte man unterwegs um den Hunger zu stillen mitgebrachte Brote gegessen. Am späten Nachmittag dieses milden Herbsttages wurde Gertrud plötzlich schlecht, man vermeinte, sie hätte die Sonne nicht vertragen. Einige Tage später wurde ihr jedoch klar, dass sie schwanger war. Als sie es Karl mitteilte, war er sich wohl im ersten Moment der Tragweite noch nicht voll bewusst. Beim nächsten Besuch bei seinen Eltern stellte Karls Vater demonstrativ und fürsorglich Gertrud einen Sessel hin, sie möge Platz nehmen gebot er. Es war allein durch diese Geste unumstößlich und festgeschrieben, dass die beiden heiraten würden. Die Hochzeit sollte im kommenden Frühjahr stattfinden, noch vor der Geburt des Kindes.

Karl war mittlerweile stolzer Besitzer eines Automobils geworden und eben jenes wurde ihm alsbald zum Verhängnis. Ein Unfall, den er alkoholisiert verursacht hatte, und der einen Unbeteiligten das Leben kostete, brachte schweres Unheil über die eben erst gegründete Familie: Karl wurde verurteilt und musste eine Gefängnisstrafe antreten. Das eingangs erwähnte Foto, das ihren Ehemann stolz mit Anzug und Hut vor seinem Auto stehend zeigte, hatte Gertrud jahrelang in einer Erinnerungsschachtel aufbewahrt. Erst Jahrzehnte später sollte es ihren Söhnen beim Ordnen des Nachlasses in die Hände fallen.

Ein Gnadengesuch von Gertrud an den Bundespräsidenten im November 1958 betreffend eine Weihnachtsamnestie ihres Mannes wurde abgelehnt. Als der Mai nahte und die Geburt des Kindes bevorstand bekam Karl einen Tag Hafturlaub, so konnte er Gertrud heiraten, bei der Geburt des Kindes war er jedoch nicht dabei.

Karl saß die Haftstrafe in voller Länge ab, und das Leben danach war ein anderes. Gertrud war mit dem Kind alleine kaum zurechtgekommen und lebte bei ihren Eltern in Untertullnerbach. Karl hatte nicht nur seine Stelle bei „Brown Boveri" verloren, sondern es wurde ihm auch der Ingenieurstitel aberkannt und seinen Führerschein würde er erst nach Jahren wiederbekommen. Die Ehe der beiden stand also unter keinem guten Stern. Karl fiel es vor allem schwer, zu seinem Sohn, dem kleinen Wilhelm, den alle nur Willi riefen, eine innige Beziehung aufzubauen. Gertrud versuchte indes noch zweimal, den Fortbestand der Familie zu retten. Zum einen bestand sie darauf, eine kirchliche Trauung nachzuholen, die nicht hatte stattfinden können, als Karl im Gefängnis war. Und sie hoffte, durch ein zweites Kind die Liebe Karls zurückzugewinnen. Als der kleine Burli im November 1962 das Licht der Welt erblickte, war indes die Situation bereits sehr verfahren, die kurz darauf stattfindende nachgeholte kirchliche Trauung war das letzte Ereignis, das in einem gemeinsamen Fotoalbum festgehalten war.

Gertrud entwarf in weiterer Folge für sich das Motto „und das Leben geht weiter!" Sie fand nach jedem Aufenthalt „Am Steinhof" wieder eine Stelle als Sekretärin, danach folgten wieder Jahre in geschlossenen Abteilungen wie der Baumgartner Höhe, dem Maria Theresien-Schlössl und an anderen finsteren Orten, die erst mit der Psychiatrie-Reform Anfang der Achtziger Jahre ihren Schrecken verloren. Der „gute Ehemann" hatte darauf bestanden, die Ehe annullieren zu lassen, und beteuerte immer wieder, von der psychischen Krankheit seiner Frau nichts gewusst zu haben. Die beiden Kinder wurden kraft des Scheidungsurteils der Mutter weggenommen, die Söhne wurden getrennt und den Großeltern mütterlicher- bzw. väterlicherseits zugesprochen. Gertrud sah somit nur Willi regelmäßig, denn der lebte bei ihren Eltern. Den Burli sah sie jedoch nur einmal pro Monat, und dies erst nach Jahren, als sich ihr Zustand stabilisiert hatte. Zuvor war sie erfolglos zum Haus der Schwiegereltern gegangen, hatte am Gartentor geläutet und darum gebettelt, ihr Kind sehen zu dürfen. Der Großvater hatte nur geschimpft, sie solle ja kein Aufsehen erregen, und ihr mit der Gendarmerie gedroht. Als sie den kleinen Burli schließlich das erste Mal abholen durfte – sie trug dabei ein nagelneues grünes Kostüm, man schrieb Mitte der 60er Jahre - fragte dieser nur, wer denn „die grüne Frau" sei, konnte er doch mit dem Begriff „Mutti" nichts anfangen. Versöhnt wurde er dann, als er im Gasthaus „Fontana" ein Schnitzel bekam und eine Schartner Bombe. Das Gasthaus „Fontana" war von jeher Burlis Sehnsuchtsort, wenn er nächtens mit dem Auto von einem Ausflug mit dem Vater heimgebracht wurde, bewunderte er immer die bunten Neonreklamen, die den Wienerwaldsee in geheimnisvolles Licht tauchten. Diese grellen Neonreklamen passten so gar nicht zu den düsteren alten Straßenlaternen mit den grün-blau leuchtenden Quecksilberdampflampen, die kaum Licht spendeten. Diese Neonreklamen standen für den Burli für eine große weite Welt, die für ihn unerreichbar schien, so wie jetzt die rassige dunkelhaarige Kellnerin mit dem kurzen Rock und den knallrot lackierten Finger- und Zehennägeln, die dem Burli das Schnitzel brachte. Dieses Rot war das Gleiche wie das der bunten Sonnenschirme mit dem Emblem einer Limonadenfirma. Der Werbejingle „Keli Keli, Balla Balla" fiel Burli ein und er sang ihn laut vor sich hin. Als er dies dann alles am Abend zu Hause ganz aufgeregt seinen Großeltern berichtete, waren diese ganz und gar nicht erfreut und schrieben Gertruds Eltern einen Brief, dass sie darauf achten sollten, dass das Kind nicht „schlechten Einflüssen" ausgesetzt wird.

Gertrud setzte also alles daran, ihren Kindern eine „normale Mutter" zu sein, doch der Burli blieb bei den gestrengen Eltern des Vaters verwahrt und Willi lebte in der Tristesse des Souterrains einer Villa am Postberg in Untertullnerbach bei Gertruds Eltern. Das Geld war zeitweise so knapp, dass Gertruds Vater zu Weihnachten spät nachts in den Wald schlich, bei Maria Rast einen Tannenbaum fällte und mit dem Schlitten heimbrachte, um dem kleinen Willi einen Weihnachtsbaum zu ermöglichen.

Irgendwann schaffte es die grüne Frau ins Wiener Wochenblatt, eine längst vergessene Gazette, als sie nämlich in einer Phase, die als manisch bezeichnet werden konnte, um drei Uhr Früh den Nachbarn aus der Wohnung klingelte mit den Worten „Trari Trara, das Postbüchl ist da!" „Sie werden sich verkühlen", erwiderte dieser verschlafen ob des leichten Aufzugs, in dem seine Nachbarin vor der Wohnungstüre stand. Doch damit nicht genug ersuchte sie den Nachbarn, sein Telefon benützen zu dürfen. Sie selbst hatte nämlich keines, wir schreiben Anfang der Siebziger Jahre. Und sie rief tatsächlich um drei Uhr Früh ein Taxi, um nach Untertullnerbach auf den Friedhof gebracht zu werden um dort ihren Großvater zu besuchen – dem Taxifahrer erschien die Sache suspekt und er rief die Polizei – und das Leben ging weiter.

Die Polizeiprotokolle verzeichneten noch einen „wundervollen" Eintrag irgendwann in den 80ern, als eine Funkstreife, von besorgten Nachbarn gerufen, um Weihnachten herum eine Wohnung betrat und neben lauter Musik und einer beschwipsten Getrud außer Rand und Band einen Truthahn entdeckte, der kopfüber im Mistkübel gelandet war. „Das is' mir zu blöd, den heute zu kochen", so die erklärenden Worte. „Haben Sie Verwandte?", fragte der Inspektor, „ja ja – ich rufe gleich meinen Sohn!", rief sie aus, und als sich selbiger am anderen Ende der Leitung verschlafen meldete – es war spät nachts – erklärte sie ihm seelenruhig, „du hast zwei gerade Füße, komm einfach her!" Den zweiten Sohn hatte sie schon am Nachmittag im Büro angerufen, dessen Abteilungssekretärin mit „Halli Hallo, ich will meinen Burli sprechen" begrüßt und so für Aufsehen gesorgt...

Letztendlich hatten fünf erwachsene Männer größte Mühe, die Frau unter Aufbietung aller Kräfte zu bändigen: Ihre beiden Söhne, zwei Polizisten und ein Amtsarzt schafften durch eine Mischung aus gutem Zureden und Androhung von „Häf'n", die grüne Frau zur Räson zu bringen. Es folgte eine „Schlafkur", die ihr unter anderem den nicht enden wollenden Winter 1986/87 ersparte.

Als an der Wende zum neuen Jahrtausend dieses Leben dann doch zu Ende ging, verständigte der behandelnde Arzt des AKH die Söhne telefonisch, es stehe schlimm um die Mutter. Dem Jüngeren der beiden war, als er von der Lazarettgasse kommend durch den Vorgarten des Allgemeinen Krankenhauses eilte, als nehme er den Duft des Parfums der Mutter wahr, ein Duft, von Kindheitstagen an vertraut, als sie noch die grüne Frau gewesen war, die ihm in der „Fontana" ein Schnitzel gekauft hatte. In diesem Moment wusste er, dass er zu spät war, und sie ihm hier inmitten des blühenden Blumengartens einen letzten Gruß geschickt hatte.

Von einem der falsch abgebogen ist

Nebel zogen über das Land und ließen den Wald unheimlich und schemenhaft aussehen, die Luft roch geradezu nach Feuchtigkeit. Der Wanderer mit dem schlohweißen Haar schritt zügig den Berg hinauf und endlich tauchten im Nebel die Lichter des Rasthauses auf. Damals, 1982, war hier vor dem Rasthaus, sozusagen mitten im Wald, eine Telefonzelle gestanden, mit Giebeldach im altmodischen Postgelb – diese Erinnerung holte den Herrn gerade jetzt ein, und er würde zu Hause kramen, es musste irgendwo alte Ansichten des Rohrhauses geben, wo die Telefonzelle abgebildet war.

Als er dann die Gaststube betrat, umfing ihn wohlige Wärme, aber es befiel ihn auch die ihm eigene Scheu vor fremden Menschen. Ja, hier hatte er einst vor gut 35 Jahren seinen ersten Jagatee getrunken. Alle Tische in der Stube waren besetzt, er musste sich wohl an einen Tisch zu jemand anderem dazusetzen. Rasch war ein Platz gefunden, die Serviererin hatte hilfreich vermittelt. Nun waren die Leute an diesem Tisch gar nicht mundfaul und fragten unseren Wandersmann, was er denn heute noch für eine Tour vor sich habe. Er erklärte, den Weg über die Aussichtswarte nehmen zu wollen, um dann den Kaltbründlberg in Richtung Gütenbachtal abzusteigen. Daraufhin meldete sich nun auch der Wirt zu Wort und warnte den Wandersmann, dass sich in diesem entlegenen Winkel viele Wildschweine tummeln würden. Er solle wohl Obacht geben, denn die Tiere seien unberechenbar und im Nebel könne es gut passieren, dass er sich unversehens einem solchen gegenüber sehe, und in seiner Ruhe gestört könnte das Tier...

Der Wanderer fiel nun dem Wirt ins Wort, „ja was soll denn des, was heißt ein Wildschwein? Und wenn fünf oder zehn so Viecher auftauchen, so is mir des ganz wurscht, ich geh einfach weiter, i hob ka Aungst", so die großspurigen Worte. „Meine Vorfahren waren Wienerwaldmenschen, die haben sich als Köhler und Holzfäller verdingt und mussten sich tagtäglich nicht nur mit Wildschweinen, sondern auch mit Bären und Wölfen herumschlagen. Später dann, als die Kaiserin-Elisabeth-Westbahn errichtet wurde, haben sie sich in den Wirtshäusern bei den Raufereien mit den italienischen Gastarbeitern immer durchgesetzt, die mit den einheimischen Mädeln schäkern und tanzen wollten, har har!" Er blickte triumphierend herum, doch niemand hatte Lust, sich auf eine Diskussion mit ihm weiter einzulassen. So hatte er alsbald gezahlt und stieg daraufhin wie er sich's vorgenommen hatte zu der alten Aussichtswarte auf. Anders als zuvor auf der Straße zum Rasthaus war er hier nun ganz allein, keine Menschenseele war ihm begegnet seit er das Rasthaus verlassen hatte. Endlich war er bei dem Aussichtsturm angekommen, der gespenstisch aus dem Nebel ragte. Das schwere Holztor war verriegelt. „Egal", dachte er sich, „es gibt heut' ohnedies keine Aussicht bei dem Nebel." Sodann machte er sich an den Abstieg. Einmal vermeinte er, abseits des Weges in den Tiefen des Waldes die Umrisse eines großen Wildschweines zu sehen, doch konnte er keine Bewegung ausmachen. Der Nebel schien auch alle Geräusche zu verschlucken, es war merkwürdig still und ein unheimliches Gefühl begann den Wanderer zu beschleichen. Er verwünschte seine hochmütigen Worte von vorhin...

Eiligen Schrittes, immer schneller werdend, stieg er den Berg hinab und war froh, bald die befestigte Straße zum Gütenbachtor erreicht zu haben. Hier begannen sich die Nebel zu lichten, und als die Sonne durch die grauen Schlieren blinzelte, marschierte er schon auf der asphaltierten Straße durch das Gütenbachtal in Richtung Kalksburg und blickte in die Welt wie eh und je, mit einer Mischung aus Frohsinn und Unnahbarkeit - dabei erinnerte er sich an seine ersten Erfahrungen, die er in diesem Refugium gesammelt hatte, und die mehr als drei Jahrzehnte zurücklagen...

*

...zu jener Zeit, als er sich gerade auf die Reifeprüfung vorbereitete, war - wie beim Schüler Gerber - auch sein Dasein geprägt von Unsicherheit und Angst vor Versagen. Es war an einem lauen Frühsommertag, an dem er als junger Mann erstmals in seinem Leben das weitläufige Areal des Lainzer Tiergartens erkundete, um sich einen Tag Erholung vom Lernen zu gönnen. Überall entlang des Weges gab es Hinweisschilder, die Straße nicht zu verlassen und die Wildruhezonen zu respektieren. Hier in der freien Natur, wo keine Gefahr bestand, sich vor anderen Menschen zu blamieren, siegte die Neugierde über die Vernunft und der junge Mann bog ab und folgte einem schmalen Pfad ins Dickicht. Ganz plötzlich, nach einer Biegung des Weges, sah er sich einem riesigen Wildschwein gegenüber, das ihn mit großen Augen anstarrte und ein gefährlich klingendes Grunzen ausstieß. Das Tier musste gut zweihundert Kilo schwer gewesen sein, im Hintergrund konnte er eine Schar Frischlinge erkennen. Abrupt blieb er stehen, wohin nun? Davonzulaufen hatte keinen Sinn, das Tier wäre ihm hier in jeder Hinsicht überlegen. Verzweifelt blickte er um sich und sah zu seiner Rechten am Wegesrand einen Holzstoß, den Waldarbeiter nach ihren letzten Schlägerungen zurück gelassen hatten. Blitzschnell kletterte er nun auf diesen und ließ dabei das Tier nicht aus den Augen. Er saß nun in gut eineinhalb Metern Höhe über dem Boden und zitterte vor Angst. Das Tier schnaubte immer noch, lief dann auf den Holzstoß zu, schlug im letzten Moment einen Haken und war gleich darauf im tiefen Wald verschwunden, gefolgt von den Frischlingen. Erst nach langer Zeit fasste sich der junge Mann ein Herz und stieg vorsichtig von dem Holzstoß herab. Rasch kehrte er dann zurück zum markierten Weg und verließ den Tiergarten beim alten Diana Tor in Laab im Walde.

Für den Rückweg nach Hause hatte er sich nicht viel überlegt, nach Pressbaum war es weit, doch war ihm das Glück hold: ein Auto, das ihn überholte, blieb nach wenigen Metern stehen. Am Steuer saß eine

Dame mit weißen Handschuhen und fragte den jungen Wanderer, ob sie ihn mitnehmen solle, denn bis Wolfsgraben oder Pressbaum sei es noch weit und er hätte so verzweifelt dreingesehen. Für einen Moment zögerte er, nahm dann aber das Angebot an und stieg in das Auto. Während der kurzen Fahrt erzählte die Dame, sie sei im Lainzer Tiergarten joggen gewesen und meinte auch, ihn gesehen zu haben, wie er eiligen Schrittes vom Kaltbründelberg herabgekommen war. Er nickte nur, sagte aber kein Wort. Die Frau hatte eine freundliche und warmherzige Art und sie konnte wohl auch als attraktiv bezeichnet werden. Er wusste in seiner jungen Unerfahrenheit nicht damit umzugehen und blieb aus lauter Sturheit stumm und abweisend. Er stieg nach wenigen Worten des Dankes aus, als sie die Abzweigung beim Wienerwaldsee erreicht hatten.

*

So denkt der Mann nun – viele Jahre später – im Hier und Jetzt, blickt zurück auf „verlorene Jahre an geborgter Zeit": Das Wildschwein mit den bedrohlichen Augen, es hat damals vielleicht nur in seiner Einbildung existiert, doch konnte es wohl eine Warnung gewesen sein, auf dass seine Seele nicht vom Weg zum Frieden mit sich selbst abkommen sollte. Allein, er hatte die Warnung damals ignoriert, diesen Weg verlassen, hatte nie Nähe gesucht und zu viel Wärme stets gescheut. Er war immer auf der Suche gewesen, hatte aber nie gefunden, wonach er suchte.

I've been searchin' for something I might never find.
I've been looking for something I have left behind.
I've been searching every day in the rising sun.
I've been trying to find my way till the day is done.
I've been searching.

I've been reaching for something I might never touch.

And I've been dreaming of something that I want so much.
I've been counting all the tears in the falling rain.
I've been trying to hide my fears, but it's all the same.
And I don't know if I'll ever pass this way again.

I can't wait until tomorrow, it's something I might never see.
I can't wait until tomorrow for tomorrow never waits for me... *)

*) Gary Moore © 1982

RÜCKKEHR NACH BUCHELBACH
Eine Wienerwald-Wander-Geschichte

November 1982: Die Flamme der Kerze flackert noch einmal und erlischt; ich starre in die kalte Nacht hinaus.

Während stilgerecht dazu Whitesnake's „*Here I Go Again On My Own*" lautstark aus den Boxen meiner Stereo-Anlage erklingt, lasse ich den heutigen Tag Revue passieren: Ich habe mit meinem Vater und seiner Frau und deren Tochter eine schöne Wienerwald-Wanderung gemacht, dabei in einem kleinen Ort ein gutes einfaches Landgasthaus entdeckt, mich für die Strapazen mit einem herrlich zubereiteten Wildgericht belohnt und den Abend mit einem guten Tropfen versüßt.

Wie hat das Dorf gleich geheißen?

Egal - irgendwann komme ich wieder dorthin zurück...

*

Vierzehn Jahre später - 1996: Es ist November geworden - endlich findet die lang geplante, herbeigesehnte und oft verschobene

Wanderung statt. Bis zuletzt fürchtete ich um das Zustandekommen. Wie es halt so ist: berufliche Termine, familiäre Verpflichtungen, etc. Nun hat es doch noch geklappt!

Es ist ein trüb verhangener Samstag, an dem wir gegen Mittag mit dem Auto in der Wienerwald-Gemeinde Klausen-Leopoldsdorf, unserem Ausgangspunkt, eintreffen.

Wir, das sind mein Bruder, mein Freund Manfred, seine beiden Schäferhunde Riko und Aaron und meine Wenigkeit.

Das feucht-kalte Wetter veranlasst uns, gleich nach dem Aussteigen Handschuhe anzuziehen.

Der mitgebrachten Wanderbeschreibung folgend marschieren wir auf einer Dorfstraße dem Ende des Ortsteiles mit dem für mich stimmungsvollen Namen Hainbach entgegen. Dabei passieren wir einen nach links abbiegenden Steig Richtung Kreuzeck, Steinplattl und Parzerkreuz, der dem Rückweg unseres geplanten Rundkurses dienen soll, der teilweise unmarkiert verläuft, was der ganzen Tour einen zusätzlichen abenteuerlichen Flair verleiht. An der eben beschriebenen Abzweigung fällt mir eine bereits verwitterte Tafel auf, welche in unsere Marschrichtung weist und sonderbarerweise „Gföhler-Buchelbach" als Destination angibt, eine Ortsbezeichnung die in der Beschreibung nicht aufscheint.

*

Buchelbach - dies ist einer jener typischen verschlafenen Wienerwald-Orte, gelegen an der Straße nach Sittendort, bestehend aus einigen wenigen Bauernhöfen und einem Gasthaus - Ausgangspunkt für Wanderungen auf den Roßgipfel, einen eigenwilligen Berg, der einen Geheimtipp unter Wienerwald-Freunden darstellt.

Ein Blick in die der Wanderbeschreibung beiliegende Skizze verrät, dass unsere Route nördlich am Roßgipfel vorbeiführen wird...

*

Die Gespräche meiner Gefährten vertreiben eine kurz aufblitzende Erinnerung und holen mich in die Realität zurück: Entlang der Straße erregen nämlich die Häuser der Brennholz-Händler mit ihren vorsintflutlich anmutenden Steyr-LKWs und Traktoren in den Höfen unser Interesse, und wir diskutieren über die angenehmen und unangenehmen Seiten im Berufsalltag dieser Menschen.

Nachdem die letzten Häuser hinter uns liegen, erkennen wir rechterhand einen markierten Weg, der in meiner Beschreibung jedoch nicht erwähnt ist, sodass wir ihn nach eingehender Diskussion ignorieren und auf der Straße weiterwandern.

Innerlich verfluche ich bereits meine Nachlässigkeit, nicht zusätzlich zur Beschreibung eine exakte Karte mitgenommen zu haben.

Nach einer langgezogenen Kurve entscheide ich, die Straße zu verlassen. Ein kaum erkennbarer Pfad führt nach rechts ins Dickicht. Die Geländeformation könnte darauf hindeuten, dass dies der beschriebene Aufstieg ins Weidenbachtal ist.

An dieser Stelle dürfte sich möglicherweise früher eine Klause befunden haben, nämlich eine Wehranlage: das aufgestaute Wasser wurde in alten Zeiten durch schwallartige Entleerung für den Holztransport auf dem Wasserweg genützt.

Wir nutzen dieses einem Damm ähnelnde Gebilde zum Überqueren des Hainbaches und steigen sodann steil durch Unmengen von nassem Laub zum Sattel zwischen Mitterriegel und Hainbachberg auf.

Uns ist warm geworden - und in der Meinung, nun auf dem richtigen Weg zu sein, schreiten wir nach kurzer Rast gemäß Beschreibung zum Forsthaus ab, welches wir alsbald zwischen den Bäumen durchscheinend auf einer Wiese erkennen können.

Die Forststraße, die wir in weiterer Folge erreichen, scheint ebenso mit der beschriebenen Route übereinzustimmen, sodass wir ihr folgen.

Doch da ist wieder etwas, das mich irritiert: Wie schon zuvor auf dem Sattel bemerke ich hin und wieder auf den Bäumen Weg-Markierungen mit der Nummer 448.

Laut Beschreibung GIBT ES HIER KEINE MARKIERUNG...

Wie so oft im Wienerwald endet die Straße im Nirgendwo und geht in einen Saumpfad über.

Aus nächster Nähe dringen Motorengeräusche zu uns, die ich anfangs fälschlicherweise der nahen Landstraße und damit dem geplanten Scheitelpunkt unserer Wanderung, dem Parzerkreuz, zuordne.

Bald stellt sich jedoch heraus, dass es die Motorsägen von Holzarbeitern sind, die wir gehört haben. Plötzlich lichtet sich der Wald und vor uns taucht ein verfallenes Gehöft auf.

Es gibt im Wienerwald viele dieser Zeugen der Vergänglichkeit, und man kann ihnen mit einer alten Karte bewaffnet nachspüren, sie oftmals auch vergeblich suchen, und ihren ehemaligen Standort nur mehr am Vorhandensein von Obstbäumen auf Waldlichtungen und Säumen erahnen.

Jetzt steigt jedoch der Gedanke in mir hoch, dass wir tatsächlich vom rechten Weg abgekommen sind: Leichte Unsicherheit beginnt sich bei uns breit zu machen, als ein kleiner Weiler vor uns auftaucht...

*

„Gföhler" - diesen Namen habe ich, wie viele andere interessante Orts- und Flurnamen, beim Kartenstudium im Zuge von Tour-Vorbereitungen oder einfach bei Wanderpausen gelesen, diese Namen in meiner Phantasie zu Landschaften werden lassen und sodann den unbezwingbaren Wunsch verspürt, diese auch in der Realität zu durchwandern.

„Gföhler" - dieser merkwürdige Name bezeichnet eine kleine Ansiedlung hinter dem Roßgipfel - zwischen Grub, Buchelbach und Klausen-Leopoldsdorf gelegen - der wir uns nun nähern...

*

Ein Wochenendhaus am Waldesrand, dessen rauchender Schornstein und eine seltsam altmodische, orange leuchtende Gartenlaterne auf die Anwesenheit von Menschen schließen lassen, nimmt unsere Aufmerksamkeit in Anspruch.

Ein freundlich wirkender älterer Herr in Jagdkleidung tritt gerade vor das Haus, sodass wir die Gelegenheit ergreifen, ihn nach dem Weg über Parzerkreuz und Steinplattl nach Klausen-Leopoldsdorf zu fragen.

„Ja, da sind sie hier falsch...etwas zu weit gegangen...den Weg, den Sie erwähnen, kenne ich nicht, aber da unten liegt dann Buchelbach ... und über die Straße nach Gruberau zum „Schusternatz"...und dann 'rüber ...na ja, das sind so ca. sechs bis acht Kilometer, vielleicht..."

Ich rechne kurz nach: dies wären etwa zwei Stunden Gehzeit, nicht exakt die Strecke, die ich eigentlich vorgehabt habe, aber was solls!

Wir bedanken uns, gehen weiter, und gelangen schließlich auf eine große Wiese, wo wir beschließen, eine Bank am Wegesrand für die längst fällige Jause zu nützen. Die Sonne blinzelt ein wenig durch den Dunst und lässt eine fröhliche Stimmung aufkommen.

Die Jause! „Nichts geht über das Einnehmen einer einfachen Mahlzeit in freier Natur", ruft unser Freund Manfred aus.

Wir lassen uns die Brote mit Wurst, Käse und Gemüse schmecken, wobei auch die Hunde nicht zu kurz kommen, genießen abschließend (als Zugeständnis an „die moderne neue Zeit") ein Getränk aus der Dose, sowie den einen oder anderen Apfel.

Von einer Häusergruppe, die wir in der Ferne wahrnehmen, nähern sich Spaziergänger unserem Rastplatz.

Innerlich die Angaben des Mannes von vorhin bezweifelnd, beschließe ich, auch diese Spaziergänger nach dem Weg nach Klausen-Leopoldsdorf zu befragen.

„Was? Zu Fuß?? Nach Klausen-Leopoldsdorf??? Das ist unmöglich! Diese Häuser da drüben, sehen Sie, das ist Buchelbach. Dann müssen Sie auf der Straße nach Gruberau gehen, ich weiß nicht, vier oder fünf Kilometer. Ja, und dann die ganze Straße hinüber nach Klausen-Leopoldsdorf, nochmals so ca. acht Kilometer. Also da gehen Sie mindestens vier Stunden. Wir sind das mit dem Auto gefahren, aber zu Fuß? Das ist viel zu weit!"

*

Buchelbach! Die Erinnerung, die so lange verschüttet war, ist plötzlich voll da!

Ein Novembertag, der vierzehn Jahre zurückliegt, erscheint vor meinem geistigen Auge:

Die Wanderung auf den Roßgipfel und das Gasthaus in Buchelbach kommen mir in den Sinn.

Somit ist es jetzt jedoch Gewissheit! Wir haben uns verirrt. Ich könnte mich ohrfeigen, nicht die Karte mitgenommen zu haben. Nichts ist mit der Variante, auf unmarkiertem Weg das Parzerkreuz zu erreichen.

Wir sind uns sehr schnell einig, dass es am vernünftigsten ist, einfach den gleichen Weg für die Rückkehr zu verwenden, um sicher zu gehen, dass wir uns nicht mehr verirren, zumal wir durch die Rast bereits eine gute halbe Stunde verbraucht haben und der Einbruch der Dunkelheit sich bereits abzuzeichnen beginnt.

Während eine leichte Brise anhebt, die die Luft in dieser Talsenke noch kälter erscheinen lässt, und meine Finger langsam klamm werden, steigen wir wieder den Berg hinauf. Wir kommen an eben jenem Wochenendhaus vorbei und fragen uns scherzhaft, ob der „nette ältere Herr" uns möglicherweise absichtlich falsche Distanzen genannt hat und jetzt vielleicht am Fenster steht und sich ins Fäustchen lacht über die Großstädter die den Wienerwald erobern wollten...

Mittlerweile beginnen sich Nebelschwaden immer tiefer herabzusenken und langsam die Gipfel der umliegenden Hügel und Berge zu verhüllen.

Nach kurzer Zeit liegt der Weiler bereits hinter uns, und ich erahne ihn nur mehr, da ich mich noch einmal kurz umdrehe, am verschwommenen Lichtschein der Gartenlaterne unseres seltsamen „Wegweisers".

In Anbetracht der fortgeschrittenen Stunde beschleunigen wir unwillkürlich unsere Schritte.

Da wir nun jedoch im großen und ganzen den gleichen Weg zurück nehmen, weicht dieser Anflug von unheimlicher Stimmung bald einer gewissen Vertrautheit, wir erkennen bestimmte Baumgruppen wieder, bald das Forsthaus, schließlich den Sattel am Mitterriegel, und nach kurzem Abstieg erreichen wir die Straße, die teilweise bereits erleuchteten Fenster der Häuser von Hainbach und letztendlich unser Auto.

Während der Heimfahrt besprechen wir nochmals das Geschehene, einigen uns auf die Formel, „der Weg ist das Ziel" und dass es in der Hauptsache eine sehr schöne Wanderung war, wenn wir auch nicht die geplante Route gegangen sind.

Es ist bereits dunkel geworden, und in der Ferne tauchen gerade schemenhaft die Straßenlaternen von Gruberau auf. Und diese ganze Strecke hätten wir zu Fuß zurücklegen müssen!

*

Letztendlich zeigt sich daheim beim Studieren der Karte, dass wir in Wirklichkeit nur einen knappen Kilometer Luftlinie vom Ziel, dem

Parzerkreuz entfernt gewesen sind - aber so narrt einen der Wienerwald!

Man nimmt sich ein Ziel vor, erreicht jedoch über Umwege stattdessen ein anderes, das man sich eigentlich vor vielen Jahren vergeblich vorgenommen hatte...

Dies alles geht mir durch den Kopf, während ich hier in meiner Stadtwohnung sitze und schreibe. Es ist Nacht. Der Duft von nassem Laub dringt vom nahen Park her durch mein Fenster - unwillkürlich denke ich, wie es im Moment wohl draußen in Gföhler bei Buchelbach zugehen mag.

Der Wind pfeift vermutlich um das einsame unbewohnte Bauernhaus, das längst den Tieren des Waldes als Unterschlupf dient. Die tiefschwarze Dunkelheit der regnerischen Nacht wird nur von einigen wenigen Lichtern in der Ferne unterbrochen, die von bewohnten Häusern oder Straßenlaternen stammen. Eigentlich wäre ich jetzt gerne da draußen, denke ich.

Doch morgen hat mich der Alltag wieder, der Beruf, die Stadt.

Langsam kriecht jene wohlige Müdigkeit in meine Glieder, die mich immer befällt, wenn ich nach einer Herbstwanderung in die warme Stube zurückkehre, zu Tee und Kuchen, zubereitet von meiner Frau Dolores, die gar nicht ungern zu Hause geblieben ist, während die Katzen Mizzi und Ludwig schnurrend um meine Beine streichen...

Wien, im Herbst 1997

WINTER and my soul –

so der Titel eines Liedes von anno dazumal aus dem Land unbegrenzter Möglichkeiten und geträumter Freiheit,
und fürwahr ist der Winter jene Zeit,
wo die Seele auf eine harte Probe gestellt wird:

Der Himmel grau, die Sicht diesig, dicke Nebelwolkenschicht über weißer Landschaft, die Luft riecht feucht und es wird klamm.

Dunkler Wald, ein finsterer Graben, es lockt den Wanderer die Leuchtreklame eines Gasthauses, drinnen im Dunkel warten Rauch und Tristesse.

Aus den Lautsprechern des Radios ertönt ein Lied aus 1981, des eleganten Sängers Stimme verklingt, er pfeift die Melodie still weiter.

Traurigkeit, die sich schon bei der Herfahrt angeschlichen, ergreift unbarmherzig Besitz...

Und scheint an Wintertagen auch die Sonne,
so steht sie tief am Himmel, taucht den Schnee in milchiges Licht
ich steige ab im finst'ren Graben, nähere mich dem Ort,
doch bleib ich dem Gasthaus fern, gehe lieber weiter,
neben dem eisigen Bach bis zur Busstation,
wo ich noch einmal zurückblicke zum finstern Wald.

Nach der Wanderung und in der einbrechenden Dämmerung - mit dem Zug gen Stadt unterwegs - wird es gewiss, dass auch in diesem Winter wieder etwas in mir wird sterben müssen, wie einst, als die Großmutter gerade begraben wurde und ich mich krank und fiebrig bei Eiseskälte in die dunkle Schneewüste hinaus schleppte, Afra, die Hündin an der Leine, um gerade nur das Notwendigste zu erledigen. Die Lampe am Haus gab ein wenig Licht, in der Ferne, an der Straßenkreuzung ließ eine Laterne Schemenhaftes erkennen, dunkle Stunde meines Lebens...

Und wie diesem dunklen Winter ein neuer Frühling folgte, ein Neubeginn, da Afra voller Lebensfreude über die grüne Wiese tollte, so ist's jetzt der Traum, die kahlen Zweige des Baumes vorm Fenster wieder grün zu sehen, der mich antreibt.

ROCK'N'ROLL!

ROCK und ROLL und ALKOHOLL,
macht die jungen Leute toll!
So oder so ähnlich sprach einst
ein Bischof aus dem Salzburger Land,
ein wahrer Meister seines Faches,
dem kein Pumuckl zur Hand ging;
Ob es da wohl Ministranten gab,
auch Kardinalsschnitten genannt?
Auf alle Fälle, es stand fest,
dass es „dem Weibe verwehrt bleiben" sollte,
das Priesteramt auszuüben,
da ja „der Unterschied zwischen Mann und Frau gar größer sei als
zwischen Mensch und Affe",
so der wackere Gottesmann.

ROCK und ROLL! Er sei verbannt!
Die jungen Leute ganz außer Rand und Band,
ganz ohne jede Ordnung seien da Burschen und Mädchen
zusammen bei diesen unseligen Konzerten
(ja, wo kämen wir denn hin, wenn wir keine Ordnung hätten...)
- so damals der Bischof im Zusammenhang mit dem Auftritt einer
berüchtigten britischen Heavy-Metal-Gruppe in Wien – s'ist lange her.

ROCK und ROLL,
verraten und verkauft die Ideale meiner Generation,
nicht mehr Revolte, die Erwachs'ne
vor Halbstarken erzittern ließ,
nicht mehr meine Welt, durch die ich schreit',

nicht mehr „meine" Zeit –
it's a long time gone;
Dämon dröhnt in meinen Ohren,
weißes Rauschen blendet mich wie ein Blitz,
erkenn' ich auch in manch' stiller Stunde
den magischen Moment des Glücks –
er kommt doch niemals zurück.

*

Am Ende bleibt die Musik, vertraute Klänge, ewige Akkorde und Worte, die zwar nicht die Welt veränderten, aber ihren Lauf für immer begleiten werden.

Johnny died one night, tired in his bed
A Bottle of whiskey, sleeping tablets by his head
Johnny's life passed him by like a warm summer day
If you listen to the wind you can still hear him play *)

*) Paul Rodgers, Bad Company, Shooting Star, © 1975

Zurück zur ersten Liebe

Vor einiger Zeit fielen mir beim Zusammenräumen einige Bilder aus den Jahren 1967/68 in die Hände. Eines zeigte eine Winteransicht, Blick von der Seestraße entlang des Wienerwald-Stausees in Richtung der bereits fertiggestellten Autobahnbrücke, Talübergang Wolfsgraben. Auf der Brücke waren Baumaschinen zu sehen. Der Großvater hatte mich bei einem Spaziergang hier fotografiert, ich kaum erkennbar, komplett eingepackt in dickes Wintergewand. Dann gab es dieses Bild von der Bank am Abhang des Frauenwart-Berges auf der anderen Seite des Sees. Diese Bank gibt es nicht mehr, der ganze Steilhang wurde im Zuge des Autobahnbaus begradigt. Es musste ein sehr kalter Tag gewesen sein, mein Blick auf die Autobahn gerichtet wirkte gepeinigt. Den Spaziergang mit Großeltern, Onkel und Tante, bei dem das Bild entstanden ist, habe ich nur noch sehr schemenhaft in Erinnerung. Diese Schwarz-Weiß-Fotos waren voller Düsternis, doch dann fiel mein Blick auf ein frühes Farbfoto. Es zeigte ein aufgewecktes, nein aufgekratztes Kind bei einer Wanderung auf den Beerwartberg, oberhalb des Wienerwald-Stausees gelegen, im Hintergrund die noch in Bau befindliche Westautobahn. Wenige Stunden zuvor hatte dieses Kind eine neue, hell und freundlich strahlende Welt kennengelernt. Ich kann mich an diesen Tag im Sommer 1968 noch sehr gut erinnern. Bei einer Esso-Tankstelle in Untertullnerbach, gleich nach dem Stausee, war mit dem Auto des Vaters ein Zwischenstopp gemacht worden. Aus einem Transistorradio plärrte „Azzuro" von Adriano Celentano, der Sommerhit des Jahres und meine erste musikalische Liebe. Sonnenschein, blauer Himmel, dazu der Geruch von Benzin, Autos, Mopeds, junge Burschen in Lederjacken und Mädchen in Miniröcken, die das Leben feierten – es war etwas ganz anderes als die gestrenge Doktrin der Altvorderen zu Hause, und es war vielleicht ein erster Moment des Erwachens in meinem Leben...

So weit der Blick in eine Welt, in der alles möglich schien und es keine Frage war, dass „nächstes Jahr alles noch besser" werden würde. Fünf Jahre später dräute am Horizont bereits das Ende des Wirtschaftswunders heran. Mit dem „Jom-Kippur-Krieg" im Herbst des Jahres 1973, dem darauf folgenden Ölpreis-Schock und einer daraus resultierenden Wirtschaftskrise endete das erste Mal der Glaube an Wohlstand ohne Grenzen.

Und noch eine Veränderung nahm in diesen fünf Jahren ihren Lauf. Auf dem Farbfoto ist im Hintergrund eine verkarstete Wiese zu sehen. Durch den Bau der Autobahntrasse wurde eine Quelle verschüttet, die mir bei meinen Wanderungen mit dem Vater und dem Großvater immer eine kindliche Freude bereitet hatte, und die seitdem nicht mehr sprudelt. Die weitaus schlimmere Folge war neben der Verkarstung der Wiese auch ein Wasserstau im Berginneren, der zu einer Hangrutschung führte, was wiederum den Terminplan für den Autobahnbau um ein Jahr zurückwarf.

Menschliche Eingriffe in die Natur brachten den Klimawandel in Gang. Schon 1973 zeigten sich erste außergewöhnliche Wetterphänomene, zu Ostern für damalige Zeiten unglaubliche 24 Grad und dann im Sommer wochenlang starke Regenfälle, die den Wienfluss über die Ufer treten ließen und die Brücke am oberen Ende des Sees unterspülten...

Wenn sich nun – Jahrzehnte später - die Wetterphänomene überstürzen und die Menschen über Naturkatastrophen jammern, erhebt sich in mir der böse Teil meiner Seele und lacht schadenfroh: „Das haben sie nun davon, die Unbelehrbaren mit ihrem Zwang zu ungebremstem Wachstum, die alle Warnungen missachtet haben, die sollen die Folgen des Klimawandels nur kennenlernen, ha ha!"

Dabei sitze ich in meinem „geschützten" Domizil am schönen grünen Stadtrand und der gute Teil meiner Seele bekennt:

Es ist nicht so, wie manche uns glauben machen wollen! Mehr als sieben Jahrzehnte friedlicher Prosperität und Leben in Wohlstand haben bei einigen dazu geführt, Maß und Ziel zu verlieren und keine Empathie mehr zu empfinden. Doch die Wochen des Stillstandes des öffentlichen Lebens im Frühjahr 2020 haben es mir und auch vielen anderen vor Augen geführt, dass ein zufriedenes Leben, reduziert auf das Wesentliche, sehr schön sein kann, und ich beginne bereits, diese stillen Wochen der bescheidenen Freuden zu vermissen.

In diesem Sinne zurück ins Jahr 1968: Ich habe mir vorgenommen, an meine helle und freundliche Weltsicht von „damals" anzuknüpfen und mir diese Welt nicht schlecht reden oder gar kaputt machen zu lassen. Bei allem, was zu tun ist, oder gerade deshalb – „*I think to myself, what a wonderful world*" (nach einem Lied von Louis Armstrong aus dem Jahr 1968, das mir zum ständigen Begleiter geworden ist). Ergänzen möchte ich noch: What a strange life I lived – Fürwahr!

Zwiegespräch

(Teil 1)

Das Lebensgefühl der Achtziger Jahre

(Versuch einer Annäherung)

Dieses Interview - man kann es auch Selbstgespräch oder seltsamer innerer Monolog nennen - könnte vielleicht im Sommer 2013 stattgefunden haben, also zu einem Zeitpunkt, an dem die Entstehung dieses Buches begann. Die Fragen kommen aus dem Off, möglicherweise von jemandem, der den Schreiber dieses Machwerks ein Stück des Weges begleitet hat, und unter Umständen gewisse musikalische Vorlieben mit ihm teilt.

Beginnen wir im Sommer 1985:
Das Lebensgefühl dieses Sommers kann aus meiner Sicht stichwortartig folgendermaßen beschrieben werden: Live Aid Konzert / Glenn Hughes Comeback mit Phenomena und Gary Moore, „Run For Cover" hieß das Album. Und dann waren wir immer noch im Banne der Deep Purple Reunion und der beiden Juni-Konzerte in der Wiener Stadthalle.
Wie sieht das aus Deiner Sicht aus?

Tja, im Prinzip genauso. Für mich kommt dazu, dass ich in jenen Tagen mein erstes Auto gekauft und die Mobilität für mich entdeckt habe. Aber klar, musikalisch gesehen... ich meine, ich habe viel Musik im Auto gehört und habe das auch auf meine Fahnen geheftet, dieses „amerikanische Feeling" – und es war zu dieser Zeit Deep Purple nach einer langen Pause wieder ziemlich angesagt, das stimmt.

Auf meiner Playlist waren damals aber auch The Damned mit „Phantasmagoria", Alcatrazz mit „Disturbing the peace" und Uriah Heep mit „Equator" vertreten.

Ich habe in diesem Jahr aber auch die Szene rund um den Flohmarkt entdeckt, das Sammeln von Raritäten und Schwarzpressungen, also Bootlegs.

Aber es waren nicht nur Bootlegs, die ich gesammelt habe, auch vergriffene Platten. Zum Beispiel habe ich damals Trapeze entdeckt und das Glenn Hughes Album „Play me out". Ich meine, es gab ja noch kein Internet - wir hatten dafür aber so einen obskuren Platten-Katalog (über den man Vinyl-LPs per Post bestellen konnte), und man hat sich getroffen, ich erinnere mich da an einen komischen Typen...

...darauf kommen wir noch...

...ah ja – wir kommen später noch dazu.

Es war rückblickend ein Wahnsinn, was sich da für mich für eine Welt aufgetan hat, ich habe zu stöbern begonnen und konnte nicht mehr aufhören!

Noch zum Thema Lebensgefühl: Es war die Zeit, wo ich den Job beim „Schrack" hatte, gerade begonnen habe, viel Geld zu verdienen, mir also „mit links" ein Auto kaufen konnte...

Du hast gleich nach der Matura begonnen zu arbeiten...

...im Prinzip ja, aber die Matura war schon drei Jahre zuvor gewesen, dazwischen habe ich meinen Zivildienst abgeleistet, und dann gab es da eine erzwungene Unterbrechung, da war so eine „blede G'schicht" – ein Jugendstreich der mit einem Gerichtsverfahren endete, wo dann alles irgendwie auf Eis gelegen ist...

Ich habe da also ein Gerichtsverfahren anhängig gehabt und wusste nicht, ob ich weiter Zivildienst machen dürfte oder – falls ich verurteilt würde – zum Militär müsste – eine ungute Situation – und die war 1985 erledigt.

Diese dunklen Dinge lagen weit zurück und ich fühlte mich irgendwie befreit.

Herbst 1985

Wir haben einander im September 1985 in Deutsch-Wagram im Schrebergarten vom „Markus" kennengelernt, Du hast ihn vorhin schon kurz erwähnt. Zwei Deiner Spezln (Reini und Robert) waren auch dabei. Wie sind Deine Erinnerungen an dieses Treffen?

War es wirklich Deutsch-Wagram? Gut, wie ich da hingekommen bin weiß ich nimmer, da ja besagter Robert aus Transdanubien mitgefahren ist und mir angesagt hat, wie ich fahren soll...

Also durch den schon erwähnten obskuren Plattenkatalog habe ich diesen „Markus" sozusagen kennengelernt, wobei er in Wirklichkeit anders heißt, aber das nur so nebenbei.

Also ich weiß nicht mehr viel, wir sind hinter seinem Schrebergartenhaus gesessen und haben geplaudert, es durfte ja keiner von der Straße aus gesehen werden, er hatte eine totale Paranoia, dass ihm seine Plattensammlung beschlagnahmt wird - wegen seiner Schwarzpressungen! Das ganze Treffen war sozusagen streng geheim.

Ich habe ihn übrigens viel später mal in einem Plattengeschäft wieder getroffen, das ist sicher auch schon zwanzig Jahre her, aber ich habe keinen weiteren Kontakt mehr mit ihm gesucht, er wirkte auf mich ein wenig depressiv, er war so eine dunkle und düstere Erscheinung – wobei ich das ja damals auch war...

Aber dieses Treffen 1985 war ganz witzig – wir beide haben damals über Glenn Hughes gesprochen. Du hast bereits gewusst, dass er nicht mehr in der Gary Moore Band spielt, sozusagen nur am Album mitgewirkt hat, aber auf der Tour nicht zu hören sein wird – eine Enttäuschung für mich. Ich war da nicht so informiert, es gab noch kein Internet, und wenn Du dir in Österreich eine Musikzeitschrift gekauft hast, warst Du wahrscheinlich ein halbes Jahr hinten nach mit den Informationen.

Wir gingen dann gemeinsam zum Konzert von Gary Moore...

So ist es, und zwar war das noch im alten Messepalast, da wo heute das Museumsquartier steht. Es war damals schon irgendwie klar, dass das Areal umgewidmet wird. Das heißt das Gebäude war sozusagen schon freigegeben zum Abbruch, die Halle war ein wenig abgesandelt und grindig, wobei ich sagen muss, dass das Konzert o.k. war.

Die Entdeckung des Abends war für mich sowieso die Vorgruppe namens Mamas Boys. Ich habe mir dann sofort am nächsten Tag alle ihre Platten gekauft.

Spätherbst / Winter 1985
Unser erstes musikalisches Projekt war „Johnny Blade". Inwieweit war das eine Weiterentwicklung?

Absolut, absolut! Es hat irrsinnig Spaß gemacht, weil... ich habe ja schon in der Schulzeit verschiedene Schülerband-Projekte gehabt und danach beschlossen, damit Schluss zu machen, weil ich schon in jungen Jahren ein ziemlicher Egomane war und mich nicht anderen Meinungen unterordnen wollte. Ich hatte also bewusst beschlossen, nur mehr aufzunehmen und meinen eigenen Ideen zu frönen. Du und Dein Bruder haben mich wieder glauben gemacht, ein Band-Projekt wäre doch etwas Sinnvolles. Ach ja, und es gab ja noch diesen berühmten „Münz" an der Gitarre, der jedoch eher ein gewisses Hindernis dargestellt hat. Trotzdem war es für mich eine Aufbruchsstimmung in diesem Winter 1985/86.

Lebt der Münz eigentlich noch?

Ich habe keinen Kontakt zu ihm, habe einmal versucht, ihn übers Internet zu finden, wurde aber nicht fündig; ich schätze ihn nicht so ein, dass er ein Facebook-Profil hat, aber Menschen ändern sich ja vielleicht auch...

Zuletzt sah ich ihn Ende der Achtziger bei einem Schüttelfrost-Konzert, wo ich gespielt habe, und Dougie (unser Schlagzeuger) ihm in der bewährten Manier gesagt hat: „Du Trottel, Du könntest heute auch auf der Bühne da oben stehen!" – ha ha – eine für ihn so typische Äußerung...

Aber keine Ahnung, was aus dem Münz geworden ist.

Du hast damals bei Deiner Oma am Bartberg in Tullnerbach-Pressbaum gewohnt – die Erinnerungen an den Guglhupf und die mollige Hündin Afra sind sehr positiv und lebhaft. Wie kann man Deine persönliche, familiäre Situation beschreiben?

Willst Du das wirklich wissen? Also gut: Ich werde jetzt einmal einen kleinen Zeitsprung machen. Im Jahr 2000 ist meine Mutter gestorben. Die Hündin Afra habe ich irgendwann mal weggeben müssen, weil es nicht anders ging. Wenn Du in Wien wohnst, keinen Garten hast, arbeiten gehst – du kannst den Hund nicht den ganzen Tag in der Wohnung einsperren. Ich habe den Hund also weggeben müssen, habe privat einen Platz gefunden in Melk bei einer alten Dame, das war Mitte der Neunziger Jahre, und 2000, kurz nachdem meine Mutter gestorben ist, habe ich von der alten Dame die Nachricht erhalten, dass die Afra gestorben ist. Und jetzt rate mal, welche Meldung mich härter getroffen hat...

Also meine Familie ist sehr kompliziert, nachdem ich ja nicht bei meiner Mutter aufgewachsen bin...

Also mein Opa ist 1984 gestorben und meine Großmutter hat es irgendwie gut gehabt, weil ich da draußen in Tullnerbach bei ihr gewohnt habe, das heißt ihr Lebensabend war geprägt durch meine Anwesenheit. Sie war aufgrund dessen nicht ganz allein da draußen, und das war ihren beiden Söhnen - also meinem Vater und meinem Onkel - sicherlich nicht ganz unrecht, denn so konnten sie ihr eigenes Leben führen. Mein Onkel lebt übrigens nicht mehr und der Kontakt zu meinem Vater ist ziemlich abgerissen, den rufe ich einmal im Jahr an und wünsche ihm alles Gute zum Geburtstag oder besuche ihn zu Weihnachten...

Schwere Historie – Seit dreißig Jahren ist mein Vater jetzt mit Frau Nr. 3 verheiratet, die ist jünger als er, das heißt ich brauche mir keine Sorgen machen, er ist nicht allein. Na ja, es ist vielleicht eine besondere Gnade, im Alter endlich die „wahre Liebe" zu finden. Vielleicht ist mir das ja auch noch vergönnt, ha ha!

Ich für mich bin jedenfalls stolz darauf, dass ich mir alles selbst mit eigenen Händen erarbeitet habe, was ich heute besitze, und wenn ich nichts besitze, dann deshalb, weil ich es mit eigenen Händen wieder ausgegeben habe, ha ha!

Das ist meine Lebenslinie – self made and self waste!

Also das Haus am Bartberg wurde nach dem Tod meiner Großmutter – sie starb im Jahr 1993 - verkauft, da bin ich gerade ausgezogen und hatte gerade meine spätere erste Frau kennengelernt. Man hat mir seitens meiner Familie und der Nachbarn ein bissl vorgeworfen, dass sich damals meine Großmutter so gekränkt hat wegen meines Auszugs und dass sie deshalb gestorben ist – wobei sie am Totenbett anders gesprochen hat und mir viel Glück für meinen neuen Hausstand gewünscht hat – aber egal!

Man hat mir danach angeboten, in dem Haus zu wohnen, ich habe darauf verzichtet, mein Vater und mein Onkel haben das Haus dann 1995 verkauft. Das Haus hat ein Typ gekauft, ein Freund meines Bruders übrigens, einer von den „Eisenmännern" aus Purkersdorf, der es mit viel Liebe hergerichtet hat. Das heißt, es ist in guten Händen und steht noch so wie damals. Ich bin vor ein paar Jahren vorbeigefahren, habe es mir von außen angesehen...

Also meine Familienverhältnisse sprengen diesen Rahmen hier, nur soviel, ich habe natürlich recht gut gelebt bei meiner Oma, habe mich um nichts gekümmert, mein „Kostgeld" abgeliefert, mich um kein Wäschewaschen oder sonstiges im Haushalt geschert und im oberen Stock des Hauses meinen eigenen Bereich gehabt, der allerdings damals 1985 in einem erbärmlichen Zustand war. Es gab keine Heizung, ich lebte in einem furchtbaren, kleinen, nordseitig gelegenen Kammerl. Ich habe mir Anfang der Neunziger dann das Zimmer mit dem Balkon auf der Südseite ausgebaut, habe die Elektroinstallation im Haus mit Hilfe meines Vaters erneuert, es gab in diesem Zimmer dann eine elektrische Radiator-Heizung – mit dem heutigen Wissen würde ich das hinsichtlich Energiekosten und –Verschwendung auch nicht mehr so machen. Ich habe damals kurz daran geglaubt, mir dort mein Domizil einzurichten.

Dazu fällt mir eine „lustige Begebenheit" ein: die Großmutter war natürlich nicht mit meinem Lebensstil einverstanden, und irgendwann mal war ich tagelang jeden Abend auf irgendeinem Konzert. Es war, denke ich, mal Anfang der Neunziger Jahre, da spielten an einem Abend Blue Öyster Cult, am nächsten Asia, und am übernächsten bin ich selbst mit Schüttelfrost aufgetreten. Mein großer Bruder wollte mich besuchen und kam unangekündigt, die Großmutter empfing ihn mit bösem Blick, drohte mit der Faust in Richtung meines Kammerls im ersten Stock und schimpfte nur, „der Leo is im ROCK-Haus, und mehr was i ned...". Legendär war auch ihr Sager, als ich mich von der Kirchensteuer abgemeldet hatte und der Gemeindepfarrer vor der Tür stand, um mit mir darüber zu reden. Die Großmutter rief mich in der Arbeit an und plärrte verzweifelt: „Stell Dir vor, der Pfarrer steht vor der Tür, der will mit Dir reden. Was sich die Leut' wieder denken werden... Mein Gott die Schand'!"

Ich bedaure, dass wir damals keine Digitalkameras hatten, ich habe kein einziges Foto aus jenen Tagen...

Anyway - Auf meinem musikalischen Weg habe ich immer wieder diese Typen kennengelernt, die von der Hand in den Mund gelebt haben – Du

warst aus meiner Sicht alles andere als ein Hungerleider – eigenes Auto, tolle
Plattensammlung, guter Job, bezahlte Überstunden. Kommentar?

Na ja, das war der Weg, den ich eingeschlagen hatte: durch die straffe Erziehung meines Großvaters war ich auf Schienen gestellt, und es war auch irgendwie gut, geerdet zu sein. Ich habe allerdings 1993 meinen Job bei Schrack gekündigt und kurz beschlossen, einen auf Hungerleider zu machen, ich bin damit aber nicht klar gekommen: wenn ich mir plötzlich Sorgen machen muss, wie die nächste Miete zu bezahlen ist und so – das ist nicht das, was mir taugt, verstehst Du? Und von daher muss ich sagen, ist es o.k., wie ich mein Leben seitdem durchziehe – es ist eine Frage der Energie und der Einteilung. Du kannst einen bürgerlichen Job haben und nebenbei Musik machen. Natürlich kommst Du nur bis zu einem bestimmten Punkt oder Level und nicht weiter, das ist der Nachteil. Wahrscheinlich hätte ich diesen Sprung viel eher wagen müssen und nicht erst mit 30, das war wahrscheinlich viel zu spät. Man sieht an Leuten wie Deinem Bruder, dass man sehr wohl „irgendwie" von der Musik leben kann, es gehört Mut dazu und natürlich auch das nötige Glück...

Aber zurück zu Achtzigern: Ich habe es genossen, diesen Job zu haben , obwohl es mir manchmal auch zu viel wurde. Ich hatte immer wieder die Fantasien, damit Schluss zu machen, das war damals noch weniger politisch motiviert - in Ablehnung des Systems - sondern eher, weil es mir zu wenig Freizeit ließ. Ich war oft am Samstag im Büro oder auf einer meiner Baustellen, ich habe damals für die Post-Paket- und Brieffförderanlagen die Steuerungen entwickelt und in Betrieb genommen, wobei damals alle Überstunden anstandslos bezahlt wurden...

In der Rückschau muss ich sagen: Was bleibt von alledem? Geld ist nicht alles...

Du hast damals viel Geld in Fotomontagen gesteckt, um z.B. die Kassettencover Deiner Solowerke zu verschönern. Ich erinnere mich an einen Papst mit verkehrtem Kreuz als Halskette. Gibt es eine Akte „Leo K." beim Verfassungsschutz? Wie war das G'schichtl, als Dich ein - Dir nicht bekannter - Polizist mit „Grüß Gott Herr Kienmayer" angesprochen hat?

Na ja, ich weiß nicht mehr so genau, ob das mit dem Polizisten wirklich so war, oder ob das ins Reich der Legendenbildung und Sagen gehört, aber zum Verfassungsschutz: Es gibt sicher über mich einen Akt, das ist unbestritten, nachdem ich ja anno 1982 ein Gerichtsverfahren hatte. Ich wurde aber auch 1983 nach einem Konzertbesuch beim Zeltfest in Sieghartskirchen, dort haben No Bros gespielt, aufgegriffen. Und zwar wegen des Besitzes von Armbändern mit Nieten. Die Zeitung hat dann darüber geschrieben, dass ein Zivildiener, („der Gewalt verabscheut...") mit Nietenarmbändern verhaftet wurde, Ha Ha! Diese sogenannten Schläger-Armbänder waren nämlich in Niederösterreich verboten, in Wien jedoch erlaubt. Die „Beweisstücke" wurden übrigens „von Amts wegen vernichtet". Ha Ha, das heißt der Sohn des Dorfpolizisten von Sieghartskirchen hatte ein neues Spielzeug bekommen oder so. Also ich denke, es gab zumindest einen Staatspolizei-Akt, mittlerweile ist das alles ja längst verjährt. Genauso wie die Fotos, die diese Herren in den braunen Mänteln bei den Anti-Kriegs-Demos von mir gemacht haben, ha ha, dabei habe ich ihnen immer so freundlich zugewinkt!

Wie sah Mitte der 80er Jahre Dein Lebensplan aus, gab's den?

Nicht wirklich, ich meine, natürlich gab es die Vision, mit der Musik einmal ganz groß raus zu kommen, viel aufzutreten und davon leben zu können. Aber ansonsten gab es diesen Plan nicht.

Als Typ bist Du damals recht tough rübergekommen – das Rebellische war damals schon gegeben. Inwieweit war das echt? War das teilweise auch eine Maske?

Das kann ich Dir bis heute nicht erklären, sage ich Dir ganz ehrlich. Der Rebell bin ich heute noch. Aber ich habe auch heute noch „die andere Seite" in mir, und wahrscheinlich habe ich damals mit dem „to be within two worlds" überhaupt nicht umgehen können. Ich habe eher geschwankt zwischen gut und böse, und insofern wird es wohl ein bisschen Maske gewesen sein. Es ist natürlich ein bisschen Schutz nach außen, wenn Du Dich härter gibst als Du eigentlich bist, Du bist dadurch weniger verletzlich. Natürlich habe ich aber auch eine grundlegende Ablehnung gegen das vorherrschende System in mir. Du darfst nicht vergessen, ich habe mit 17 den „Steppenwolf" von Hermann Hesse gelesen, das war meine Einstiegsdroge, das hat mich geprägt bis heute. Aber ich bin sicherlich nicht der, der die Welt verändert. Ich habe zwar immer geglaubt, mit Musik kann man die Welt ein wenig verändern und besser machen, es ist aber so, dass ich mich halt schon mit der Welt wie sie ist arrangiert habe – insofern war/ist es eine Maske...

Ich erinnere mich an diese Foto-Session in Pressbaum oder Tullnerbach, wo du mit der verspiegelten Sonnenbrille und der Lederjacke erschienen bist. Du bist damals wirklich ziemlich tough herübergekommen, weniger als korrekter Gutmensch wie vielleicht jetzt ...

Gegenfrage: Glaubst Du, dass mir da etwas abhanden gekommen ist?

Ich glaube, dass es einen gewissen Wandel gegeben hat, und darauf komme ich später noch zurück. Du hast damals schnell Leute in Schubladen gesteckt, weil sie zum Beispiel ein rotes Karohemd getragen haben oder so – du hast dir schnell eine Meinung gebildet über „bürgerliche Schlapfenträger".

Das tue ich heute noch – wahrscheinlich viel zu schnell – aber um zu diesem Bad-Boy-Image zu kommen, klar, ich war noch jung, 22 Jahre alt, und meine ganzen Vorbilder waren alle eher solche Bad Boys. Nicht von ungefähr war es so, dass mich bei dem Gary Moore Konzert, wo ich die Mamas Boys gesehen habe, deren Bassist mit den Sonnenbrillen, der nebenbei auch noch cool gesungen hat, schwer beeindruckt hat. Und nicht umsonst war ich immer ein Lemmy-Kilmister–Verehrer...

*

(Kleine Anmerkung: Nicht unbedingt Rock-Musik-affine Leserinnen und Leser können gerne die folgenden fünf Seiten bis zum nächsten Sternchen überblättern...)

Deine Vorbilder waren Glenn Hughes, Lemmy, Geezer Butler, Pete Way – habe ich wen vergessen?

Genug – ha ha! Es gibt so viele, aber die Wesentlichen hast Du genannt. Was das Bass-Spielen betrifft wären noch die Leute zu nennen, die bei Uriah Heep gespielt haben, vor allem Gary Thain, John Wetton und Trevor Bolder, sie leben leider nicht mehr. Da gehört natürlich aber auch Roger Glover dazu, aber natürlich gehören zu meinen Vorbildern auch Nicht-Bassisten: Mir hat bei Motörhead Philthy Animal Taylor mindestens genauso imponiert wie Lemmy. Mir ist es noch in bester Erinnerung: ich habe Motörhead in meinem Leben zwei Mal live gesehen, und 1982 haben sie in Wien gespielt, und Philthy ist am Tag vor dem Wien-Konzert verhaftet worden, weil da haben sie in Oberösterreich, in Vöcklamarkt, in der Nähe deiner alten Heimat gespielt, und danach - in einem oberösterreichischen Bordell - ist der Typ völlig ausgerastet und war dann in der Ausnüchterungszelle. Mit diesem Grant ist er dann am nächsten Tag in Wien aufgetreten. Irgendwie hat mir das imponiert, haha. Und natürlich sollte ich auch noch erwähnen, dass mich Lemmy zu den harten Getränken inspiriert hat. Er sagte mal in einem Interview, dass er zum Frühstück schon einen Smirnov-Wodka trinkt, und ich dachte mir sofort, das mache ich auch, dann werde ich ein ähnlich charismatischer Musiker, ha ha!

Wenn jetzt jemand käme und sagen würde, „die alten Rocker sollten irgendwann einmal abtreten" und den Platz für junge frei machen… - also ich habe so den Eindruck, manche reizen ihren Namen zur Alterssicherung aus, solange es geht, wie siehst Du das?

Halb halb – es ist die Frage, wie lange man es bringt. Ich hatte ja vor Jahren das Vergnügen oder die Ehre, Geezer Butler zu interviewen für die Zeitschrift „SLAM". Er hat von sich gesagt, wenn er merkt, dass er es nicht mehr bringt, dann hört er auf. Die Selbstreflexion zu haben, ob man es noch bringt oder nicht, das ist die Krux. Zum zweiten – klar gibt es Sachzwänge, man muss von etwas leben, aber drittens ist es so – wenn ich jetzt an meine Friseurin denke – die ist noch nicht einmal 20 – und hat mir gerade erklärt, dass sie im Herbst nach London fahren wird um Morörhead und Saxon zu hören. Das muss sie sich unbedingt geben. Sie interessiert sich eigentlich nur für die Oldschool-Bands, weil alles Neue für sie so fad ist. Das zeigt mir, das Alte HAT seine Berechtigung. Wobei aber zweifellos die Generation, die nachkommt auch eine Berechtigung hat, es muss ein Nebeneinander möglich sein. Schließlich hat jede Generation ihre eigenen Heroes.
Vielleicht ist das Problem gerade in der Rock- und Hardrock Szene dieses „nicht zulassen können".
Du erinnerst Dich an dieses Saxon-Konzert, wo sie diebische Freude daran hatten, ihre Vorband, einen lokalen Act aus Wien namens Spitout oder so, runter zu machen. Wir waren damals 1986 in der Arena, bei der Vorband hat mein Freund Herbie Bass gespielt,

und sie haben der Vorband den Sound einfach vermasselt, alles am Mischpult verstellt, die konnten sich selbst nicht hören.

Saxon waren bekannt für solche „Späße". Das ist vielleicht ein Hardrock-Spezifikum oder einfach nur jugendlicher Überschwang, vielleicht sehen die Saxon das heute auch anders. Ich finde jedenfalls, das kann nix.

Ich glaube aber nicht, dass man pauschal sagen kann, die Alten sollen abtreten. Solange es etwas bringt, solange sie es bringen, solange es ihnen Spaß macht, sollen sie auch spielen – aber das ist von Fall zu Fall verschieden. Ich habe vor zwei Jahren Peter Frampton live gesehen im WUK, das war ein gutes Konzert. Der Typ sieht steinalt aus, hat keine Haare mehr am Kopf, trägt eine Brille, aber es war ein perfekter Sound, überhaupt nicht übertrieben laut, und trotzdem war es Hardrock in Reinkultur, wie „damals".

Deep Purple habe ich 2003 das letzte Mal live gesehen. Ich war ziemlich enttäuscht von Gillan, ich stehe aber Steve Morse nicht so kritisch gegenüber wie andere. Er hält sich bei der neuen Platte sehr mit dem Gitarren-Gewieher und Gejodel zurück. Die Platte erinnert vom Feeling her fast ein wenig an Stormbringer – also sie gefallen mir dann, wenn sie leise sind. Paice und Glover sind unübertroffen, wenn sie grooven und wenn sie das dürfen...

Sobald sie schnell und hart spielen müssen, ist das alles für'n Kübel...

Keine Frage, es sind begnadete Musiker am Werk – auch Don Airey mit seiner Vergangenheit mit Collosseum II und Gary Moore ist für mich ein Superstar, und wenn Gillan sich bemüht zu singen, dann kann er es auch, auf der neuen Platte ist es zu hören...

Würden Deep Purple jetzt in der Nähe spielen, würde ich mir ernsthaft überlegen, hinzugehen, einfach in der Hoffnung, dass sie viel vom neuen Material, von den ruhigen Nummern spielen. Wenn dann vielleicht „When a blind man cries" gespielt wird, bekäme ich wahrscheinlich sogar feuchte Augen. Wehe sie spielen „Smoke on the water" oder „Strange kind of woman", aber das ist zu befürchten, dass das auch kommt. Das ist zu oft gespielt und zu oft gehört, das kann man 2013 nicht mehr spielen. Du kannst auch nicht „Black Night" spielen, weil – also „Black Night" – also jede Band hat ihren Peak, und viele Bands haben ihn so um 1973 gehabt, und so wie Ritchie Blackmore damals drauf war, war er nachher nie wieder drauf, vielleicht noch kurze Zeit mit Mk.3 oder Rainbow und dann nicht mehr. So war aber auch Gillan nie wieder drauf, und so ist es auch mit Ozzy. Auf „Sabbath Bloody Sabbath" singt er so hoch wie er nie wieder seitdem gesungen hat. Schon zwei, drei Jahre später hat er es nicht mehr so gebracht. Trotzdem ist die neue Sabbath die beste Veröffentlichung seit langem bzw. die beste des heurigen Jahres. Sehr ernst zu nehmen...

Dass Ozzy nicht so hoch singt wie damals, ja mei...

Rick Rubin hat einen Super Job als Produzent gemacht, aber ich tue mir schwer, die Herrschaften ernst zu nehmen, textlich etc.

Tja, dass man so einen Text heutzutage noch schreibt... - ja da sind wir bei einer Grundsatzfrage: Ist Rockmusik überhaupt „alterungsfähig"? Diese Frage stelle ich mir selbst mit meiner eigenen Band auch, wo Songs von mir, die in der Entstehung teilweise bis auf die Achtziger zurückgehen, jetzt umgearbeitet werden. Einerseits musikalisch, weil sie damals von mir allein eingespielt worden sind, jetzt spielt sie ein richtiger Gitarrist, da ist musikalisch etwas passiert, da ist aber auch textlich etwas passiert...

Ich habe 1987 einen Songtext geschrieben, der hieß „Sex after Death", wir haben unlängst im Proberaum herzlich gelacht darüber, und ich habe mich gefragt, kann ich mit 50 so etwas wirklich singen? Nein, natürlich nicht!

Haha

Ich habe von dem Text dann Bruchstücke übernommen, aber ich habe ihn dann angepasst auf das, was ich heute vertreten kann – nur der Name ist gleich geblieben, damals wie heute heißt der Song „S.A.D.".

Insofern muss Ozzy mit Sabbath eine Zielgruppe bedienen, das ist Fakt, und das macht er auch sehr gut, und die Songs sind in ihrer Gesamtheit gut. Mir gefallen die strangen Elemente, Songs wie „Zeitgeist", absolut Sabbath wie man sie kennt. Viele monieren, dass Bill Ward fehlt, das ist keine Frage, das Swingende und Soulige ist weg. Der Typ von Rage Against The Machine ist ein begnadeter Schlagzeuger, der halt dieses „ums Oaschlecken daneben" nicht drauf hat, was hier dazu gepasst hätte. Bill Ward hat aber seine Gründe, warum er nicht mitspielt...

Man kann sagen, Black Sabbath ist punkto der Hauptakteure wahrhaftig geblieben, das ist bei Uriah Heep und bei Deep Purple problematischer bedingt durch die Umbesetzungen – Wie siehst Du das Ausnützen eines Markennamens für Touren dieser Bands, wie sie jetzt seit Jahren stattfinden?

Ich gebe Dir recht, spätestens mit dem Abgang von Jon Lord ist das ein Thema bei Deep Purple. Mir hat einmal Gotthard Rieger gesagt, es war beim Rockfestival in Pinkafeld 1982, wir hatten zusammen so ca. 47 Promille, dass es also (er hat damals gerade Jon Lord interviewt für den Rennbahn Express) sehr unwahrscheinlich sei, dass Deep Purple wieder zusammenkommen und Jon Lord hätte sich das Recht auf den Namen gesichert. Nun, Deep Purple kamen wieder zusammen und es gibt sie immer noch, auch wenn Jon Lord nicht mehr dabei ist und mittlerweile gar nicht mehr lebt.

Also, ich habe viele Ideen dazu. In den Neunziger Jahren sind Slade getourt unter dem Namen Slade2, oder Sweet featuring Andy Scott, man könnte so ein ähnliches Deep-Purple-Konstrukt machen, andererseits sind sowohl Heep wie auch Purple Bands, die dieses Personalkarussell miterfunden haben, das gehört sozusagen dazu, also bin ich da nicht so kritisch.

Morse hat inzwischen mehr Konzerte mit ihnen gespielt als Blackmore...

Ja, es sind auch viel mehr Jahre. Ich stehe Steve Morse wie gesagt nicht so kritisch gegenüber. Klar, wie schon gesagt, das Aufwärmen alter Songs ist das Problem. Wobei wieder – on the other hand – „Black Night" hat mir schon bei den Konzerten in den Achtziger Jahren nicht gefallen, die Magie war weg, die Nummer wurde verballhornt, die Aggressivität war draußen, diesen Song hätten sie überhaupt nicht mehr spielen dürfen, weder mit Blackmore noch mit sonst jemand.

*

Delikate Frage: Das Thema „Frauen" war in dieser Phase - zweite Hälfte der Achtziger Jahre – bei uns eher kein vorrangiges...

Das würde ich so nicht sehen, aber es war bei mir nicht unbedingt die Erfolgsgeschichte... Ich war da ziemlich dumm unterwegs, habe sicher die eine oder andere Dummheit gemacht, über die ich mich an dieser Stelle nicht unbedingt so genau äußern möchte, du verstehst...

Ich kann mich erinnern, dass wir fast nicht darüber gesprochen haben...

Ja wir haben zwar über vieles gesprochen, aber es war Musik immer im Vordergrund. Und ich habe meine Probleme so verarbeitet, dass ich Misserfolgs-Erlebnisse in Songtexte verpackt habe. Zum Beispiel gibt es da dieses Lied „Last Chance to Dance", geschrieben 1987, da bin ich grad ziemlich einer Arbeitskollegin „nachgelaufen". Es war keine erfüllte Liebe, und ich habe eben versucht, das so zu verarbeiten.

Ich kann mich bei Ricochet, dem Johnny-Blade–Nachfolgeprojekt, daran erinnern, dass die Freundin von Dougie, unserem Schlagzeuger, oft bei den Proben mit anwesend war, sie war eine richtige Rock'n'Roll Braut...

Ja, sie war eine Rock'n'Roll-Braut, und ich war dann 1992 mit ihr ein paar Monate zusammen. Das war eine ganz lustige Zeit, das war aber auch von Dougie „sanktioniert", denn da hatte er ja bereits längst eine andere Freundin.

Wir haben da alle unsere Dummheiten gemacht, aber wir waren darüber erhaben, dass an den Frauen die Bands zerbrochen sind. Wir haben das insofern alles im Griff gehabt mit unserem Hormonspiegel. Das ist ein Qualitätsmerkmal einer Musiker-Freundschaft wie wir sie hatten, dass die Frauen nicht so wichtig waren, dass unsere Band daran zerbricht.

In weiterer Folge ist es bei mir dann allerdings doch noch anders gekommen...

Fragen zum „Hörensagen" aus der Zeit vor 1985:
In Deiner Schulzeit hast Du mit Freunden einen Lehrer gemobbt – wie siehst Du das heute?

Na ja, das war ein Bibliothekar, kein Lehrer. Es war ein hauptamtlicher Bibliothekar. In den glücklichen Achtziger Jahren gab es noch Geld für so etwas im Bildungswesen, heute muss so etwas ein Lehrer nebenbei mit machen – nun ja, was soll ich sagen: Würde ich jetzt behaupten, heute geniere ich mich dafür, würde ich fast lügen. Es erfüllt mich heute noch mit gewissem Stolz vor Gericht gestanden zu sein, auch wenn es nur so ein Lausbubenstreich war.

Hat er Euch damals angezeigt?

Na ja, schau, es war so: Wir haben ihn angerufen und beschimpft, die Polizeiprotokolle verzeichneten über 60 solche Anrufe. Sie haben dann Fangschaltungen eingerichtet...

Es gab da noch einen Freund, er hieß Kornmandl oder so, er war auch aus Pressbaum. Er war übrigens Albino und hatte eine gewisse Ähnlichkeit mit Edgar und Johnny Winter, und er hat ein Jahr nach mir maturiert. Alle haben gewusst, dass er ständig mit mir abgehangen ist, somit hatten sie ihn „bei den Eiern"...

Sie haben ihm dann gedroht: „Du sagst uns, wer für den Telefonterror verantwortlich ist, sonst fliegst Du bei der Matura durch." Daraufhin hat er unter Zwang meinen Namen preisgegeben.

Dann wurde ich zur Polizei zitiert. Sie haben mich damit konfrontiert, dass sie mir meine eigene Stimme vorspielen könnten, von den diversen „Anrüfen". Somit bin ich relativ schnell weich geworden.

Ich kann mich erinnern, dass ich zu weinen begonnen habe, und die Sekretärin des Kommissars hat mir dann auf die Schultern geklopft. Sie war auch uniformiert, hat ziemlich streng dreingeschaut und gemeint: Ja, ja, das hast Du nun davon. Zuerst spielt ihr immer gedankenlos die harten Männer, und dann, wenn ihr den Ernst der Lage erkennt, tut es Euch leid...

Was war der Zweck dieser Drohungen?

Das weiß ich heute selbst nicht mehr, wie gesagt, ich war sehr dumm...

Es war also ein „Dumme-Jungen-Streich", aber wir waren damals alle schon volljährig. Es hat mich damals eine Stange Geld gekostet, ich habe mir einen Anwalt nehmen müssen, und mein Vater hat sich bei der Gerichtsverhandlung demonstrativ bei dem Herrn Bibliothekar, der dort als Zeuge geladen war, entschuldigt für mein Fehlverhalten. Das hat mich dann auch irgendwie gerettet, dafür bin ich meinem Vater bis heute dankbar!

Einer Legende zufolge hast Du auch in der Hausbesetzerszene in der Gassergasse musiziert – der Name Hansi Hölzel wurde erwähnt – oder gehört der eher ins Kapitel Dougie/Ernesto?

Das gehört glaube ich nicht einmal ins Kapitel Dougie/Ernesto. Also Fakt ist, sie hatten ihren Proberaum in der Gassergasse, der wurde ihnen von der Stadt Wien zur Verfügung gestellt. Wir reden von der Band Schüttelfrost, die sich dann vorübergehend in Blues-Age umbenannt hat, nachdem der Hömerl ausgestiegen ist und statt ihm mit dem 4er und diversen anderen Leuten geprobt wurde. Ein gewisser „Wukk" hat bei ihnen Bass gespielt, der ist übrigens inzwischen gestorben. Er hat mich damals eindringlich davor gewarnt, einer Lebenslüge, wie er sagte, anheim zu fallen. Dieser Proberaum wurde 1983 oder 1984 aufgelassen, zu dem Zeitpunkt, als die ganze Gassergasse geschliffen wurde. Der Ernesto hat davon in Griechenland im Urlaub erfahren, indem er die Zeitung aufgeschlagen hat und das Foto vom Bagger erblickt hat, der durch die Schutthalden im ehemaligen Jugendzentrum fährt. Der Proberaum als solcher ist aber in Wahrheit verschont geblieben - inklusive der Hanfpflanzen, die sich darin befunden haben - und die das persönliche Eigentum vom „Wukk" waren. Die Polizisten haben sie nicht entdeckt, haha. Nun, die Musiker konnten ja schließlich nichts dafür, dass die „bösen Punks" ständig randaliert haben und in der Umgebung des Jugendzentrums die Mistkübel angezündet haben. Als Ersatz-Proberaum wurde dann von der Stadträtin für Kultur – glaube ich – Frau Gertrude Fröhlich Sandner - die Arena zur Verfügung gestellt, da gab es dann diese Kooperation mit Tonau-Records, dem Muff usw.

Darum gab es dann diesen Proberaum in der Arena, der allerdings, wie wir wissen, sehr dubios war, da ist uns ja auch Equipment gestohlen worden...

Auf jeden Fall habe ich einmal, ca. 1983, Dougie und Ernesto besucht im Proberaum in der Gassergasse und habe ihnen meine Kassettenaufnahmen vorgespielt bzw. geborgt, habe auch diesen „Wukk" kennengelernt, das war irgendwie ein Schlüsselerlebnis für mich, und ich erinnere mich an allerhand dubiose Leute die dort waren, der ganze Dunstkreis...

Ein gewisser Adi hat da irgendwie dazugehört, er war ein damals noch unbekannter Schauspieler und Sänger, dann natürlich der Vito, der heute immer noch in Purkersdorf wohnt und sich als Maler mit seinen Bildern den Unterhalt verdient. Er hat übrigens Österreichs einzige mir bekannte Rock-Oper produziert, und zwar schon in den späten Siebziger Jahren...

...aber ich habe irgendetwas gehört vom Falco, dass er mal mit Schüttelfrost gejamt hat...

...das wäre mir nicht bekannt, vielleicht eher der Supermax, das könnte sein...

...ich erinnere, dass Dougie mal erzählt hat, „wir haben g'spielt mit dem Falco, da war er noch nicht der Falco...

...ist möglich, ist möglich, ich meine du weißt aber auch, dass der Dougie nach jedem Bier noch mehr erzählt hat und alles noch mehr aufgebauscht hat. Ich erinnere nur an Passau, wo aus 1.500 Leuten im Publikum irgendwann mal 15.000 oder gar 150.000 geworden sind. Legendär war übrigens auch, wenn Du Dir mit ihm etwas ausmachen wolltest, und er geantwortet hat: „Jederzeit, nur net heut! Schau ma mal!"

Ich finde es übrigens super, dass der Ernesto diese Facebook–Seite ins Leben gerufen hat, und das ist ein positives Beispiel, wofür so soziale Medien gut sein können, ich meine die historischen Fotos aus dieser Zeit...

Ich möchte nochmal sagen, ich bedaure, dass ich aus diesen Jahren fast keine Fotos besitze, aber ich habe noch sehr viele Kassetten, und es gibt ja jetzt Kassettenencoder zum Umwandeln in mp3-Format.

Ja so etwas muss ich mir auch mal zulegen, ich habe auch genug Aufnahmen, Du siehst den Kasten hier, die ganze untere Reihe, das ist zwei Meter breit, ein Koffer neben dem anderen, und da sind eigenproduzierte Kassetten drin aus dieser Zeit, das harrt alles noch einer Veröffentlichung...

2
MONSIEUR TRAIN TRAIN
und die Liebe in Zeiten des Klimawandels

Prolog

Ein früher Morgen, ein fremdes, leeres Bett, ein fremdes Zimmer in einer fremden Wohnung – eine undeutliche Erinnerung an eine Frau...

Der Mann blickte aus dem Fenster und erkannte seine ihm wohlbekannte Wohngegend, doch diese wirkte seltsam fremd und klein, so wie aus sehr großer Höhe eines Wolkenkratzers beobachtet. Ein fast unwirklich blauer Himmel wölbte sich über der Stadt, gläsern leuchtete das zarte Grün der Bäume in der Morgensonne. Schäfchenwolken zogen gleichförmig wie Papierschiffchen über das Firmament. Menschen waren keine zu sehen, leer und sauber schien ihm diese Welt. Was war DAS für ein Tag? Was war gestern geschehen? Frühling? Ein neues Jahr? Schon wieder? Unangenehm berührt verließ er die Wohnung, trat auf einen Gang, betrat ein Stiegenhaus und versuchte dabei, das Abenteuer der vergangenen Nacht zu rekapitulieren, doch vergeblich: nur undeutlich und schemenhaft stiegen Bilder vor ihm auf, die genau so gut einem Traum entstammen konnten, seltsam verkrümmte Leiber in blaues Licht getaucht waren undeutlich hinter Rauchschwaden zu erkennen. Das Stiegenhaus, in dem er sich befand, schien indes kein Ende zu nehmen, während er weiter und weiter hinabstieg. Aus kleinen, lange nicht mehr geputzten Fenstern drang milchiges Licht herein, die Außenwelt war kaum erkennbar, Zweige, die sich draußen im Wind wiegten, warfen ein Schattenspiel auf die Scheiben und die Wände. Er erreichte kein Erdgeschoß und keinen Ausgang, sondern die Treppe endete vor einer Kellertür. Der modrige Geruch von feuchter Luft und Tod drang ihm entgegen. „Ein Haus ohne Erdgeschoß", fuhr es ihm durch den Kopf. Wieder oben in dem Zimmer blickte er nochmals aus dem Fenster, das sich nicht öffnen ließ. Seltsam massiv wirkte die Glasscheibe und trennte ihn von der Außenwelt, einer Außenwelt die womöglich lebensfeindlicher war, als sie auf den ersten Blick wirkte. Der Rückweg nach Hause in sein altes Leben schien ihm für immer versperrt.

(Eine kleine Referenz an Marlen Haushofer und ihr Buch „die Wand")

Die nun folgende Erzählung handelt davon, wie es dazu kam, dass unser Held in diese Situation und diesen bedauernswerten Zustand gekommen war...

Sonntag in Ober St.Veit

Monsieur Train Train pflegte ein beschauliches Dasein in seinem Refugium, das durchaus die Bezeichnung Elfenbeinturm verdiente.

Nach einem Leben am Abgrund, ständig gezeichnet vom Austarieren zwischen der Sucht nach Exzessen aller Art und der Angst vor Kontrollverlust, dankte er seinem Schicksal (und vielleicht auch seinem Schöpfer, so es denn einen gab), dass er sich immer noch relativ guter Gesundheit erfreuen durfte, und er dankte es, indem er ein Leben in sorgfältig geordneter und geplanter Diszipliniertheit führte.

Ein unerfreulicher Zwischenfall, schon einige Jahre zurückliegend, hatte ihm eindringlich vor Augen geführt, wie filigran und zerbrechlich dieses Leben und die Gesundheit doch waren. Er hatte damals den Notarzt gerufen, da er vermeinte, den unangenehmen Geschmack des Todes zu verspüren. Um genau zu sein schmeckte der Tod nach gar nichts, und dies war besonders beunruhigend. Seitdem war dieser Tod jedenfalls ein ständiger Begleiter in Train Trains Leben, wie eine schweigende Gestalt, die in der Nacht am

Küchentisch saß, wenn er aufstand, um einen Schluck Wasser zu trinken, und ihm zublinzelte und zu sagen schien: „Wir sehen uns…"

*

Monsieur Train Train erwachte gegen 8 Uhr. So wie jeder Morgen und jedes Aufwachen so war es auch heute eine Rückkehr und ein langsames Zurücktasten ins Leben. Diese Zwischen-Zeit, der Zeitpunkt des Erwachens, an der Schwelle vom Schlaf zum Bewusstsein, war der spannendste Moment jeden Tages. Mit der zu Gebote stehenden Achtsamkeit begann er sodann sein Morgenritual. Er öffnete das Fenster zur Straße und jenes rückseitig zum Garten, um die Wohnung zu durchlüften. Ein bisschen blauer Himmel war zu sehen. Er lehnte sich aus dem Fenster und sog die frische klare Morgenluft tief ein – ja, das konnte ein guter Tag werden. Draußen ließ sich eine Möwe auf einem Baum nieder und rief ihren Artgenossen etwas zu, das Train Train zu gern verstanden hätte. Die Glocken der nahen Kirche am Berg läuteten und eine fast heilige Stimmung bemächtigte sich seiner. Er hatte eine Zeit der Unpässlichkeit hinter sich. Nun stellte er wohlgelaunt den Kaffee zu – den ersten seit einigen Tagen – und bereitete seinen Dinkelbrei, diesmal mit besonders viel Wasser. „Kein rohes Obst und Gemüse", hatte ihm seine Hausärztin geraten. Also kochte er den Brei mit den Früchten extra lang und heiß. Der Geruch des Breis mit den gekochten Früchten und der dampfende Kaffee verbreiteten ein angenehmes Aroma in Train Trains Wohnzimmer, das in ihm Kindheitserinnerungen weckte. Er schloss die Fenster und schaltete das Radio ein - ja, nun fühlte er sich wieder im Leben angekommen, ein dunkler Schatten, der wie ein böser Traum über ihm lastete, schien plötzlich wie weggewischt, und Train Train begann seine üblichen Kreise zu ziehen…

*

Später, nach dem Mittagessen, öffnete Monsieur Train Train nochmals das Küchenfenster, um den Kochdunst entweichen zu lassen, während er das abgewaschene Geschirr in den Schrank schlichtete. Draußen war es still, das Dorf inmitten der Stadt ruhte. Eine Katze schlich durch den Nachbarsgarten, was ein Vogel mit lauten Warnrufen seinen Artgenossen verkündete. Darüber hinaus war nur das leise Brummen eines Sportflugzeuges zu hören, das irgendwo über dem Wienerwald dahinflog. Train Train entschloss sich spontan zu einem Spaziergang, schlüpfte in die Sportschuhe und warf wie gewohnt noch einen Blick in die Küche, ob er alles abgedreht hatte. Dann marschierte er seine Gasse entlang, bis er die Hauptstraße erreicht hatte. Hier war die Nebenfahrbahn noch mit alten Pflastersteinen ausgeführt und im Boden waren die letzten Gleisreste einer ehemaligen Straßenbahnlinie erkennbar. Ein schmaler Weg führte zwischen Gärten hindurch und wurde auf beiden Seiten von Zäunen begrenzt. An einer besonders engen Stelle wollte es der Zufall, dass ihm eine ältere Dame mit einem Kinderwagen entgegenkam. Train Train blieb höflich stehen und drückte sich an einen Zaunpfahl, um die Dame mit dem Kinderwagen vorbeizulassen. Sie sprach währenddessen mit dem Kind, zeigte auf Bäume, die gerade die ersten zarten Knospen und Blüten des Vorfrühlings trugen, und sprach vom Wunder des Lebens. Als sie unmittelbar auf gleicher Höhe mit ihm war sagte sie, „siehst Du, der Herr geht auch ein wenig spazieren, wo es doch so ein schöner Nachmittag ist...". Train Train fühlte sich irgendwie angesprochen, nickte ihr noch kurz zu, ging jedoch eilig weiter.

Alsbald stieg er die steile Wiese hinan, von hier aus hatte er einen schönen Rundblick. Beinahe die ganze Stadt lag ihm zu Füßen. Am höchsten Punkte angelangt genoss er die Sonne und die laue Luft.

„Wie schön dieses Leben sein konnte", dachte er bei sich und erbaute sich an dem Gedanken, dass die ihm schon dräuende

Winterreise für dieses mal wieder abgesagt war und er sich noch einmal eines Jahres an geborgter Zeit erfreuen durfte...

*

Monsieur Train Train ging durch stille Gassen, vorbei an Villen und Gärten, die ihn an seine Kindheit auf dem Lande erinnerten. In einem Garten, an dessen Tor er gerade vorbeischritt, war eine hübsche Maid damit beschäftigt, während sie telefonierte ihre Katze vom Obstbaum herunter zu locken, wobei das Tier jedoch gar nicht daran dachte, den selbstgewählten Aussichtsplatz zu verlassen. Versonnen las Train Train die Straßennamen, Orte des Innehaltens, und ein süßer Schmerz stieg in ihm hoch und kündete von verlorener Jugend, verschmähter Liebe, versäumten Gelegenheiten und den Wendepunkten in seinem Leben.

Das hier oftmals anzutreffende Schönbrunner Gelb der Häuser wurde im Lichte der Nachmittagssonne zu einem beinahe unwirklichen Pastellton, der seine melancholische Stimmung verstärkte.

*

Train Train beschloss, sich noch ein wenig auf eine Parkbank zu setzen. Er ließ das Szenario auf sich wirken und hörte Gesprächsfetzen an sein Ohr dringen. Ein Vater sagte zu seinen Kindern: „So, wir machen jetzt ein Selfie – bitte alle lachen!" Train Train drehte sich kurz um und erblickte den "hoffnungsfrohen" Nachwuchs – gelangweilt bis mürrisch dreinblickend über die Displays ihrer Smartphones gebeugt.

„Generation Blindgänger", dachte er sich ärgerlich und wandte sich ab.

Ein paar Kinder jagten auf einem Spielplatz einem Ball hinterher, die Mütter saßen daneben und unterhielten sich über das neue Plastiksackerlverbot:

„Also wenn ich jetzt zu jedem Einkauf das Lehrgebinde mitbringen muss, werd' ich halt mit dem SUV meinen Einkauf beim „dm" erledigen, i' schlepp' doch ned alles in die Cottage hinauf und wieder hinunter..."

Train Train schüttelte den Kopf und erinnerte sich dabei an die beschwerlichen Einkäufe, die seine Großmutter auf dem Land zu bewältigen gehabt hatte – einmal die Woche die schwere Einkaufstasche mit den Milchflaschen zwei Kilometer hin und zurück geschleppt – heute wohl für diese Menschen unvorstellbar, wie sehr er sie dafür verachtete.

Derweilen näherte sich ein Herr, der dem unlängst pensionierten Bürgermeister der Stadt nicht unähnlich sah.

Über seinem beachtlichen Bauch wölbte sich ein nicht mehr ganz frisches Hemd, und er trug ein Billa–Sackerl, in dem Weinflaschen klirrten.

Auf der Nachbarsbank stand ein Plastikfläschchen, das vermutlich von einer Familie hier vergessen worden war. Der Mann schob es mürrisch zur Seite und brummte, „...entweder es gehört hierher oder es gehört weg ... wo samma den, wenn daun überoi de Red Bull Dosen herumkugeln...". Er setzte sich schließlich auf die Bank, blickte wild herum, nach einiger Zeit dann an Train Train gewandt:

„...und Herr Kollege – alles in Ordnung?"

Dieser darauf: „Der Frühling kommt, es ist Wochenende, alles o.k."

„Aha, was arbeiten's denn, wenn ich fragen darf?"

„Ich bin Techniker in der Elektrobranche..."

„Aha, Techniker, so so...", sagte der Herr und fuhr fort:

„Ja wissen Sie, seit ein paar Monaten bin ich gezwungenermaßen beschäftigungslos, habe sozusagen sehr viel Zeit...

Die jungen Menschen heute, mit ihren vielen Terminen und ihrem teuren elektronischen Ramsch, die haben ja keine Ahnung...

Wenn die wüssten..."

Train Train musste dem Mann innerlich Recht geben, und dieser fuhr fort:

„Ich habe gelernt, mit wenig auszukommen, ICH bin Überlebenskünstler, das wird man ganz einfach, ich bin nämlich Buddhist und außerdem Kommunist, KOMMUNIST, verstehen Sie?"

Er unterstrich die Bedeutung seiner Worte mit einer Geste und fuhr kichernd fort: „Ich habe meinen Lenin gelesen, DIE RELIGION IST DAS OPIUM FÜR DAS VOLK und so weiter..."

Er verwechselte grade Lenin mit Marx, Train Train ignorierte es und warf nur kurz ein:

„....ich habe um 2003 für die Volksstimme geschrieben, ehe sie eingestellt wurde..."

„Ah, sie haben für die Volksstimme geschrieben? Aber geh! Ich habe gleich gesehen, dass Sie so was wie ein bunter Hund sind, das sieht man Ihnen an, ich meine, wenn man meine Lebenserfahrung hat, net wahr? Des is mir sofort aufgefallen, dass Sie net einfach nur ein normaler Techniker sind.

Sag'n Sie, sind Sie vielleicht auch schwul?"

Train Train verneinte entschieden...

„Ah nein, also entschuldigen's, dass ich Sie das jetzt gefragt hab, aber Sie sind so ein ausgesprochen hübscher junger Mann, und dabei so schlank..."

Es stellte sich heraus, dass er zehn Jahre älter war als Train Train, der „junge Mann" ging also gerade noch in Ordnung.

Das Telefon des Herrn läutete, seine Frau schien nach seinem Verbleib zu fragen, und er antwortete nur knapp: „Du, i' bin bereits im Bezirk und kum' eh bald..." Train Train nahm dies zum Anlass, um sich eilig zu verabschieden und machte sich auf den Weg zum nahen Kaffeehaus.

*

Auch hier pflegte er sein persönliches Ritual und machte, nachdem er gegrüßt hatte, eine genaue Inspektion der Vitrine mit den Mehlspeisen. Er war zwar schon einigermaßen sicher, was er bestellen würde, doch wer weiß? Vielleicht gab es ja diesmal etwas Neues, das er noch nicht kannte...

Nachdem sein Blick auf ein Stück Nusstorte gefallen war entschied er sich dazu, das Gleiche wie immer zu bestellen.

Mit verschwörerischem Blick wandte er sich an die Kellnerin und fragte wie gewohnt: „Ist hinten ein Tisch frei?" „Ja, ja Platz genug", antwortete sie und setzte nach: „Ein Einspänner, wie immer?" „Ja bitte, und eine Nusstorte dazu", antwortete er und ging weiter in das Lokal.

Dort gab es ein Gemälde, das eine wildromantische Landschaft in der Abendsonne zeigte. „Das Bildnis der verlorenen Träume", dachte Train Train eingedenk seines eingeschränkten Aktionsradius. Es schienen ihm die Voralpenberge, die er vor 15 Jahren noch mühelos erklommen hatte, und zwar innerhalb eines Tages inkl. An- und Abreise, schienen ihm diese also ebenso unerreichbar wie die samtweiche Stimme der telefonierenden Frau in dem Garten vorhin, die immer noch in seinen Ohren nachklang. Train Train tröstete sich mit dem Gedanken, dass sich die meisten Menschen des Mittelalters ihr ganzes Leben lang nur innerhalb eines Umkreises von 30 Kilometern bewegt hatten und trotzdem glücklich und zufrieden gewesen sein mochten, so seine romantische Vorstellung. Er ließ nochmals das eben geführte Gespräch im Park Revue passieren und musste schmunzeln. Ein Kommunist also, der mit wenig bis gar nichts auskommen konnte, na ja – irgendwie imponierend, dachte und fühlte ER doch genau so. Nichts zu besitzen musste aber wohl auch implizieren, sich von niemandem besitzen zu lassen, so seine Überlegung...

Erst jetzt fiel ihm am Nebentisch eine Dame auf, die ungefähr in seinem Alter sein mochte und mit fremdländischem Akzent telefonierte. Er betrachtete sie verstohlen. Sie trug große Ohrringe und war für ihr Alter auffällig geschminkt, und als Train Train sich bei diesem Gedanken ertappte, musste er kurz innerlich lachen – was für Unfug! Was heißt „für ihr Alter?"

Gerade als sie das Telefonat beendete brachte die Kellnerin den Kaffee und die Torte. Er bedankte sich und die Kellnerin sagte „Bitte schön! Sie waren ja jetzt schon länger nicht bei uns..." Er erwiderte (er würde nie zugeben, dass er krank war): „Ich habe gerade eine sehr arbeitsreiche Zeit hinter mir, doch heute gönne ich mir einen day off – ich war schon am Roten Berg und jetzt brauche ich eine Stärkung..." „Recht ham' Sie", sagte die Kellnerin und lachte dazu. Train Train, der gerne hin und wieder ein paar Worte mit ihr wechselte, sagte noch: „Ich sollte ja eigentlich Süßspeisen eher meiden, mein Cholesterin, sie wissen, aber es ist mir egal, man lebt nur einmal, also erlaube ich mir jetzt, zu sündigen..." „Genau, recht ham' Sie", nickte die Kellnerin und ging weiter.

Nun meldete sich die Dame vom Nebentisch zu Wort und sagte mit schelmischem Lächeln: „No, wenn das ihre einzigen Sinden sind, dann sind Sie ja nicht so schlimm." Train Train, der sich in diesem Moment ein wenig albern vorkam und sich plötzlich sehr alt fühlte, zog eine Augenbraue hoch während er seinen Kaffee schlürfte und erwiderte verlegen: „Tja, was soll ich da jetzt darauf sagen?" Sein Blick wanderte wieder zu dem schon erwähnten Gemälde.

Die Dame folgte seinem Blick und fragte: „Kennen Sie diese Landschaft? Mir kommt es irgendwie bekannt vor..." Er verneinte, während sie fortfuhr, „...ich bin ja manchmal mit dem Alpenverein unterwegs, wissen Sie, in so einer Gruppe zu gehen ist wirklich sehr unterhaltsam."

Er schauderte innerlich bei dem Gedanken, mit einer Gruppe unterwegs zu sein. Er liebte es, allein durch die Natur zu streifen und die Stille zu genießen, bzw. die Stimmen des Waldes für sich alleine zu haben, dieses ständige Geschnatter wäre ihm wohl schlichtweg unerträglich. Laut sagte er: „Ich bin auch Mitglied des

Gebirgsvereines und lese auch mit Interesse jedes Mal, welche Touren sie machen, ist sich bei mir bis jetzt aber nicht ausgegangen..."

Er wandte sich wieder dem Kaffee zu und verschlang mit wenigen Bissen seine Torte. Dabei überprüfte er gewohnheitsmäßig den üblichen Stapel Zeitungen. Er schnappte sich die neueste Ausgabe der „Presse", wo in großer Aufmachung über die Klimaproteste und Schülerstreiks berichtet wurde. Seine Blicke trafen sich mit jenen seiner Sitznachbarin. „Diese Kinder", sagte die Dame da zu ihm, „diese Kinder werden dereinst sagen können, dass sie eine schöne Kindheit gehabt haben. Aber sie werden möglicherweise im Alter furchtbare Dinge erleben müssen, und ich kann und will mir gar nicht alles vorstellen, was auf die zukommt..."

Train Trains Gesicht verfinsterte sich: „Ich kann's mir leider schon sehr gut und sehr bildhaft vorstellen. Die Lebensräume werden durch den Klimawandel kleiner werden, die Menschen werden sich gegenseitig die Augen auskratzen, die Köpfe einschlagen, und sie werden sich gegenseitig aufessen, und da werden keine noch so hohen Zäune und Mauern etwas daran ändern können, aber entschuldigen Sie meinen Pessimismus..."

„Ist schon gut", sagte sie, „ich denke auch, dass man dem Klimawandel mit Protektionismus, Nationalismus oder gar völkischen Ideen nicht begegnen kann. Es gehört wohl ein generelles Umdenken von uns allen dazu".

Train Train erwiderte: „Ja, und ich habe damit bereits begonnen. Ich lebe bescheiden wie vor Jahrzehnten und überlege mir sogar mittlerweile jedes E-Mail, ehe ich es versende, denn jede sinnlose Rechnerleistung ist global gesehen Energieverschwendung, erzeugt Verlustwärme und führt nebenbei dazu, dass irgendwo auf dieser Welt irgendjemand daran verdient..."

Sie, der diese Sichtweise ein wenig zu radikal erschien, meinte dazu: „Sie gehören wohl zu jenen Menschen, deren Realismus keine Erholungspausen kennt. Ist dieses Leben nicht furchtbar freudlos und anstrengend?"

Train Train antwortete nach einigem Nachdenken: „Nach den Maßstäben 'normaler' Menschen möglicherweise, aber mein Leben hat so viele Facetten, die eben diesen 'normalen' Menschen verborgen bleiben, dass ich mich dessen glücklich schätze."

Er rief die Kellnerin herbei um zu zahlen und verabschiedete sich von der Dame mit den Worten: „Verzeihen Sie, ich hätte mich gerne noch ein wenig mit Ihnen unterhalten, aber ich hab' noch zu tun..."

„Ja, schade, aber ich kann Sie wohl zu nix überreden", antwortete sie, worauf Train Train spitz erwiderte: „Nein, mich kann man nicht überreden, ich bin immer Herr der Lage, und wenn ich etwas vor habe, bin ich davon nicht abzubringen, no way...".

Er winkte ihr noch zu und schritt von dannen.

Irritiert und aufgewühlt betrat er seinen Elfenbeinturm, denn an diesem Tag hatte ihm das Leben wohl mehrmals die Hand entgegengestreckt und er hatte sie ausgeschlagen.

Er kehrte also zurück in seine Wohnung und sein wohlgeordnetes Leben, doch wie fast jeder Persönlichkeit Dämonen innewohnen, so hatte Train Train die seinen...

Ein neuer Versuch

You were so high
I bet you felt you could touch the sky
Now you reached the top, was it worth the climb?
*Oh, what did you find? Would you leave it behind? *)*

) © 2019 James John Napier / Sam Roman „Velvet Rope" by Rita Ora

Monsieur Train Train war müde, sei es, weil die Kälte an ihm zehrte, sei es, weil er am Vortag später als sonst schlafen gegangen war. Er saß in der U-Bahn und befand sich an der Schwelle zu einem

Dämmerzustand, wo die Gedanken seltsame Wege zu nehmen begannen und eine Erinnerung in ihm hochstieg, die ihn aber kein bestimmtes Bild fassen ließ.

Ein Filmplakat auf einem Bahnsteig brachte ihn aus dem Gleichgewicht. Wie oft war er einst mit seiner Frau im Kino gewesen, wie oft hatte er viele Stunden an der Filmfestival-Kassa ausgeharrt um ihretwegen Karten zu erstehen und gehadert, dass er diese Stunden nicht für sich nutzen konnte. Nun hatte er alle Stunden für sich allein – vorbei! Perdu!

Train Train kostete den Moment der Trauer tief aus. Seine Augen füllten sich mit Tränen, der Seelenschmerz ward ihm körperlich fühlbar und unwillkürlich fasste er sich ans Herz. Dann atmete er tief durch und hatte dieses wohlbekannte Gefühl der Befreiung. Eine frische Brise füllte seine Lungenflügel, es roch nach neuen, bisher unbekannten Optionen und Möglichkeiten, das Leben schien nun wieder wie eine unendliche, lange Straße vor ihm zu liegen. Die Vergangenheit, sie gehörte zu ihm, so dachte er, und er zehrte von den schönen Momenten. Doch jetzt war jetzt, und er konnte keinen Moment zurückholen oder nochmals erleben...

Der Zug lehrte sich und es wurde still um Monsieur Train Train. Er fühlte sich wohler und wohler je weiter er sich vom Zentrum der Stadt entfernte. Die Häuser, die er aus den Fenstern der U-Bahn erblickte, wurden zusehends niedriger, und immer häufiger wurde ein wenig Grün dazwischen sichtbar. Einige Stationen bevor er sein Ziel erreicht hatte, stieg eine Frau mit einem Fahrrad in den Zug. Sein erster Gedanke war, dass es um diese Tageszeit genau genommen verboten war, mit einem Fahrrad in die U-Bahn einzusteigen. Doch er zuckte im Geiste müde die Achseln, es war ja ohnedies nichts los, sie störte ja niemanden mit ihrem Fahrrad. Dann musterte er sie kurz, sie war unbestimmbaren Alters, sicherlich nicht mehr ganz jung, sie trug eine enge schwarze Lederhose, dazu schwarze Schuhe mit hohem Keilabsatz. Es war eigentlich eine Kunst, damit Rad zu fahren, stellte er anerkennend fest - und noch einiges mehr. Ihre Gesichtszüge muteten asiatisch an, die Haare waren zu einem modischen Schopf hochgesteckt, von dem einige Strähnen herabhingen. Für einen winzigen Moment trafen sich ihre Blicke, sie lächelte kurz – so bildete er sich ein - und sie vertiefte sich wieder in ihre Zeitung. Train Train war unangenehm berührt. Sie gefiel ihm, er mochte etwas an der Ausstrahlung asiatischer Frauen, obwohl ihm ihre oftmals prekäre Situation aufgrund der herrschenden Machtverhältnisse bewusst war und er - ob dieses Vorurteils - Distanz wahrte. Er ertappte sich bei dem Gedanken: „Wie zum Himmel fang ich an? Was könnte ich zu ihr sagen?" – Er fand aber keine Antwort...

Langsam schlich sich der Dämon an und gewann die Kontrolle über seine Gedanken und die Geschehnisse: Wie es der Zufall wollte, oder als hätte er es geahnt, stieg die Frau mit dem Fahrrad an der gleichen Station aus wie er. Sie blickte sich ratlos am Bahnsteig um, mit dem Fahrrad war es mühsam die Stufen hochzusteigen, daher suchte sie wohl nach dem Lift. Im vorbeigehen glaubte er zu vernehmen, dass sie leise – vermutlich mit sich selbst – sprach. Rasch ging er zur Treppe und blickte dabei geradeaus, um einer weiteren möglichen Kommunikation mit der Frau aus dem Weg zu gehen. Sie würde den Lift schon finden, so sein grimmiger Gedanke...

Eigentlich hatte er die Frau SEHR interessant gefunden und gerade deshalb sich davor gefürchtet, in ein Gespräch mit ihr verwickelt zu werden. So resümierte er nun sein Fehlverhalten, während er rasch durch die wenigen Gassen eilte, die ihn von der Stille und Abgeschiedenheit seiner Wohnung trennten. Er hatte sich grade wieder saublöd benommen, wurde ihm bewusst, während er aus dem Off das höhnische Lachen des Dämons zu vernehmen glaubte. Er verfluchte diese unheimliche Eigenschaft, die ihm zu eigen war bzw. die er dem Dämon verdankte, nämlich nicht nur Gelegenheiten des Kennenlernens und der Kommunikation ungenutzt verstreichen zu lassen, nein, sondern sogar seine Mitmenschen geradezu anrennen zu lassen wie gegen eine unsichtbare Wand, die ihn umgab. Er beschleunigte seine Schritte, als ob er vor seinem Leben davonlaufen müsste, und wurde erst ruhiger, als die Haustür hinter ihm ins Schloss fiel...

Nachts im Dämmerland seiner Träume bekam Monsieur Train Train die einmalige Gelegenheit, es noch einmal zu versuchen, und diesmal RICHTIG zu machen, ganz so wie im „Magischen Theater" von Hermann Hesses „Steppenwolf":

Langsam schlich sich der Dämon an, doch Train-Train nahm sich vor, ihm diesmal keine Chance zu geben, die Kontrolle zu übernehmen. Wie es der Zufall wollte, oder als hätte er es geahnt, stieg die Frau mit dem Fahrrad an der gleichen Station aus wie er, sie blickte sich ratlos am Bahnsteig um, mit dem Fahrrad war es mühsam die Stufen hochzusteigen, daher suchte sie wohl nach dem Lift. Im vorbeigehen glaubte er zu vernehmen, dass sie leise – vermutlich mit sich selbst – sprach. Er packte die Gelegenheit sprichwörtlich beim Schopf und sprach sie an: „Kann ich – ähm darf ich ihnen helfen?" Sie hob den Kopf, jetzt erst wurde ihm der beträchtliche Größenunterschied zwischen ihnen beiden bewusst. Sie sagte mit leiser, aber fester Stimme, bemüht, die richtigen Worte in einer ihr ungeläufigen Sprache zu finden: „Danke, ich suche diese Adresse..." Sie hielt ihm das Display ihres Smartphones vor die Augen, er sah den Werbeeintrag eines chinesischen Restaurants, welches sich in seiner Straße befand. Sie hatte also den gleichen Weg wie er. Seine Züge hellten sich auf, die erste Anspannung ließ nach. Schnell fasste er den Entschluss, jetzt „dran zu bleiben": „Ähm, wir haben den gleichen Weg, es ist gar nicht weit von hier. Darf ich Ihnen mit dem Fahrrad über die Treppe helfen? Es gibt hier zwar auch einen Lift, aber der ist auf der anderen Seite des Bahnsteiges, das wäre ein Riesen-Umweg für Sie..." „Danke", sagte sie nun wieder, während sie das Telefon in ihre Hosentasche steckte und den Rucksack vom Gepäckträger des Fahrrades nahm und ihn umschnallte. Er ergriff unterdessen das Fahrrad, hob es einmal vorsichtig kurz an, in der Hoffnung den Mund nicht zu voll genommen zu haben, doch es ging ganz problemlos. Beim hinaufgehen über die Treppe sagten sie beide kein Wort, er war froh darüber, denn natürlich war er ein wenig außer Atem. Es verschaffte ihm außerdem Zeit, um nachzudenken, wie er nun weitermachen könnte. Oben angekommen ergriff sie schnell wieder ihr Fahrrad, er versuchte, seinen Mund zu einem schnellen Grinsen zu verziehen, während sie erneut nur „Danke" sagte. Er begann, langsam sprechend, in der Hoffnung, dass dieses Gespräch Fahrt aufnehmen würde: „Also, wir gehen jetzt einfach hier über die Straße, dann dort vorne rechts und an der nächsten Ecke sehen Sie bereits das Lokal... es ist sehr bekannt, man kann dort auch Essen bestellen und nach Hause zustellen lassen". Sie antwortete: „Ja, und genau dafür bewerbe ich mich hier in diesem Lokal, ich bin nämlich Fahrrad-Botin, und bei Foodora hat es mir nicht so gut gefallen, zu viel Verkehr in der Innenstadt, hier ist es ruhiger..." Sie sprach, zunehmend schneller werdend, während sie neben ihm das Fahrrad am Gehsteig schob und ständig zu ihm aufblickte. Er verspürte das Bedürfnis, sich zu ihr hinunter zu beugen und sie zu umarmen, denn er hatte sie längst ins Herz geschlossen. Ihm fiel dann gerade noch rechtzeitig ein, ihr „toi toi toi, also Viel Glück" für ihren Termin zu wünschen, dann trennten sich an besagter Ecke ihre Wege. Sie winkte ihm noch zu und er hoffte nur inständig, dass sie den Job bekam, denn dann würde er in Zukunft wohl des Öfteren – ganz entgegen seinen Gewohnheiten – Chinesisch zu Abend essen...

Schatten über dem Paradies

Aus dem Sinnesrausch zu erwachen bedeutete immer ein wieder Zurückfinden ins Leben und er wusste warum die Franzosen diesen Rausch den „kleinen Tod" nannten. Nur mühsam gelang es den Augen, ein klares Bild des Raumes zu formen. Diese schon bekannte Wahrnehmung war so oft in seinem Leben mit der Tatsache verknüpft gewesen, sich auf den Weg nach Hause machen zu müssen und den Blicken der anderen Menschen auszuweichen – niemand sollte hinter seine Fassade blicken und die Dunkelheit erahnen, die seine Seele umgab. Nun, dieser Morgen war anders gestaltet, die Welt aus den Fugen geraten, ein 1. Mai, der seinesgleichen suchte. Lag es daran, dass er den Kalender zu früh umgeblättert hatte, lag es an der Zeitumstellung, liefen die Zeiger der Uhren gerade rückwärts? Oder lag es daran, „in seinen eigenen vier Wänden" zurück ins Leben finden zu können und sich langsam in dieser so veränderten Realität zurechtzufinden? Hörte er da nicht das gleichmäßige, ruhige Atmen einer Frau an seiner Seite oder gaukelten ihm die Bilder im Kopf und das stetige Rauschen in den Ohren nur etwas vor?

Durch das geöffnete Fenster drangen die Stimmen der singenden Vögel und der Geruch von feuchter Erde und Gras, das von Morgentau benetzt war – alles Wahrnehmungen, die noch immer so waren wie ehedem vor Jahrzehnten, als er und die Welt noch jung gewesen waren. Diese Welt drehte sich also weiter und war in diesem Sinne immer noch in Ordnung, und es waren diese Dinge die ihn daran hinderten, auszuwandern oder sich gar ganz abzuwenden – es gab noch Gründe, zu bleiben.

*

Die Via Sacra, von Wien nach Maria Zell, sie war fixer Bestandteil in Monsieur Train Trains Repertoire an alten Wegen, die er immer wieder gerne beschritt. Eine Melodie und ein Textfragment eines alten Country-Songs waren an diesem Tag seine treuen Begleiter.

Oh, but how can words express the feel of sunlight
In the morning in the hills away from city strife
I need a country woman for my wife
I'm city born but I love the country life

For I can not be part of her "Cocktail-Generation Partner's Waltz, "

Devoid of all romance
The music plays and everyone must dance
I'm bowing out, I need a second chance

Save me from all the trouble and the pain
I know I'm weak but I can't face that girl again
Tell her the reasons why I can't remain
Perhaps she'll understand if you tell it to her plain *)

*) Castles in the Air by Don McLean © 1970

Der Höhenrücken zwischen der Hinterbrühl und Kaltenleutgeben gehörte zu jenen magischen Plätzen, nach denen Train Train geradezu süchtig war. Der Weg, auf dem er mit schnellen, weit ausladenden Schritten unterwegs war, wurde auch „Hochstraße" genannt. Er führte immer geradeaus nach Westen, an manchen Punkten war der Blick nach Norden wie nach Süden schier unbegrenzt und vermittelte ein Gefühl von Freiheit und unberührter Natur. Es sollte ein heißer Tag werden, schon beim mühsamen Anstieg über die Perchtoldsdorfer Heide lag träger Dunst über Wien. Er war früh aufgebrochen, um wenigstens diesen Anstieg vor der größten Hitze zu bewältigen, dann ging es mehr oder weniger eben dahin. Ab und an war der Ruf des Kuckucks zu hören. Natürlich hatte Train Train einem alten Aberglauben folgend gleich seine Börse geschüttelt, um dafür zu sorgen, dass ihm das Geld auch in diesem Jahr nicht ausging. Der Bärlauch im Wald war bereits verblüht und verbreitete den Geruch der Überreife, dieser mischte sich mit dem Duft der nassen Gräser in der Morgensonne. Zwischen der Kugelwiese und der Seewiese machte der Weg einen großen Bogen, und genau hier an dieser Stelle war ihm einst – genau um diese Jahreszeit – schmerzlich das Ende seiner langjährigen Beziehung zu Dolores bewusst geworden. Doch es war gerade dieser süße Schmerz, der Train Train immer wieder auf die selbe Fährte lockte, so auch an diesem Tag, in diesem besonderen Jahr. Die Gaststätten am Wegesrand waren allesamt geschlossen, manche für immer, wie Gerümpel hinter dicht wuchernden Hecken und beinahe blinden Fensterscheiben verriet. Als er nach der Seewiese eine große Hochfläche voll gelb blühendem Raps passierte, sah er sich unvermittelt wieder an jenem glücklichen Tag im Mai, da er mit seiner zweiten Frau Marianne nahe Neulengbach auf einer überdachten Brücke vor dem Regen Schutz gesucht hatte – Perdu! Die Hochstraße führte ihn schließlich bis zum Abhang der Norwegerwiese, wo einst vor Jahrzehnten Schirennen stattgefunden hatten, wegen derer sogar die bereits stillgelegte Eisenbahn nach Kaltenleutgeben noch einmal für Personentransporte reaktiviert worden war. Bei genauem Hinsehen waren noch Reste der Liftanlage zu erkennen, freilich nur noch ein Haufen rostiger Stahl. Zuletzt hatte Train Train diesen Lift ca. 1993 in Betrieb gesehen. Nun stieg er flinken Schrittes ab nach Sittendorf, beim Anblick von Burg Wildegg überkam ihn neuerlich dieses bekannte traurige Gefühl, und während er dem Ort Sittendorf entgegenschritt und ein Hinweisschild zu einem „Mostheurigen" am Wegesrand auftauchte, waren seine Gedanken bei einem längst verstorbenen Freund und Weggefährten, mit dem er oftmals hier unterwegs gewesen war. Die Jahre 2003 und 2004 waren geprägt gewesen von Veränderungen ihrer beider Leben, Veränderungen, die teilweise ins Nichts führten – wie die Arbeit an dem neuen Domizil des Freundes im Tullnerfeld, oder aber jene, deren Nachglanz bis zum heutigen Tag seine Wirkung zeigte – wie zum Beispiel das Lächeln einer Train Train entgegenkommenden Amazone vom nahen Reitstall.

Train Train hatte zu wenig zum Trinken eingepackt, und da er nun auch den Mostheurigen nicht aufsuchen konnte, wurde ihm dieser Fehler in seiner Reisevorbereitung schmerzlich bewusst, denn in Sittendorf verspürte er erstmals die Wirkung der Sonne auf seinem Kopf, der heiße Asphalt der Straße reflektierte die Hitze zusätzlich und Train Train ging wie in Trance. Vorbei ging's am einstigen „Schnitzelwirt", der vor gut fünfzehn Jahren um diese Jahreszeit noch

Spargelspezialitäten angeboten hatte – auch der war Geschichte! Und natürlich war auch die Meierei am Füllenberg geschlossen. Doch nun war es nicht mehr weit, von hier ging der Weg nur noch ein kurzes Stück bergab, vorbei an jenem Friedhof, wo die unglückliche Mary Vetsera begraben lag, die im wenige Kilometer entfernten Mayerling gemeinsam mit Kronprinz Rudolf unter nie ganz geklärten Umständen ums Leben gekommen war. Noch ehe er aber den Friedhof erreichte, musste die Autobahn unterquert werden. Er näherte sich dieser Unterführung, in einer Hecke zu seiner Rechten zirpte laut ein undefinierbares Insekt. Train Train setzte sich kurz auf eine Bank, die hier im Halbschatten ihr unscheinbares Dasein führte, denn hier gab es nichts zu sehen, keine schöne Aussicht belohnte den Wanderer, nur der Lärm der nahen Autobahn drang an sein Ohr. Wie seltsam, nur unweit von hier, man musste nur wenige Höhenmeter gewinnen, konnte man bei klarer Sicht bis zum Schneeberg sehen, wozu also diese Bank hier? Train Train versuchte, sich zurück in jene Zeit zu versetzen, da es diese Autobahn noch nicht gegeben hatte und die Mönche des Stifts sich hier von den Strapazen der Arbeit an den Obstbäumen der nahen Meierei erholt haben mochten.

*

Der schwarz gewandete Mann beschritt den steilen Pfad mit seltsamer Leichtigkeit. Ab und an drehte er sich um und genoss den immer weiter reichenden Ausblick auf die umgebende Landschaft des Wienerwaldes. Dass er hier an diesem Ort – das Stift Heiligenkreuz war von hohen Mauern umgeben wie eine Burg –, dass er also zu einem Leben als Eremit verdammt war, wurde ihm nur in jenen Momenten schmerzlich bewusst, da sich Wanderer aus der Stadt hierher verirrten – so auch jetzt, als er den Mann auf der Bank gewahrte. Grüßend tippte er an seine Stirn und bot diesem einen Schluck Wasser aus seiner altmodischen Feldflasche an, als er die leere Plastikflasche an dessen Rucksack baumeln sah. Der bedankte sich und erzählte von seinem Missgeschick, dass er nämlich zu wenig eingepackt hatte. Dabei konnte er sich ja nur allzu gut noch an seine Kindheit erinnern, als die Wanderungen mit den Großeltern immer davon geprägt waren, genug mitschleppen zu müssen, denn zum Einkehren in Wirtshäuser und Hütten fehlte das Geld. Der Eremit nickte verständnisvoll, und als er sich zum Weitergehen wandte, reichte ihm der Wanderer zum Abschied die Hand. „Oh, wie kommt es, dass Sie trotz der Hitze so eiskalte Hände haben?", rief der Eremit da erschrocken aus und entschuldigend erzählte der Wanderer von seinem zu niedrigen Blutdruck und seinen Kreislaufbeschwerden. „Ich kann es Ihnen nachfühlen!", rief der andere da aus, der von ähnlicher Pein geplagt ward und dies als Strafe für seinen liederlichen Lebenswandel in früheren Lebensaltern ansah. Noch einmal nickte er dem Wanderer freundlich zu und war nach wenigen Augenblicken hinter der Hecke verschwunden.

*

Train Train rieb sich die Augen, befeuchtete seine trockenen Lippen mit der Zunge und blickte auf die Uhr – wenn er den nächsten Bus erreichen wollte, musste er sich nun aber sputen. Als er in Heiligenkreuz anlangte, wurde ihm indes bewusst, dass er den Fahrplan falsch im Kopf gehabt hatte und der nächste Bus erst in zwei Stunden ging. Er sah dies als Wink des Schicksals, befüllte seine Plastikflasche beim Brunnen im Stiftshof mit eiskaltem Wasser und marschierte dann noch weiter nach Mayerling. Der Weg ist das Ziel – so lautete seine Devise. Der Weg begann jenseits des Badner Tors bei einer ehemaligen Getreidemühle. Neben dem alten Kornspeicher stieg er eine steile Treppe den Berg hinauf, um dann die Straße nach Mayerling zu überqueren, vorbei an der malerischen Ortschaft Preinsfeld - wo immer noch die Reste des Gips-Bergbaus zu erkennen waren - führte der Weg nun durch den Wald und er war dankbar, dass sein Haupt nun durch das dichte Blätterdach vor der Sonne geschützt war. Wieder waren seine Gedanken beim alten Freund, mit dem er diesen Weg des Öfteren gegangen war. Ein rostiger Zaun und ein Tor mit einem Vorhängeschloss erinnerten daran, dass hier einst eine Jausenstation für Pilger Kaffee und Kuchen angeboten hatte. Bald darauf trat Train Train aus dem Wald und erfreute sich am lieblichen wie gleichermaßen bedrückenden Anblick des Ortes Mayerling. Üblicherweise währte die erste Tagesetappe der Via Sacra noch ein Stück länger, man musste dann von hier noch auf den Peilstein aufsteigen, wo man im Schutzhaus übernachten konnte, doch dies ersparte sich Train Train, denn er war mehr als müde. Das Gasthaus „Zum Alten Jagdschloss" lag wie eh und je friedlich vor ihm, das weite Tal vor dem Hintergrund des majestätischen Peilsteins mit seinen von Hecken und Hainen gesäumten Viehweiden bot seiner Seele noch einmal jenen Anblick, den er als „Balsam für all die erlittenen Verwundungen" in sein Tagebuch notierte, nachdem ihn der Bus von hier nach Mödling gebracht hatte. Dort, am Bahnhof, überbrückte er die Wartezeit auf den Zug mit einer Reflexion über diesen merkwürdigen Tag. Die Nachmittagssonne hatte die Holzschwellen der Bahngleise aufgeheizt, und diese verbreiteten den ihm wohlbekannten Geruch von Carbolineum, während er in seinem Tagebuch die Begegnung mit dem unheimlichen Gesellen festhielt, dem er aus unerfindlichen Gründen den Spitznamen „Graf zu Hetzendorf" verpasste...

Der Unberührbare

Train Train hatte sich mit seinem alten Schulfreund, dem Doktor, verabredet. Er erwartete ihn am Ausgang der U-Bahn-Station, dann bestiegen sie den Bus und fuhren den Berg hinauf, Train Train wollte dem Doktor den beschwerlichen Anstieg ersparen.

Der Frühsommertag begann vielversprechend, schwerer Blütenduft lag über der Landschaft - er wünschte, dieser Tag in der ihm hier grenzenlos scheinenden Natur würde nie zu Ende gehen. Der Zufall wollte es, dass sie an einer Weggabelung mit zwei Mädchen zusammentrafen, die den steilen Weg vom Wiental heraufgekommen waren. Sie blickten sich ratlos um, studierten die Hinweistafel und wandten sich schließlich ihnen zu, als ihre Schritte sich näherten. Train-Train beachtete sie nicht weiter und ging vorbei, der Doktor indes ging auf die beiden zu und fragte, ob er helfen könne. Er erklärte ihnen schließlich mit wenigen Worten den Weg zum nahen Schutzhaus.

Train Train und der Doktor schritten nun aus, ließen die zwei Mädchen hinter sich und alsbald war das Schutzhaus erreicht.

Eine Kellnerin nahm die Bestellung der beiden auf und schon bald brachte sie den Kaffee. Die zugehörigen Wassergläser waren auf dem großen Tablett in der Mitte platziert, umgeben von Getränken, die auf anderen Tischen serviert werden mussten. „Ah, das habe ich jetzt gut gemacht", sagte sie entschuldigend. Train Train entwickelte schnell große Sympathie für sie und verspürte das Bedürfnis, ihr diese Sympathie zu zeigen. So erwiderte er entgegen seiner Gewohnheit spontan, „aber bitte, ist ja kein Problem, bringen sie uns das Wasser halt nachher...".

Sie lächelte ihn dankbar an und Train Train wurde warm ums Herz.

Die beiden Mädchen, die sie vorhin an der Wegkreuzung getroffen hatten, waren inzwischen auch eingetroffen und Zeugen dieses kurzen Wortwechsels geworden. Die eine sagte spitz: „Ah, da schau her, er kann ja doch reden!"

Der Tag verging mit Plaudern und dem Betrachten der Umgebung – träge Sommerstimmung machte sich breit. In einer Gesprächspause griff Train Train nach der Bezirkszeitung, die auf der Bank neben dem

Stapel Speisekarten lag. Eine Werbeeinschaltung für ein Massage-Institut ganz in der Nähe erregte seine Aufmerksamkeit. „Traditionelle Nuad Thai Massagen, unseriöse Anfragen unerwünscht!", las Train Train laut vor. Er lachte auf: „Ja, hier an diesem Ort, in diesem Spannungsfeld aus Geriatrie und Bobostan geht so was gar nicht, Ha Ha..." „Hast Du eine Ahnung", erwiderte da der Doktor. „Jeder Ort hat auch seine abgründigen Seiten." Train Train nickte kurz und sagte – nur um nicht ganz ahnungslos zu wirken: „Ja, ja, um es mit Keith Richards zu sagen, in jedem Stadtteil gibt es ein Diesseits und ein Jenseits der Geleise. Und die Abgründe, die ‚entern Gründ', sind natürlich immer auf der anderen Seite..."

Später, als die Sonne schon im Begriff zu Sinken war machten sie sich auf den Rückweg. Junge Paare kamen ihnen entgegen, Hand in Hand. Train Train beschleunigte unwillkürlich seine Schritte, um das Stimmengewirr des Schutzhauses hinter sich zu lassen. Noch immer lag der schwere Duft der Fliederblüten über der Landschaft, Atem eines Lebens, dem er enteilt war, ehe es ihn erreichen und mit voller Wucht niederringen konnte. „Langsam, Langsam!", rief ihm der Doktor nach, auf den Train Train fast vergessen hatte...

Als es bereits dämmrig geworden war, erreichten sie wieder bewohntes Gebiet. Train Train verabschiedete sich vom Doktor der noch etwas zu erledigen hatte. Die Beleuchtung in der Auhofstraße war soeben angegangen. In Gedanken versunken ging Train Train an einer großen Wohnhausanlage vorbei, als ihm zwei Menschen auffielen, die gerade einem Auto entstiegen waren. Der Mann war untersetzt und trug einen Jogging-Anzug, die Frau trug einen kurzen Rock, dunkle Strümpfe und hohe Schuhe, die ihre Beine mehr als aufreizend erscheinen ließen. Sie telefonierte während sie die Straße überquerte. Train Train ging just in diesem Moment unmittelbar an ihr vorbei und blickte in ihre auffällig geschminkten Mandelaugen, da öffnete sich plötzlich die Tür zum Müllraum und dem Lastenlift des großen Gebäudekomplexes einen Spalt und die Frau huschte hinein. Der Mann, der sie begleitet hatte, blieb kurz abwartend stehen und ging dann zurück zu seinem Auto. Nun wusste Train Train, was der Doktor zu Mittag gemeint hatte, als er davon sprach, dass es überall einen Weg gab, auch in den „saubersten" Bezirken der Stadt sich welchem Amüsement auch immer hinzugeben.

Train Train schloss die Augen. Bald würde der „Dorfkirtag" stattfinden, das traditionelle Grätzlfest, bei dem es um Sehen und Gesehenwerden ging und wo er natürlich regelmäßig durch Abwesenheit glänzte, waren ihm doch die traditionellen Kennenlernrituale nicht nur fremd, sondern auch ein wenig zuwider, zumindest redete er es sich ein. Gleichzeitig ertappte er sich bei dem Gedanken, dass sein Haus leider keinen diskreten Nebeneingang und schon gar keinen verschwiegenen Lastenlift hatte. Aber vielleicht hatte er das Haus, in dem er wohnte, am Wochenende des Kirtags für sich allein und wäre so vor neugierigen Gaffern sicher...

Als jedoch der Tag des Dorfkirtags kam, regnete es in Strömen! In der Erinnerung würde dies wohl ein schönes Jahr bleiben, so dachte er, aber der beschauliche Garten vor dem Küchenfenster, noch unlängst erfüllt von Kinderstimmen, Hundegebell und Kirchengeläut, ward zum bedrohlichen Sumpf geworden, dem feuchter Brodem entstieg und ihn unwillkürlich frösteln ließ. Kurz öffnete er das Fenster um zu lüften, in einem der Gärten in der Nähe schien jemand mit einer Motorsäge zu arbeiten, vertrautes Geräusch seiner Kindheit auf dem Lande...

Nicht nur, dass dieses trübe Wetter auch Train Trains Gedanken verfinsterte, musste er sich damit abfinden, dass seine Nachbarn wohl alle eher zu Hause blieben und vielleicht nur kurz bei den Marktständen vorbeischauen würden – er musste ständig damit rechnen, seinen Nachbarn zu begegnen, und so wurde nichts aus seinem Plan.

Missmutig schlich er in einer Regenpause zum Platz vor der Kirche der Dominikanerinnen. Auf einer provisorisch mit Planen abgedeckten Bühne hatte soeben die Darbietung einer Art Schülerband stattgefunden. Ein junges, hübsches Mädchen war hinter dem Mikrophon gestanden, eine wahre Göttin, die nun die Holzstufen herabstieg wie vom Olymp, und sich unters Volk mischte. Am Stand des Weinhändlers lehnte ein Bursche, der sich an seinem Pappbecher festhielt und traurig dem Mädchen hinterher blickte. „Du junger Mensch...", dachte Train Train, „...du hast noch alles vor Dir, sei nicht schüchtern und sprich sie an!" Diesen Rat gab er in Gedanken dem „Helden" mit, in dem er sich selbst vor vielen Jahren wieder erkannte. So, als gäbe es Gedankenübertragung, folgte der Bursche dem Mädchen tatsächlich unauffällig, doch schon stellte sich ihr ein anderer in den Weg, Train Train erkannte in ihm einen der Kistenschlichter vom nahen Supermarkt. Mit dümmlichem Grinsen rief dieser aus: „Ah, was haben wir da für eine sexy Biene!" „Sexy but alone and free", antwortete sie schlagfertig, doch er machte ihr den Hof, bewunderte lautstark alles an ihr, vom hochgesteckten Haarschopf über das Make-up, das bauchfreie Top bis zu den High-Heel-Shoes. Sie lachte und versuchte ihn abzuwimmeln, ließ sich dann aber offenbar doch überreden, „auf ein Getränk" mitzukommen, der andere Bursche blickte ihnen verzweifelt nach...

*

Ein paar Wochen und einige Hitzewellen später war Train Train noch nachdenklicher geworden:

„Summer's almost gone, das Jahr fast zu zwei Dritteln um, und die Welt beginnt, Pastellfarben anzunehmen. Das Blau des Himmels ist getrübt durch Schlieren herbstlicher Vorahnung, die Wiesen, Hecken und Wälder leuchten nicht mehr wie ehedem in sattem Grün, sondern jedes Leuchten weicht einem Nachglimmen des Sommers – vorbei!"

Diese Worte schrieb Train Train in sein Tagebuch, nachdem er in dem kleinen Ort in den Bergen angekommen war und sich in dem kleinen Zimmer eingerichtet hatte. Es war Anfang August, Hochsommer hätte man früher gesagt, die Tage im Sternzeichen des Hundes lagen noch vor ihm, und trotzdem hatte er das unbestimmte Gefühl, dass der Jahreskreis bereits seiner Vollendung zuging und er auch in diesem Lebensjahr nicht jene Erfüllung finden würde, die er ersehnte. Zu hausbacken waren ihm all die Frauen erschienen, die er hätte vielleicht, unter Umständen, möglicherweise erobern können, doch er – Train Train – suchte nach einer Seelenverwandten, nach einer Schwester des Bösen.

Die Aussicht auf ein paar Tage Sommerfrische in einer anderen Umgebung bescherte ihm immerhin so etwas wie eine Aufbruchsstimmung. Er betrat die Stube des Gasthofs in dem er residierte, um ein Nachtmahl einzunehmen. Er war nicht der einzige Gast hier, neben einigen Paaren an den Tischen fiel ihm auch eine jüngere Dame auf, die allein an einem Tisch saß und eigentlich wie auf der Durchreise wirkte. Kurz überlegte Train Train, das Gespräch mit ihr zu suchen, und ertappte sich bei dem Gedanken, „es macht gar keinen Sinn, dass Sie mich neugierig ansehen, junge Frau, mit mir können Sie kein kurzweiliges Gespräch führen, ich bin nämlich ein wenig seltsam, wissen Sie?". Train Train nahm schließlich an seinem Stammtisch Platz mit Blick hinaus in seine geliebte Bergwelt, dies entband ihn aller gesellschaftlicher Verpflichtungen.

Nach dem opulenten Mahl mit der für ihn ungewohnt deftigen Landkost machte er sich auf zu seinem gewohnten Abendspaziergang. Das Gras war vom letzten Gewitterregen noch nass und glitzerte in der Abendsonne, Dunst stieg auf und vermischte sich mit dem Geruch der feinen Rauchsäulen aus den Schornsteinen der verstreut liegenden Häuser. Nebelschwaden stiegen aus den umliegenden Tälern und Gräben empor und gaben dem Beobachter eine Ahnung von Herbst und das Empfinden, Teil eines zeitlosen

Ganzen zu sein, eines ewigen Kreislaufs von Werden und Vergehen. Die Batterien seiner Lebensmaschine waren so gut wie leer, ein Wiederaufladen schien nicht mehr möglich. Ermattet kehrte er in sein Quartier zurück und legte sich alsbald ins Bett.

Er fiel einem Alptraum anheim, in dem er Menschen begegnete, von denen er manche aus seinem früheren Leben kannte. Alle wirkten sie irgendwie verzaubert, hatten wächserne Gesichtszüge mit einer merkwürdigen Blässe, die sich ihm bald ergründete. Er fuhr gemeinsam mit einer Frau, vielleicht seiner früheren Ehefrau, in einem Auto, ganz nahe dem Ort, wo er einst aufgewachsen war. Er befand sich auf der Anhöhe der Villensiedlung „Lawies", die einst zur Zeit der Errichtung der Kaiserin-Elisabeth-Westbahn in den 1850er Jahren entstanden war. Sein Ziel lag unten im Ort, nahe des Wienerwald-Stausees, doch schien nun das gesamte Wiental überflutet zu sein, die bergab führende Straße endete an einem Gestade, ihr ursprünglicher Verlauf war im Uferschlamm kaum noch erkennbar. „Wie komme ich jetzt heim", lautete die bange Frage an die bleiche Beifahrerin im Auto. „Wir nehmen alle den Schleuseneingang B", antwortete sie mit bleierner Stimme, und ehe er sich's versah, befand er sich mit vielen anderen in einem Fahrstuhl, der in die Tiefe führte, in eine unterirdische Welt, die sich tief unter der überfluteten Außenwelt befand und aus der es kein Entrinnen geben würde, dies wurde ihm nun bewusst. Der Fahrstuhl hatte den Boden erreicht, nun verschwanden seine bleichen Begleiter, sie lösten sich vor seinen Augen in Luft auf. Und ehe die Schiebetür des Aufzugs, vor der jemand zu warten schien um ihn in Empfang zu nehmen, sich noch ganz öffnen konnte, drückte er panisch den Knopf „nach oben" um dem Tod zu entrinnen.

Train Train erwachte und war immer noch gelähmt vor Schreck. Das Herübergleiten zurück ins Leben fiel besonders schwer, seit er alleine lebte. Früher hatte ihn Marianne oft mit den Worten, „wie spät ist es denn?" geweckt, nun war für ihn jedes Erwachen ein Kampf des Lebens mit dem Tod.

Train Train gedachte, auch diesen Traum festzuhalten und packte wieder sein Wander- und Reisetagebuch aus, in dem er sporadisch Eintragungen machte. Er klappte es auf und begann, auf der zufällig geöffneten Seite zu lesen:

Dienstag, 19. August 2003

Erinnerungsnotiz: Bei meiner Wanderung zur Kukubauerhütte von der Araburg über Stolberg nach Kreisbach hatte ich die Idee zur Sage vom „Spötter von Kreisbach" (inspiriert durch das „Sagenfestival" in Wilhelmsburg, im Schloss zu Kreisbach). Dieser ist dazu verdammt, zwischen Schloss Stolberg und der Araburg hin- und her zu geistern auf der alten Straße, die 1860 aufgelassen wurde. Der Höhenrücken von Stolberg über die Kukubauerwiese nach Wilhelmsburg führt zum dritten Eckpunkt eines „Bermuda-Dreiecks", das seinen Eindringlingen zum Verhängnis wird, die keinen Respekt vor der Natur zeigen. Die Bahnstation Kreisbach wird zum Schauplatz, wo fünf übermütige biertrinkende Bergsteiger aus Bayern aus dem Zug aussteigen, um am Abend noch auf den Berg aufzusteigen...

Sonntag, 14. September 2003

Mariazell
Heute überstelle ich mein Fahrrad nach Wien. Obwohl es gestern nicht so ausgesehen hat, behält der Wetterbericht recht, es klart auf, sogar die Sonne blinzelt ab und an durch, ich werde also mit dem Rad fahren, allerdings nur bis Mürzzuschlag, sodass ich nur zwei richtige Steigungen zu überwinden habe. Ich nehme Abschied von meinen alten bunten Vorhängen, meinem Kandinsky-Gemälde, das meine Mutter bestimmt „rachitisch" genannt hätte, und wohl endgültig vom schwarzen Kasten mit der Spiegeltür.

In der Vitrine im Wohnzimmer befinden sich immer noch Erinnerungen an eine schöne Zeit: „Für Dolores und Leo, 26.8.1994" – ich verabschiede mich sehr schnell von den Ex-Schwiegereltern nachdem mir Ernst noch geholfen hat, mein Rad mit den neuen obligaten Rückstrahlern auszustatten, und Traude mir ein paar Rad-Wanderkarten auf den Weg mitgibt.

Ich radle um 9:30 Uhr los, die frische, klare Bergluft fährt scharf in meine Lungen, es ist ein bisschen wie damals, als ich im Lungau mit dem Langlaufen begonnen habe...
Das Radfahren fordert mich halt doch mehr als das Laufen, weil ich ja jetzt doch beinahe regelmäßig laufen gehe, im Radfahren aber nicht so trainiert bin.
Ich vertrage meine warme Kleidung gut, vor allem die von Dolores empfohlenen Handschuhe und das Stirnband. Es ist bewölkt, die Sonne lässt sich in den engen Tälern nur kurz blicken. Meine Bronchien melden sich und ich habe meinen Asthma-Spray nicht mit. Abgesehen von den starken Steigungen, wo ich kurze Pausen einlege, geht es aber sehr gut, meine Fahrt ist begleitet vom Geläute der Kuhglocken von den Weiden links und rechts der nicht sehr stark befahrenen Straße über Terz und den Lahnsattel. Ab Mürzsteg fahre ich endgültig im Sonnenschein, die lange Hose, das Stirnband und der Pullover sind im Rucksack verstaut, weil es nun schon wärmer ist, die bunte Jacke flattert lustig im Fahrtwind, ich könnte fast glücklich sein...

*

Die Tage der Sommerfrische vergingen wie im Flug. Geplante Bergtouren musste Train Train wegen instabiler Wetterverhältnisse und drohender Gewitter verschieben, so blieben ihm die Spaziergänge um den Teich am Ortsrand, die ihm immerhin eindrucksvolle Blicke auf das umliegende Bergpanorama ermöglichten. Train Train war nicht unbedingt ein Freund von Badefreuden, und so mied er jenen Teil des Teichs, wo es sich andere

Urlaubsgäste auf einer Liegewiese bequem gemacht hatten. In gebührendem Abstand, nahe dem Bahngleis der Südbahn saß er auf einer Bank im Schatten und las in seinen Tagebuchaufzeichnungen weiter. Eine alte Diesellokomotive der Serie 2050, die einen einzigen Güterwagon hinter sich herzog, schreckte Train Train auf, der Boden erbebte beim Vorbeifahren des altertümlichen Gefährts. Dann wandte sich Train Train wieder seiner Lektüre zu, ab und an konnte er aber nicht umhin, das Szenario am Seeufer zu beobachten. Eine üppige Dame sonnte sich, sie hatte sich auf ihrer Liege auf den Bauch gelegt und ihren Bikini-Oberteil geöffnet, um am Rücken nahtlos braun zu werden. Zwei Gemeindearbeiter, die den Mist der Badegäste aufsammelten und ein wenig unterbelichtet wirkten, tuschelten und deuteten dabei auf die Frau, während sie nervös an ihren Overalls herumzupften. Unwillkürlich wünschte Train Train, es wäre Herbst.

*

Samstag, 11. Oktober 2003

Entgegen dem gestrigen Wetterbericht schaut es heute um 5:00 Uhr gar nicht freundlich aus, trotzdem mache ich die geplante Wanderung von Mayerling nach Kaumberg, von wo mich Manfred abholen wird, damit er „eine Aufgabe" hat.

Es wird eine Reise in die Vergangenheit, das trübe Wetter und die düstere Stimmung bringen mir schon bei der Fahrt im Bus im Helenental trübe Gedanken. Die Gespräche der Schulkinder respektive Schuljugend in Bahn und Bus zeigen mir nur, wie wichtig die Bewältigung von Identitätskrisen in diesem Alter ist, und was ich alles in meinem Leben versäumt habe.

Natürlich werde ich auch immer wieder schmerzlich an jene Wanderung vor zwei Jahren mit Manfred erinnert, die sich in den Betrachtungen „Winter and my soul" niedergeschlagen hat. Betrachtungen, die Dolores sicherlich zu denken gegeben haben und vielleicht...

Lassen wir das! Das Wetter bessert sich zusehends, es ist nicht kalt, aufgrund des nächtlichen Regens fast ein bisschen schwül, auf den freien Geländestellen bläst aber kühler Wind. Am Hafnerberg brauche ich dringend etwas Warmes: Häferlkaffee und Topfenstrudel sind genau das Richtige! Die Motorradfahrer am Nebentisch plaudern ein wenig mit der Kellnerin, ich versuche, so freundlich wie möglich zu sein, lobe das Essen und gebe wenigstens ein üppiges Trinkgeld, wenn ich schon sonst nicht imstande bin, einen Kontakt zu knüpfen.

Die Sonne lässt sich hin und wieder blicken, es klart auf. Beim Weitergehen analysiere ich: Die Therapie, die ich im Moment mache, zeigt erste Erfolge. Durch die Entspannungsübungen bin ich imstande, die Probleme (zwar noch nicht im Augenblick, aber in der Nachbetrachtung) in ihrer richtigen Dimension einzuschätzen. Bei allem Respekt vor den Problemen meines Berufes, wo es um die „Existenz" geht, sollte ich trotzdem nicht gleich die Nerven wegschmeißen. Die Probleme werden meist im Kopf viel größer, als sie in Wahrheit sind. Vieles wird gar nicht so schlimm wie befürchtet oder erledigt sich von selbst.

Bei meinen Selbstsicherheitsproblemen ist es ähnlich. Es treffen alle vier Kriterien des Sozialen Kompetenztrainings irgendwie auf mich zu - Angst vor dem Auftreten in der Öffentlichkeit, Angst vor dem Nein-Sagen, nicht streiten können, Schwierigkeiten beim anbahnen und vertiefen von Kontakten; so, das war jetzt wieder sehr negativ geschrieben! Vor allem die Kontaktanbahnung hat es aber in sich! Vielleicht ist es so, dass ich im Unterbewusstsein in jeder attraktiven Frau eine potenzielle Sex-Partnerin sehe, und daher nicht locker genug an eine Kontaktanbahnung herangehe, aus der vielleicht, aber nicht zwangsläufig, „etwas" werden kann, oder auch nicht.

Diese Automatik im Kopf abschalten zu können ist mein nächstes großes Ziel, da ich sonst nie imstande sein werde, einer (für mich attraktiven) Frau in die Augen zu schauen, geschweige denn sie anzusprechen.

Sonntag, 12. Oktober 2003

In meinen Therapie-Unterlagen habe ich dem gestrigen Tag die Note 8 gegeben. Heute kann ich bereits relativieren: Der gestrige Tag hatte auch seine schönen Seiten. Die Entspannungsübungen im Nebel auf der Wiese oberhalb von Klein-Mariazell haben vielleicht dazu beigetragen, insbesondere aber der Moment, als ich aus dem Wald kommend das sonnendurchflutete Kaumberg vor mir hatte, später dann auf einer Bank oberhalb des Ortes am Rande einer Kuhweide eine kleine Pause einlegte, eine Kleinigkeit essend, einen vorbeigehenden älteren Mann (offenbar einheimisch) grüßend.

Pünktlich holte mich Manfred ab, ein Kaffee und ein Krapfen im örtlichen Kaffeehaus „Maria Theresia" (das einzig offene Lokal), dann Heimfahrt, Manfred bringt mich noch nach Hütteldorf zur U-Bahn. Zwei Mädchen bzw. junge Frauen, beide groß gewachsen, die offensichtlich Probleme mit ihrem Handy haben, erregen unser beider Aufmerksamkeit. Ansprechen konnte ich sie natürlich nicht...

Heute morgen nach neun Stunden Schlaf fühlte ich mich so einigermaßen, war aber sehr langsam unterwegs. Es war schon 9:00 Uhr vorbei, als ich endlich zum Laufen in den Prater aufbrechen konnte. Vorsorglich ließ ich mir in der Bäckerei Mann etwas auf die Seite legen. Die Verkäuferin kannte ich schon vom letzten Mal. Eine überaus hübsche, zierliche, dunkelbraun bis schwarzhaarige Frau, die mich freundlich anlächelte, als ich das Geschäft betrat, in Wirklichkeit nach ihr suchend. Als ich mit ihr sprach, die Süßigkeiten reservierte, war das Lächeln aber weg. Was hatte ich falsch gemacht?

Das Laufen dauerte dann länger als gedacht, nach dem Duschen und dem Versäumen einer Straßenbahn war es schließlich knapp vor zwölf Uhr, als ich zurückkehrte. Ich entschuldigte mich bei ihr, sie sagte, „kein Problem, wir haben ja noch offen. Gut, dass ich es Ihnen zur Seite gelegt habe, es ist nämlich sonst alles ausverkauft." Ich wünschte ihr noch einen schönen Sonntag, was sie möglicherweise nicht registriert hatte, weil sie mir (wie immer beim Mann) die Frage stellte, ob ich die Treue-Marken sammle. Das sollte ich vielleicht jetzt tun, einfach um im Gespräch zu bleiben. Immerhin habe ich einen Stein bei ihr im Brett, weil ich erstens mich bemühte, freundlich zu sein (anders als andere Kunden), und zweitens die 4,20 Euro auf den Cent genau bezahlt habe. Wieder habe ich es verabsäumt, nach dem Namensschild auf der „Dienstschürze" zu spähen, ich weiß also ihren Namen noch immer nicht. Ich kann nur hoffen, dass sie nicht in absehbarer Zeit von dieser Filiale wegversetzt wird, denn diesmal habe ich immerhin eine Chance gewahrt und sollte eigentlich dran bleiben!

Nach dem üblichen üppigen Frühstück und vor der „Hausarbeit" hatte ich das Gefühl „Ich will nicht mehr!" und wünschte mir, sehr schwer krank zu werden – genug! Ich kann das abgesehen von meiner Verantwortung für die Katzen und natürlich für mich selbst auch Dolores nicht antun.

Am Abend esse ich noch eine Kleinigkeit im „u.s.w.", da es im „Maria Treu" keine Eierschwammerl-Gerichte mehr zu geben scheint, auf die ich mich eingestellt hätte. So kann ich aber mit Reini über meinen Geburtstag reden. Es stört ihn nicht, wenn mehr Leute kommen, mit der Musik könnten wir es auch so machen, dass die Boxen am Lokal mitlaufen, wo an diesem Tag wegen „15 Jahre u.s.w." jemand gemischtes Programm auflegen wird. Das erleichtert meinen organisatorischen Aufwand ein wenig und macht vor allem ein mögliches vorzeitiges Ende der Veranstaltung für mich leichter erträglich, falls nämlich alle schon sehr zeitig gehen möchten...

Sonntag, 19. Oktober 2003

Lieber Manfred, heute schreibe ich Dir, wie es mir gelungen ist, einen schönen Tag zu zerstören. Noch ein Wort zu gestern: Ich habe mich bei dem Festl eigentlich ganz wohl gefühlt. Schade, dass die Monika heimgehen musste, weil sie sich nicht wohl fühlte. Sie wirkt auf mich wie ein sehr zerbrechliches Wesen. „Man" möchte zärtlich zu ihr sein, sie umarmen, ihre Hand halten. Irgendwie versteh' ich, dass Du bei Ihr schon „gebraten" hast. Bei Christina, der Frau vom Stefan, fiel es mir leicht, innerlich die Distanz zu wahren, hat sie doch ein Kind von ihm, ist mit ihm zusammen und somit sakrosankt. Die Kellnerin im Pub hat mich auch ganz schön beeindruckt, sie ist aber der typische eiskalte blonde Engel, no way...

Schade, dass Du heute bei der Wanderung nicht dabei warst. Es ist wirklich nicht schwer, Du müsstest nur um halb acht Uhr früh am Bahnhof von St. Pölten sein und einen Zug besteigen, der Dich in die schönsten Gegenden bringt. Das dumpfe Dröhnen des Dieseltriebwagens wird zu Musik in meinen Ohren, ganz ähnlich wie es Pete Townshend von den Who in seiner Kindheit auf einem Motorboot erlebt hatte – es hat ihn in weiterer Folge zum Keyboard-Intro von „Won't get fooled again" inspiriert...

Eine Chance habe ich bereits vertan, indem ich mit den zwei Eisenbahnfreunden kein Gespräch begonnen habe, die in Freiland beim Feldbahnmuseum ausgestiegen sind - es kann sogar sein, dass sie im selben Klub sind wie mein Halbbruder Wolfgang.

Es war jedenfalls ein unglaubliches Naturerlebnis heute um 9:00 Uhr früh im kalten St. Ägyd, wo ich anfangs sogar noch die Handschuhe gebraucht habe. Die Eindrücke waren so intensiv, dass ich beinahe zu Tränen gerührt war. Auf den Wiesen der morgendliche Reif, die Kühe schon draußen aus den Ställen, aus den Schornsteinen der Bauernhäuser quoll dichter Rauch. Ein Morgen in den Bergen, wie ich ihn mir immer wieder erträumt hatte. Nur, dass ich diesen wunderschönen Eindruck nun mit niemandem teilen kann...

Anstieg auf's Gscheid, ich erreiche es um 11:00 Uhr, 970 m Seehöhe, vor mir liegt der Göller, ich bilde mir ein, kleine Schneefelder zu erkennen. Dann nach ca. 2 Kilometern entlang der Straße der Abstieg in Richtung Hubertussee. Kurz vor der „Buchtelwirtin" treffe ich auf eine Gruppe von Wallfahrern, die aus Kasten bei Böheimkirchen kommen, gestern 45 Kilometer gegangen sind, heute 38 Kilometer gehen, somit meine Hochachtung verdienen. Zwei Frauen, ein Mann, alle etwas ältlich, ein bisschen strange, er humpelt beim Gehen, hat Sandalen an. Sie beginnen ein Gespräch mit mir, ich blocke natürlich ab, sage, dass ich mit der Kirche nichts am Hut habe. Die eine Frau (noch die attraktivere Erscheinung, um die 45 bis 50) meint, ich solle es erst einmal probieren, ehe ich etwas ablehne. Bei der völlig überfüllten „Buchtelwirtin" verabschiede ich mich von den dreien so freundlich und rasch wie möglich, murmle etwas von rasch weitergehen. Innerlich verfluche ich die Kirche und alles, was mit ihr zusammenhängt, mache mich über die Wallfahrer lustig. Ich habe Dolores'

Warnung, nur ja nicht zu verhärten, und allen Menschen gegenüber, die auf mich zugehen, offen zu sein und ihnen eine Chance zu geben, ignoriert. Ab diesem Zeitpunkt bin ich jedenfalls nur mehr destruktiv...

Mein Weg führt hinaus in die Walstern, so oft bin ich ihn mit Dolores und ihren Eltern gegangen! Der Hubertussee bildet einen wunderschönen Anblick: Im glasklaren Wasser spiegeln sich der blaue Himmel, die umliegenden Berge und die herbstlich gefärbten Wälder. Dazu muss man wissen: Die reiche Frau Krupp ließ einst für ihren Mann, den Industriellen, den Stausee anlegen als Geburtstagsgeschenk!

Nach dem Damm beginnt der Anstieg zum Sattel mit seinem höchsten Punkt auf ca. 1000 m. Bereits wieder unterhalb des Haberteuer-Sattels, eine Quelle, es plätschert, eine Bank in der Nachmittagssonne, es ist halb zwei Uhr, ich mache meine Übungen, meditiere, reflektiere die letzten Erlebnisse, bezeichne mich im imaginären Gespräch mit den Wallfahrern als „kommunistischen Buddhisten", der die Askese schätzt, um seinen hehren Zielen näher zu sein, ganz einfach um sie zu schockieren. Und irgendwo möchte ich noch anbringen, dass mir in Wirklichkeit die Naturreligionen am sympathischsten sind...

Das Geräusch der Schwingen eines großen Vogels schreckt mich auf, es klingt zuerst wie eine Dampflok in der Ferne (die Museumsbahn zum Erlaufsee?), dann ist es über mir! Ein Vogel, der mich vertreiben möchte aus seinem Revier, weg von seinem Nest mit den Jungen, möglicherweise...

Mariazell! Der „Pirker", Nußdessert, Maronitorte, Häferlkaffee, die Nachmittagssonne scheint ins Lokal herein, melancholische Stimmung kommt auf, natürlich Erinnerung an längst Vergangenes. Ich bin irgendwo auch wegen der vielen netten Serviermädchen gekommen, bin aber bald dahin, erreiche den Zug um 15:00-Uhr. Keine Gespräche mit den anderen Fahrgästen, den Familien mit den Kindern (bin ich froh, dass ich keine...), dem älteren Herren, der mit den Kindern plaudert, ab Laubenbachmühle dann alleine da sitzt. Ich lese demonstrativ die Volksstimme. Zwei etwas abgehobene, „Schönbrunnerdeutsch" sprechende Frauen (Mutter und Tochter?) steigen zu, quatschen vor sich hin, über Zeitungen („Ich kauf' jeden Tag die Presse und schmeiß' sie am Abend ungelesen weg!"), über

Empfänge („da hab ich gesoffen, war aber schön"), ich werde leicht aggressiv auf alle Reichen und Schönen dieser Welt.

St. Pölten – der Intercity nach Wien ist überfüllt, ich stehe ganz vorne im ersten Wagon am Gang (1.Klasse, ich lehne ab, dass es zwei Klassen gibt, setze mich daher bewusst nirgends dazu!!!), vermeide Blickkontakt und Gespräche sowieso mit anderen Fahrgästen, die zum WC gehen bzw. mit dem Angestellten der Firma, die das mobile Bordservice macht, und der hier in Ruhe seine Abrechnung macht und den Servierwagen „zwischenparkt".

Dann noch der „Fünfer", zwei junge Leute, Bursch und Mädchen, steigen ein, kennen sich nicht aus, ob sie in der richtigen Straßenbahn sind. Natürlich biete ich meine Hilfe nicht an, schaue demonstrativ in die Luft, sie finden sich alleine zurecht. Zwei Studenten, die unter der Woche in Heimen für Studenten leben, sich mit ihren Reisetaschen abmühen...

So, das war's. Du siehst, ich kann ein ziemliches arrogantes Ekel sein! Jetzt weißt Du, warum ich eine Therapie mache!

Sonntag, 26. Oktober 2003

Liebe Unbekannte!

Diese Worte werden Dich wohl nie erreichen, sie entstammen dem Gehirn eines Verträumten, Entrückten, Verzweifelten, der sie nie findet, wenn es hoch an der Zeit wäre, sie auszusprechen. Unsere Blicke trafen sich heute in der Straßenbahn (Linie 60), ein paar mal, vielleicht dachtest Du das gleiche wie ich über die alte räsonierende Frau, die über ihre Nachbarn herzog, und den nächtlichen Lärm, das offene Gangfenster...

Ich möchte Dir so viel sagen, über die letzten Tage, die Verzweiflung, die Tiefen und Abgründe, in die ich immer wieder stürze, und aus denen ich wie durch ein Wunder immer wieder auftauche, ob ich will oder nicht (?) – keine Sorge, ich bin nicht suizid-gefährdet.

Der Freitag, der Tag nach dem Konzert von Macon Hotcut, war der schlimmste dieser Woche. Ich konnte dieses beim Konzert empfundene Gefühl des nicht-dazugehörens zu den anderen (fröhlichen, ungezwungenen Menschen) nicht los werden, dazu strahlte die Sonne unbarmherzig vom blauen wolkenlosen Himmel, what a wonderful world! Erinnerungen an mein früheres Leben mit meiner Dolores, aber auch die mir eigene (fast angeborene) Melancholie, die an solchen Tagen, bei solchen Lichtstimmungen immer hochkommt, drückten auf mein Gemüt. Am Abend nach der Arbeit und den Einkäufen fuhr ich in den Prater laufen. Mystisch wirkte der Wald in der hereinbrechenden Dunkelheit, ich fühlte mich gut dabei, wie ich mich immer in der Nacht besser als am Tage (an solchen Tagen!) fühle. Die eine oder andere Pfütze übersah ich natürlich, aber was solls! Ein Fuchs lief vor meinen Augen ins Gebüsch, umso mehr ärgerte ich mich über ein paar jugendliche Idioten, die wegen des nahen Halloween-Festes Knallkörper auf die Straße warfen – die armen Tiere!

Der gestrige Samstag war den CD-Einkäufen und dem Arbeiten im Büro gewidmet, so wie ich es ja geplant hatte. Am Abend ein Fertiggericht (panierter Camembert, von mir selbst verfeinert mit Mandarinen aus der Dose und mit Tomaten und Basilikum) – Samstag Abend, allein zu Haus! Spät nachts flimmern erotische Szenen amerikanischer und französischer Machart (mit Bildern aus Paris, Erinnerungen sowohl an Tage, die mir Himmel, aber später auch solche, die mir Hölle waren) über den Fernsehschirm, ein letztes Sicherheitsnetz vor dem Abstieg in tiefere Gefilde! Sinnig allein der ewig wiederkehrende Handlungsansatz von der Ehefrau, die keine Befriedigung mehr findet, der Beziehung die am Ende ist, das Feuer, das nicht mehr brennt...

So, wie es die Regisseure darstellen, so einfach ist es denn nun auch wieder nicht (Har! Har!), wenn auch ein Körnchen Wahrheit darin steckt, wie in allem, und wie ich es auch in diesem konkreten Fall nur zu gut weiß...

Die Zeitumstellung bringt's mit sich, dass ich heut' nicht zu spät aufwache, nach einem viel zu üppigen Frühstück in den Lainzer Tiergarten fahre, beginne die „Tour" ganz ungewohnt in Weidlingau-Wurzbachtal (vermeide Erinnerungen, vermeide „alte Wege"), wohin mich der Bus 151 bringt, gehe zurück Richtung Stadt zum Pulverstampftor, hinauf zum „Rohrhaus". Merkwürdig steht die Sonne, es ist erst knapp nach elf Uhr, es wirkt wie Nachmittag, ungewohnte Winterzeit, merkwürdig auch der Gegensatz von Schnee auf den teilweise noch grün belaubten Bäumen und am Waldboden, auf den mancher Sonnenstrahl mit irrwitzigem Licht-Gegensatz zur Dunkelheit in mir und um mich trifft.

Sonntags-Spaziergang im Lainzer Tiergarten – ein „alter Herr" geht allein, ihm begegnen Familienausflüge, Kinder die spielen und fröhlich plappern, Läufer und Läuferinnen, so manche auch alleine, er meidet jeden Blickkontakt, ist allein mit sich in diesem Wald...

Vom „Rohrhaus" geht's dermal, wie seinerzeit im Herbst 1982 mit Muttern und Gerhard, nur diesmal nüchtern, aber nicht minder traurig, hinunter den Katzengraben, lese unten beim Lainzer Tor, dass ich unwissender weise am Franz von Assisi-Denkmal vorbeigelaufen bin, jenem Franz von Assisi, den ich immer um sein Einsiedler-Dasein beneidete, und dessentwegen ich mit Dolores oft Diskussionen geführt habe. Die Sonne, die beim Aufbruch noch schien, versteckt sich unterdessen immer mehr hinter grauem Schleier.

Unten bei der Hermesvilla begegnet mir eine große, rothaarige Frau, ihr Handy läutet die Pippi-Langstrumpf–Melodie, sie meldet sich mit „Andrea" – aha, so heißt sie also. (Ja, sie hat mir gefallen, aber nicht so wie Du!) Sie scheint die Begleitung einer alten Dame zu sein, die ein paar Schritte vor ihr geht, ich könnte ja auch in die Hermes-Villa auf eine Jause gehen, mir eine Ausstellung kurz ansehen, aber nein, ich bin alleine, gehöre nirgends dazu, wähle besser den Heimweg!

Irgendwo war es Bestimmung so zu gehen, nicht zurück Richtung Hacking, zum Nikolai-Tor und zur Bäckerei Schwarz, wo es zwar vielleicht Bauernkrapfen gegeben hätte, wo aber auch seinerzeit die Hochzeitstorte hergestellt wurde...

Nein, es geht Richtung Lainz, Hietzing, St. Veit, wo ich einst, noch vor meiner Beziehung zu Dolores, eine gewisse Arabella kannte, die ich nun nicht anrufen mag, da ich mich neun oder zehn Jahre nicht gerührt habe, die sicherlich auch schon fest vergeben ist, in einer glücklichen Beziehung, die nicht auf mich gewartet hat, niemals...

Vielleicht würde ich sie ja zufällig treffen – anyway: Nach nur zwei Stunden bin ich wieder draußen aus dem Tiergarten, warte auf den 60B-Bus, fahre nach vor zur Lainzer Straße, besteige den 60er, und da warst dann Du!

Plauderst mit jemandem, eine Person mit kurzen Haaren, die mir den Rücken zukehrt, ich denke erst, es ist Dein Freund...

Du lachst viel im Gespräch – dieses wundervolle Aufleuchten Deiner Augen unter dem blonden Haarschopf, dieser vielsagende fröhliche Blick, der schelmische Zug um den Mund – ich bin ganz hingerissen, blicke manchmal scheu zu Dir, verdrehe die Augen beim Gezeter der alten Frau, die mit ihrer Sitznachbarin spricht und räsoniert, hoffe in Dir eine Gleichgesinnte zu haben.

Hietzing, U-Bahn, Endstation. Du steigst aus, ich sehe erst jetzt, Dir gegenüber saß ein Mädchen. Sie geht zur U-Bahn, Du bleibst stehen, wartest vielleicht auf den 58er, ich gehe an Dir vorüber, blicke Dich wieder kurz an, wie schon im Zug vermeine ich (bilde mir vielleicht ein), unsere Blicke kreuzen sich, mein Herz schlägt rascher (glaube ich zumindest), ich weiß nicht, was ich sagen soll, gehe vorbei. Vorbei!

Hätte ich gesagt, „soviel Unsinn, wie vorhin die alte Frau geredet hat, habe ich schon lang nicht mehr gehört" – vielleicht hättest Du gelacht darüber, und ein Gespräch wäre in die Wege geleitet worden.

Das Mädchen, das Dir gegenüber saß, steht am Bahnsteig der U-Bahn, spricht mit zwei anderen Mädchen, ich gehe ganz weit nach vorne, wo ich alleine bin, steige ein, fahre heim...

Noch einmal Laufen, diesmal die Runde im Bezirk über den Volksgarten, wieder, wie schon die letzten Tage, bekomme ich meine Beschwerden mit den Bronchien. Liegt es daran, dass ich, wie beim Laufen im Prater einen Schal trage, zu warm angezogen bin, oder kommt eine innere Unzufriedenheit, innere Unzulänglichkeit, das Ventil der Depression dadurch zum Vorschein?

Ich weiß es nicht, erwarte den Abend, die Nacht, gemütlicher Heimabend mit Musik und Lesen, nach den Nachrichten die Ansprache des Herrn Bundespräsidenten, wie jedes Jahr, wiewohl er ja ein sehr sympathischer Präsident ist, vor allem in diesen Tagen, massiv zur Gewerkschaft hält, gegen die Regierung Partei ergreift.

Ob Du über all das genauso denkst? Ich werde es wohl nie wissen, da ich ja jedem Gespräch, jeder Konfrontation aus dem Wege gehe. Wie dumm von mir! Wie schade, dass wir uns nie kennenlernen werden, Du scheinst mir als eines der hellsten, freundlichsten Wesen, denen ich je begegnet bin. Vielleicht das genaue Gegenteil von mir, vielleicht alles Einbildung – wer weiß? (Wie in dem alten Witz über den Mann, der von Gott einen Lotto-Sechser erfleht, und dieser antwortet, „Du musst erst einmal Lotto spielen!")

Dienstag, 28. Oktober 2003

Für meine heutige Verfassung ist ein gewisser Robert Zimmermann mitverantwortlich, er ist besser bekannt unter dem Namen Bob Dylan. Das gestrige Konzert war die absolut glaubwürdige Performance eines lebenden Denkmals. Nach einer Ankündigung wie bei einer Las-Vegas–Show betritt eine beinahe einheitlich gestylte Band in Anzügen die Bühne, spielt so perfekt, energiegeladen und tight, dass sie auch ohne den Altmeister gut ausgesehen hätte: Gitarrist 1 mit dem bösen Ton der Les Paul und einer Show, die an die Fünfziger Jahre erinnert, Gitarrist 2 (das Supermax-Double) brilliert auf der Mandoline genauso wie mit dem klaren Sound der Telecaster, ein Bassist, der den elektrischen wie den Kontrabass beherrscht und ein Schlagzeuger mit einer Sicherheit und Power, sodass man als Mitmusiker einfach nichts falsch machen kann. Bob Dylan verschanzt sich (neuerdings) hinter einem E-Piano, greift gelegentlich zur Harp, singt rauer denn je, hat auch ohne Stimme in jedem Ton mehr Gefühl als ganze Generationen von „Starmaniacs" zusammengenommen, ein immer noch zorniger, in Würde gealterter Rockstar, der sich bei diesem Konzert sogar mehr denn je als solcher präsentiert, mit manchmal fast arroganten Posen. Und: Erstmals höre ich „All along the watchtower" im Original – und weiß jetzt, was Dynamik ist!

Das Programm ist eine Reise durch vier Jahrzehnte Musik- und Zeitgeschichte, der Video-Clip dazu läuft im Kopf ab. Ich durchlebe während des Konzerts wie im Film in kurzen Sequenzen mein ganzes Leben, bin nachher high, vielleicht hat ja jemand in meiner Nähe Gras geraucht, bin auch heute noch immer high, es kann nicht an den beiden Bacardi-Cola *gelegen sein, die ich gestern noch im „u.s.w." getrunken habe, wohin ich mit Christian nach dem Konzert gegangen bin. Christian hat auf meiner Couch übernachtet, heute ein kurzer Frühstücks-Kaffee, dann geht's in die Arbeit, der Tag vergeht wie im Flug, ich bin gelöst, wie gesagt, fast ein wenig high – Note 5 (wie im Nebel!).*

Ach ja, interessante Frauen und Mädchen gab's genug beim Konzert, manche sogar alleine, in meiner unmittelbaren Nähe, auch nachher in der U6 hätte ich mit einer Gruppe Leute, die offensichtlich auch vom Konzert gekommen sind und „fachgesimpelt" haben, noch quatschen können, aber Frauen bei Konzerten interessieren sich hauptsächlich für ihr Idol – kein guter Zeitpunkt zum Anbandeln, und nachher in der U-Bahn war ich natürlich zu schüchtern...

How Does it feel? (to be on your own, like a Rolling Stone?!)

*

Einige Tage später...

Heute würde Train Train den Urlaub unterbrechen. Draußen war der Himmel grau, die Voralpenlandschaft flitzte an den Zugfenstern vorbei. Train Train raste der Stadt entgegen, und während er vage mitbekam, wie sein Gegenüber im Zug – ein offenbar etwas geistig zurückgebliebener Mann – mit seiner Mutter telefonierte, las er weiter in seinem alten Tagebuch.

*

21.4.2013

Heute wäre meine Großmutter 101 Jahre alt geworden. Ich erwache um halb sechs durch Lärm auf der Straße, ein Auto startet und fährt mit quietschenden Reifen weg. Junge Leute fahren heim nach einer durchzechten Nacht oder einer wilden Party. Es ist bereits hell, ich öffne eine Oberlichte, lege mich noch mal hin. Aufstehen um kurz vor 8 Uhr, Frühstück, dann ab in den Lainzer Tiergarten. Beim Schließen der Wohnungstür sehe ich erstmals meine Nachbarin links von meiner Wohnung, sozusagen beim Aufzug, wir grüßen einander kurz. Schnell erreiche ich die U-Bahn und fahre nach Hütteldorf, weiter zum Wolf in der Au. Dort überquere ich den Wienfluss. Ich bin flott unterwegs, in nur einer Stunde lege ich die fünf Kilometer vom Pulverstampftor zum „Hirschgstemm" zurück. Dort kehre ich ein, will nur eine Kleinigkeit essen, die Kellnerin empfiehlt Sacherwürstel. Ich gönne also dem „kleinen Burli" in mir ein Paar Würstel, so wie er es als Kind gerne gehabt hätte. Weiter geht es durch das alte Dianator und nach Laab im Walde, wo ich die Hochquellenleitung passiere. Noch bin ich verunsichert, wenn mir Menschen begegnen. Es geht vorbei am alten Kloster, dann rüber nach Breitenfurt. Oben auf der Anhöhe des „Hochstöckls" fotografiere ich einen weiß blühenden Strauch. Erstmals seit langem fühle ich mich geerdet. Ich erreiche eine Siedlung am Waldrand von Breitenfurt. Eine Frau in einem Garten lächelt als sie mich sieht und grüßt zu mir herüber. Mir fällt spontan jener sonnige Herbstsonntag ein, wo mir in „Berg und Graben" bei einer Wanderung an einem Nachmittag eine wunderschöne Reiterin am Waldesrand begegnet ist und mich kurz so angelacht hat, dass ich Schmetterlinge im Bauch gespürt habe. Dieses Gefühl beim Anblick der schon sinkenden Sonne einzufangen und ein Lied daraus zu machen – wow was für ein berührender Song mochte das werden!

Zurück in Wien in meiner Wohnung, ich lasse den Tag Revue passieren. Es waren ca. 12 Kilometer, ich habe ca. drei Stunden gebraucht und ein paar Fotos geschossen, die ich online stellen möchte. Ich lege eine frisch gebrannte Sampler-CD auf. Larra Skye singt „Neverending Nostalgia". Meine Gedanken beginnen zu wandern...

Immer wenn ich mich einem dunklen Punkt meiner Vergangenheit nähere, bekomme ich es mit der Angst zu tun, verspüre das Grauen. Es ist das, wovor ich Angst habe, dass es entdeckt werden könnte, wenn ich mich anderen Menschen zu sehr öffne oder offenbare. Ist es dieses Gefühl, „irgendwie komisch" zu sein, das Großelternkind von einst, das durch zu viel Alleinsein einen Sozialdefekt abgekriegt hat? Ist es die Angst, sie könnten erkennen, dass ich allein, quasi „unbeweibt" bin, dass ich daher manchmal

Sehnsucht nach Frauen verspüre und Dinge tue, die diese vielleicht, unter Umständen möglicherweise für „unanständig" halten?

11.7.2013

„…werde mein Leben in Umnachtung beenden und spiele damit in einer Liga mit Woody Guthrie – Har Har"

Eine Szene, die sich gestern in meinem Kopf abgespielt hat, inspiriert durch einen Vorfall in Wien 16:
Heimfahrt vom Hanusch KH, wo ich einen Krankenbesuch absolviert habe. Der Bus fährt zum Ottakringer Bad, dort steige ich in einen anderen Bus, bei der Sandleitengasse warte ich dann auf die Straßenbahn Linie 2.
Drei Mädchen schweben über die Straße, gehen nebeneinander am Gehsteig weiter, der untergehenden Sonne nach.
Ein Typ kommt mit dem Fahrrad am Gehsteig daher, klingelt kurz, die drei Grazien laufen hektisch auseinander, sehen dem Rotzlöffel böse nach.

- Fiktion -

Ich erhebe meine Stimme: „Huach zua, Masta, der Gehsteig is net zum Radlfoan do, wos glaubst Du eigentlich?"
Er bleibt stehen: „Alter, halt's Maul, misch Dich da net ein. Die Bitches sollen bloß Platz machen und überhaupt…"
„Deppata, Du muast erst amoi so alt werden wie i, und außerdem bin i net so alt wie i ausschau! Du muast erst amoi so viel saufen wie i und dann mit dem Alter immer no so ausschaun, Du Trottl Du Bleda! Reiss Di z'samm, und sog net Bitches, o.k.? I hob scho wos mit Weiwa ghobt, do host Du no Griaskoch g'essn, Du Rotzbua, verstehst?!"
Ich habe die drei Schönen auf meiner Seite, der Gelackmeierte wird kleinlaut.

…so weit die Legende…

*

Amüsiert legte Train Train das Tagebuch beiseite. Dabei fiel ihm ein, dass er ja auch in der Jetztzeit nicht frei von Gewaltfantasien war. Er musste so eine fiktive Geschichte unbedingt festhalten. Zum einen waren es die überall im Wege herumstehenden e-Scooter, die seinen Zorn herausforderten. Immer wieder stellte er sich vor, so ein Ding vom Gehsteig auf die Straße oder über ein Geländer zu schleudern und sich am hilflosen Geblinke des Geräts zu ergötzen. Zum anderen fühlte er sich bei seinen Wanderungen und Spaziergängen immer wieder durch Mountainbiker herausgefordert. Mit seinen Wanderstöcken würde er dereinst einem solchen Kerl in die Räder fahren, sodass dieser sich überschlagen würde, dann würde er – Train Train – mit den Stöcken auf den Wicht einstechen und eindreschen...

Train Train hielt inne, er fühlte sich, als hätte er plötzlich Schaum vorm Mund, so hatte er sich bei den Gedankenspielen ereifert. Er musste sich nun aber beeilen, denn der Zug hatte die Stadt erreicht. Er entstieg diesem mit einem verschmitzten Lächeln und tauchte in die Häuserschluchten ein. Schwüle Sommerluft lag über der Stadt und verpasste ihr das Ambiente einer Hafenstadt am Mittelmeer. Doch Train Train wusste trotz der augenblicklichen guten Laune insgeheim, dass er am Abend mit dem Gefühl, eine Niederlage erlitten zu haben, zurück aufs Land fahren würde.

Ein Herbst, der wie ein Frühling war (in Form eines Briefs an einen Freund)

Werter Freund,
Mon Ami,

ich schreibe Ihnen, und ich weiß nicht, ob ich noch am Leben sein werde, wenn Sie dies lesen. Keine Angst, ich habe nicht vor, eine Dummheit zu begehen, zumindest nicht DIESE Dummheit. Noch ist es nicht so weit, allen eine „gute Zeit" zu wünschen und mit den späten Novembernebeln zu einer Tour ins Tote Gebirge aufzubrechen und sich daran zu weiden, dass die Leute einem nachblicken wie einem Wahnsinnigen. Nein, nein, vielmehr kreisen meine Gedanken um jenen Zettel hier auf meinem Schreibtisch mit wie achtlos hingekritzelten Ziffern, eine Telefonnummer...

Es hat geregnet aber nicht wirklich abgekühlt, so schreibe ich Ihnen bei offenem Fenster. Die hereinströmende Luft duftet frisch, es ist dieser typische Geruch der vom Regen gereinigten Luft. In einem der Nachbarhäuser wird wohl gerade eine Party gefeiert, ich höre ausgelassenes Gelächter und schrille Schreie. Aus einem Autoradio ertönt belanglose Musik. Das Geräusch von Schritten und Schuhen mit hohen Absätzen dringt von der Straße an meine Ohren, stolze Schritte von stolzen Frauen und Mädchen – „was habt Ihr für ein banales Leben!", durchfährt mich ein Gedanke.

Mein Blick schweift in meinem Zimmer umher und fällt auf Ihr Bild, werter Freund. Das Bild, es ist mein „Fenster in den Wienerwald", so habe ich es heimlich getauft. Heimlich deshalb, weil Sie ja Ihren Werken bewusst keine Namen geben und gewiss niemandem beim Betrachten etwas vorweg nehmen möchten. Das Bild erleuchtet meinen Elfenbeinturm, aus dem ich mich neuerdings wieder des Öfteren unter die Menschheit wage. Dieses Bild strahlt richtig in seinem hellen satten grün, genau genommen besteht es ja nur aus grünen Punkten, dazwischen ein paar gelbe und rote Tupfen, die offen lassen, ob es ein Dickicht im Frühling ist, wo alles blüht, oder ob es einen herbstlich verfärbten Strauch darstellt. Ich habe mich für den Frühling entschieden und sehe mich plötzlich um viele Jahre zurückversetzt mit einer Gruppe junger Leute lustwandeln.

Unter diesen jungen Leuten war auch Arabella - ihr Name zergeht mir immer noch auf der Zunge - ein schönes wie gut gehütetes Geheimnis gleichermaßen...

Ihr Bild, werter Maler, ist's, das diesen so verrückten Frühlingstag vor langer Zeit aufleben lässt. Ich verspürte einen lauen Windhauch, der nach Blüten und nach Leben duftete, als mich Arabella beim Gasthaus Lindwurm mit einer flüchtigen Umarmung begrüßte. Von dort schlenderten wir zum nahen Lainzer Tiergarten, und wie eine Elfe schwebte Arabella neben mir und nur allzu gerne hätte ich ihre Hand ergriffen. Doch ich hatte Angst davor, etwas zu zerstören, das vielleicht - möglicherweise - unter Umständen gerade erst im Entstehen war. Wie verwandt unsere Seelen bei aller offensichtlichen Wesensverschiedenheit waren, erkannte ich viel später bei unserem Abschied in den frühen Morgenstunden des nächsten Tages, doch waren wir „nur" Freunde geblieben...

Dies ist freilich sehr lange her und längst versunken im Strudel dieser so wahnsinnig beschleunigten Zeit der Sachzwänge, in diesem Grau des alltäglichen Einerlei und dem Davonlaufen vor der Realität.

Doch zurück ins Hier und Jetzt und zu meinem Brief – ich muss Ihnen von einer Begebenheit erzählen, die sich vor einigen Wochen im Spätsommer zugetragen hat: Es hatte so um die 30 Grad, ich ging gerade auf den Füllenberg bei Heiligenkreuz hinauf. Am Waldesrand verweilte ich im Schatten und blickte übers Land, das sich im blauen Dunst vor mir ausbreitete.

Wie schön diese Welt doch war, und wie lang es wohl noch so bleiben würde, ging mir durch den Kopf, und dieses Lied, nämlich „Summertime – and the livin' is easy"...

Vor mir erstreckte sich eine große Wiese bis zu einer hohen, dichten Hecke, doch an einer Stelle bildeten zwei Büsche eine Art Torbogen. Man konnte erkennen, dass sich die Wiese dahinter noch sehr viel weiter ausdehnte bis zu fernen, hohen Bäumen, und diese erschienen durch die heiße flirrende Luft verschwommen, beinahe unwirklich, wie aus einer anderen Welt.

„Schöner Moment, verweile doch", fiel mir in diesem Augenblick ein, und ich erschrak sogleich, denn dieser Satz sollte ja bekanntermaßen dem Dr. Faustus zum Verhängnis werden...

Ich ging weiter, verspürte das eben gesehene aber noch lange in mir nachwirken.

Dieses Erlebnis und Ihr Bild straft das eingangs von mir gesagte eigentlich Lügen, denn ein neues Fenster hat sich da aufgetan – ich möchte hier nicht groß von „Ewigkeit" und „Zufriedenheit" sprechen, wohl aber von einer neuen Zeit des Erwachens. Denn mit einem Male wurde mir bewusst, dass dieses Leben zu bejahen und zu lieben ist, und dass wohl sogar ICH dazu im Stande bin – trotz des Chaos dieser seltsamen Tage, das mich dann mitten in der Nacht oftmals ausgelacht hat, trotz dieses stetigen Wandelns am Abgrund und dann doch wieder den Luftzug der Veränderung spüren - und trotz der zerstörerischen Zentrifugalkräfte, die dem Rock'N'Roll, der mich bekanntermaßen gezeichnet hat, innewohnen.

Wer nie damit infisziert (sic!) wurde kann diese oftmals selbstzerstörerischen Kräfte nicht begreifen, wer nämlich nie diese magischen Momente erlebt hat, wenn Musik außer Kontrolle gerät und sich verselbständigt, wenn die Tonabnehmer einer Gitarre aufgrund der ohrenbetäubenden Lautstärke rückzukoppeln beginnen und ein von Oberwellen getragener Ton die Luft erfüllt bis schließlich blinde Zerstörungswut den Musiker erfasst und das Instrument krachend am Boden landet und in die Brüche geht. Ich durfte so etwas noch miterleben, und ein solches Inferno in Verbindung mit gewissen Substanzen kann Ihr Leben nachhaltig verändern, mein Freund, glauben Sie mir.

Ich kann keinesfalls behaupten, davon geheilt zu sein, und das weiße Rauschen in meinen Ohren – eine nette Umschreibung für

„Tinnitus", finden Sie nicht? - nun, dieses Rauschen ist nicht das Einzige, das mir davon geblieben ist, if you know what I mean...

Die Uhr tickt, und wer sein Leben nicht in all seiner Intensität mit all diesen Schmerzen gelebt hat, der hat es eben versäumt, und auch daran erinnert mich Ihr Bild stets.

Mit dieser Erkenntnis will ich es für nun bewenden lassen und verbleibe

Ihr ergebener
Train Train

P.S.:
Am frühen Morgen des Folgetages erwache ich und verspüre starken Durst. Draußen ist es still, nur das Geräusch einer in der Ferne vorbeiratternden U-Bahn ist zu hören, und ab und an ist aus besagter Wohnung noch immer Gelächter zu vernehmen, auch wenn es schon deutlich müder klingt. Ich gehe zum Fenster und schließe es - und wie ich zum blauen Himmel aufblicke, beginnt es große schwarze Tropfen zu regnen, dann fällt mein Blick auf den Zettel mit jener unseligen Telefonnummer. Ich schließe meine Augen und sehe Feuerbälle explodieren, dann suchen meine Hände nach Halt und zur Sicherheit nehme ich vorsorglich meine Kreislauftropfen und verwünsche meine Wetterfühligkeit...

Das Weihnachtswunder

Mirror on the wall
Show me a whiskey smile

I'll pack my bags and fall
Fall down the next drawn mile
In a land of fools
Where the mad man rules
Where are you? Where are you, my friend? *)

Monsieur Train Train glaubte schon lange nicht mehr an das Christkind und schon gar nicht an den Weihnachtsmann. Sein abgebrühtes Wesen erlaubte ihm nicht einmal, sich an der Weihnachtszeit zu erfreuen, vielmehr freute er sich schon auf den Zeitpunkt, wenn diese aberwitzig überhöhten Festtage vorbei sein würden.

An jenem besonderen ersten Adventsonntag hatte sich dichter Nebel übers Land gelegt. Train Train beschloss, eine kleine Wienerwaldwanderung zu machen, auf alten Wegen und auf den Spuren seiner Kindheit. Also fuhr er mit dem Autobus nach Gruberau im Wienerwald. Der Bus hatte seine Endstation wie eh und je beim Gasthof „Schusternazl", der freilich traurig sein stilles Dasein fristete. Dieser einst so schöne und sommers wie winters belebte Ort lag verlassen in der finsteren Talsenke. Kein Lichtschein drang aus den Fenstern, die große Wiese, die einst Kinderspielplatz wie Langlaufloipe gleichermaßen gewesen war, verwilderte und verwucherte langsam aber sicher. Begleitet vom höhnischen Gelächter der Krähen marschierte Train Train schnellen Schrittes davon, er wollte diesen verwunschenen Ort rasch verlassen. Bald war er im tiefen Wald und saugte die feuchte Luft ein bis in die äußersten Lungenflügel, sie ließ baldigen Schneefall erahnen. Nach kurzem, steilem Anstieg war er auf der Anhöhe zur „Wöglerin". An klaren Tagen war von hier aus der Schneeberg erkennbar, heute reichte die Sicht gerade mal zum nächsten Baum. In nur einer knappen Stunde war er in Hochrotherd angelangt und näherte sich nun dem „Gasthof zur Schönen Aussicht". Als Kind war er gern hier gewesen, sein Vater hatte ihn mit diesem besonderen Ort bekannt gemacht. Freilich gab es den alten Steig nicht mehr, der aus dem Tale kommend nach steilem Anstieg durch dichtes Unterholz direkt in den Gastgarten führte, was ihm dereinst freudige Überraschung und natürlich Labsal mit Kracherl und Würstel nach all der Anstrengung bedeutet hatte – nein heute musste der letzte halbe Kilometer auf der Straße begangen werden. Sei's drum: Train Train betrat das einfache Wirtshaus. Ein wenig Tristesse umfing ihn, sein erster Gedanke war, „after all these years the smell of smoke's the same..."

Seine Augen gewöhnten sich langsam an das Halbdunkel. Ein Weihnachtsbaum mit elektrischen Kerzen stand in einer Ecke, daneben der Stammtisch, wo einige Einheimische beisammen saßen. Einige Tische waren frei, an einem weiter hinten saßen eine Frau mit Kopftuch und ein Kind von vielleicht fünf oder sechs Jahren. Train Train überlegte kurz, wo er seinen Platz einnehmen wollte, entschied sich schließlich für einen Fensterplatz irgendwo in der Mitte zwischen diesen beiden Polen. Von schöner Aussicht war an diesem nebeligen Tag natürlich keine Rede. Train Train bestellte Tee und Milchrahmstrudel und blickte auf seine Uhr. Er wollte ja nur die Wartezeit überbrücken, bis der nächste Bus vorbeikam, der ihn zurück in die Stadt bringen würde. Vage nahm er aus einiger Entfernung das Gespräch wahr, das die Frau mit dem Kopftuch mit ihrem Kind führte. Es war wohl eine Flüchtlingsfamilie, die es in dieses entlegene Nest verschlagen hatte und in einem Fremdenzimmer des Gasthofs untergebracht war. Sie bemühte sich offenbar, mit dem Kind Deutsch zu sprechen, dazwischen verwendete sie immer wieder Brocken einer fremden Sprache. Das Kind wollte wohl etwas über die Bedeutung des Lichterbaumes wissen, die Frau versuchte es zu erklären. Dann geschah etwas Unerwartetes: Sie erhob sich, ging ein paar Schritte auf den Tisch von Train Train zu und fragte ihn in gebrochenem Deutsch, ob er nicht Platz an ihrem Tisch nehmen wolle, denn es sei ja die Weihnachtszeit angebrochen und in dieser solle niemand allein sein.

Ehe er es sich versah, hatte er sich überreden lassen und an dem Tisch der beiden Platz genommen. Verlegen wusste er nicht recht mit dieser Situation umzugehen, hatte auch wohl die argwöhnischen Blicke des Kellners ob seines Platzwechsels mitbekommen. Verstohlen musterte er die Frau, dann zupfte ihn ihr kleiner Sohn am Ärmel und zeigte auf den Christbaum. Die Frau sagte: „Wollen Sie nicht ein wenig davon erzählen, was Weihnachten für Sie bedeutet? Mein Sohn kommt bald in die Schule und er soll doch mitreden können mit den anderen..."

Train Train wehrte kurz ab: „Wissen Sie, ich halte GAR NICHTS davon. Weihnachten ist ein Konsumfest, das überhaupt nichts mehr bedeutet und sinnentleert dem Besäufnis und der Bereicherung dient, ein Sauf- und Kaufrausch sozusagen. Heute zum Beispiel haben mich Bekannte eingeladen, mit ihnen den Weihnachtsmarkt vor der Karlskirche zu besuchen, es gibt dort diesen ‚Wunsch-Stand' wo die Konsumation einen guten Zweck finanziert, ein Heim, wo todkranke Kinder durch den Umgang mit Pferden einen neuen Sinn in ihrem Leben erfahren – aber ich habe abgelehnt, verstehen Sie? Abgelehnt! Mir ist das zu blöd, dass ich dort diese ‚Weihnachtsstimmung' erlebe, wo alle diese abartigen Weihnachtslieder mitsummen..."

„Und wie haben Sie als Kind Weihnachten erlebt?", entgegnete sie hartnäckig. Er blickte kurz aus dem Fenster und warf durch die undurchdringliche Nebelwand einen Blick ins Land seiner Kindheit. Die Eindrücke der soeben beendeten Wanderung vermengten sich mit Bildern aus vergangenen Tagen und dann gab sich Train Train einen Ruck und begann zu erzählen: „Also...", er wandte sich an das Kind, bemühte sich langsam und deutlich zu sprechen, „die ersten Weihnachten, an die ICH mich erinnern kann, das liegt natürlich schon sehr, sehr lange zurück - es war damals in den frühen 1960er Jahren. Und da sehe ich die Großmutter vor mir, wie sie in der Küche am Herd steht und Mürbteig zubereitet, daraus wurden dann mit Blechformen die Weihnachtskekse ausgestochen, die ich so liebte, da gab es nicht nur Weihnachtssterne sondern auch Bäume, einen Hund und einen Förster, der durch den Wald marschiert, so stellte ich es mir zumindest vor. Ich durfte zuletzt das Gefäß mit den Teigresten ausschlecken, diesen Moment liebte ich am meisten. Mein Großvater meinte dann, wir sollten in den Wald gehen und vielleicht würden wir das Christkind sehen. Es war später Nachmittag und diesig, so wie heute da draußen, und wir gingen durch den Wald. Der Großvater ermahnte mich immer wieder, dass ich leise sein sollte, damit wir das Christkind nur ja nicht erschrecken. Alles was ich letztendlich sah, waren Rehe bei einer Futterkrippe, und natürlich war ich mucksmäuschenstill, um auch sie nicht zu erschrecken. Leichter Schneefall setzte ein, es wurde dunkel, wir gingen zurück nach Hause. Als ich aber das Vorzimmer des Hauses betrat, sah ich plötzlich hinter der Glastür zum Wohnzimmer ein Schimmern und Leuchten. Die Großmutter öffnete die Tür und eröffnete mir, dass das Christkind soeben da gewesen sei, aber just gerade in diesem Moment, da ich heimgekommen war, war es schon wieder weg...

Ich trat ein und vor mir stand der von Kerzen erleuchtete Christbaum. Nun, ich fand unter dem Baum eine Holzeisenbahn und einen Stoffhund mit Dackelohren, den ich sofort adoptierte. Es duftete nach Nadelholz, nach frisch gebackenen Keksen, Vanille und Zimt und dem Wachs der Christbaumkerzen. Die Großmutter stellte eine Kerze ins Fenster, damit sich in der Heiligen Nacht die Seelen der toten Menschen daran wärmen könnten. Sie bejahte auch meine besorgte Frage, ob sich denn auch die Tiere daran wärmen dürften...

Am kommenden Morgen erwachte ich vom Geräusch, das mein Großvater mit der Schneeschaufel verursachte. Es hatte einen Meter geschneit und ich blickte aus dem Fenster und sah vor mir eine unendliche weiße Ebene. In den Wald würden wir heute nicht gehen können. Das machte mir aber nichts, ich drückte den Stoffhund an mich und lief in die Küche, wo mich schon die Großmutter mit Malzkaffee und Keksen erwartete.

Diese Weihnachten trage ich seitdem im Herzen, es waren ganz einfache Dinge, die mich erfreut haben, und ich gäbe viel darum, noch einmal solch reines Glück zu verspüren...", seufzte Train Train und blickte dann auf seine Armbanduhr. Seine Augen waren feucht geworden, er tat sich schwer, den Stand der Zeiger zu erkennen. Bald würde der Bus kommen. Train Train rief den Kellner und bat um die Rechnung.

Er fragte die Frau: „Wäre es für Sie in Ordnung, wenn ich Ihre beiden Getränke auch bezahle? Sie haben mir heute die Wartezeit auf den Bus verkürzt und mir einen schönen Ausklang der Wanderung beschert." Er wollte nicht hervorkehren, dass ihm die armen Leute leid taten, wenn auch seine innere Motivation war, seinen Mitmenschen in guter Erinnerung zu bleiben und daher so oft es nur ging Gutes zu tun. Die Frau wollte es zuerst natürlich nicht annehmen, sagte dann aber: „Gut, es ist in Ordnung. Sie müssen uns aber versprechen, dass Sie im Frühling, wenn mein Mann hoffentlich aus Syrien nachkommen kann, unser Gast sein werden." Train Train versprach es, beglich die Rechnung und verließ eilig das Wirtshaus.

Es war dunkel geworden, die spärlich vorhandenen Straßenlaternen waren gerade angegangen und verbreiteten ein gespenstisches Licht auf der nebligen Straße. Schon hörte Train Train den nahenden Bus, aus dem Nebel tauchten zwei Scheinwerfer und das orange Liniensignal über der Windschutzscheibe auf. Monsieur Train Train stieg ein und fuhr mit dem Bus den Berg hinunter, näherte sich dem Lichtermeer, tauchte ein in den tröstlichen Schoß der Stadt.

Zwischen Himmel und Hölle

We are sailing, we are sailing,
Home again across the sea.
We are sailing stormy waters,
To be near you, to be free. *)

*) Rod Stewart „Sailing", © 1972 by Gavin Sutherland

Train Train erwachte aus einem Traum. Wieder einmal waren ihm seine beiden Katzen erschienen, die in Wahrheit schon viele Jahre begraben waren. Doch im Traum sah er sie fröhlich in den ewigen Mäuse-Jagdgründen herumtollen und sie schienen ihn zu rufen. Behände sprangen sie von Baumkrone zu Baumkrone. Train Train hatte große Angst um die Tiere, doch mit Leichtigkeit und – ja mit einem Lachen im Gesicht waren sie nun auf seinem Fenstergesims gelandet. Er stand in einer Art Loggia mit Säulen und einer Gewölbedecke und konnte das weite Land überblicken. Hunderte Meter unter ihm befand sich ein Park. Die Katzen schienen ihm zu bedeuten, er solle ihnen folgen, dann sprangen sie von der Brüstung, landeten sanft am Boden und waren bald davon gesprungen. In der Ferne vermeinte Train Train den Sandstrand von Caorle zu sehen und Meeresrauschen zu vernehmen. Dann wieder war ihm, als könne er undeutlich den Gletscher des Dachstein in der Sonne glänzen sehen, so als stünde er am frühen Morgen am hinteren Ufer des Altausseer Sees im Schatten der Trisselwand – Sehnsuchts- und Zufluchtsorte seines Lebens, die er wohl nie wieder sehen würde. Eine unendliche Traurigkeit packte ihn.

„Nun bin ich ganz klar und bei mir,
nicht Trunk, nicht Lust, nicht Lärm vernebeln meine Sinne:
Du, mein Engel, hast alles gut gemacht,
vom Moment an, wo sich unsere Hände fanden,

hast mir all diese viel zu kurzen Wochen versüßt,
schönste Spaziergänge meines Lebens über den Hügeln der Stadt,
wo wir gemeinsam dem ersten Kuckucksruf des Frühlings lauschten,
Deine Seele so rein, sie konnte mich sogar zum Lachen bringen,
doch ich muss fort, es ist Zeit, weiterzugehen"

Er lag im Halbschlaf in der frühen Morgendämmerung und er war aufgewacht vom Klang seiner eigenen Stimme, die diese Abschiedsworte sprach. Die Straßenlaterne vor dem Fenster schaukelte im Wind. „Wie eine flackernde Kerze", dachte Train Train.

*

Welch Illusion! Der Tag war noch jung, doch er selbst war es nicht mehr.

Im engen Dambachtal noch einmal den Schnee unter den Schuhen knirschen hören und bei den Duckhütten die paar Sonnenstrahlen erspähen, die ihren Weg hier herunter finden, dann weiter hinauf, doch nicht hinüber den sonnigen Saumpfad in die Baunzen, sondern jenseits der Autobahn auf den Laabersteigberg gehen bis zur Unterstandshütte am höchsten Punkt, nahe der Tiergartenmauer, und dort warten bis zur Dunkelheit. Man würde ihn am darauffolgenden Morgen vielleicht erfroren auffinden oder erschlagen von einem Ast den der wütende Sturm losgerissen hatte. Der Großvater hatte immer gesagt „der Schnee ist das Leichentuch"...

Many is the time when the blame went to you
Please forgive me
But the truth is my friend
And the world isn't quite as I thought it to be
Oh no, I wish I were back home again *)

*

Das Jahr ging also zur Neige. Als Train Train aber spürte, dass es auch mit ihm offensichtlich bald zu Ende ging, fasste er einen Entschluss. Er konnte nicht so einfach liegenbleiben und auf den Tod warten. Er ballte unter der Bettdecke die Faust, dann sprang er aus dem Bett. Nein, so schnell würde er dem Gevatter nicht klein beigeben, Monsieur Qui-Qui möge ruhig noch ein wenig warten!

Rasch ward eine CD ins Laufwerk des Players geschoben. Grimmig und vergnügt zugleich marschierte er zu den lautstarken Klängen des aktuellen Albums von *Nazareth* in sein Badezimmer, um sich zu zivilisieren, wie er es nannte. Eine heiß-kalte Dusche brachte ihn schlussendlich auf Vordermann, er sparte auch nicht mit Rasierwasser und Parfum. Dabei hatte er plötzlich das Gefühl, seine Katze Mizzi zu spüren, die um seine Beine strich – Gruß aus dem Jenseits...

Währenddessen fand der Text des Songs „*Change*" seinen Weg in Train Trains Gehirnwindungen:

A burning fire in the winter's cold
A never-ending story's told
A silhouette of a black dog haunts my mind)*

Die Musik klang noch in seinen Ohren, als er schon den Mantel übergestreift und die Wohnung verlassen hatte. So trabte er nun durch „seinen" Bezirk, fühlte sich dabei wie weiland Harry Haller, Held des „Steppenwolfs".

Es war einer dieser Tage, da die Stadt ihr graues Gesicht zeigte und kalt und abweisend wirkte. Die Menschen schienen es alle sehr eilig zu haben, in ihre warmen Stuben zu kommen. Die Luft roch feucht. „Katzenwetter" nannte es Monsieur Train Train. Früher, als seine Katzen noch am Leben waren, hatte er solche Tage am liebsten lesend auf dem Sofa verbracht und sich am Schnurren der Fellbündel erwärmt. Ein letzter später Sonnenstrahl versuchte in diesem Moment, die Wolkendecke zu durchdringen, doch ein Eishauch wie aus der Ewigkeit vermittelte ihm das Gefühl, schon demnächst ins Bodenlose zu fallen.

Langsam begann sich die Dämmerung über die Stadt zu senken, die ersten Lichter gingen an, hinter den erleuchteten Fenstern der Häuser spielte sich idyllisches Leben ab, für das Train Train jedoch nie viel übrig gehabt hatte.

Doch die hereinbrechende Dunkelheit ließ das Abweisende aus dem Gesicht der Stadt langsam verschwinden, und seine Stimmung hob sich. Am Mariensteig angelangt, der seinen Namen von jenem Bach herleitete, der einst an seinem unteren Ende vorbeigeflossen war, und nun eingekerkert sein Dasein in Betonrohren des Kanalsystems fristete - von dieser Stelle aus überblickte er seine Stadt. Und er wusste sich in der Nähe von Arabella. Links und rechts der Stiege befanden sich kleine Wohnblocks. Auch hier waren einige Fenster erleuchtet. Gebannt beobachtete er eine Gestalt, die sich in einer Küche zu schaffen machte. Er konnte nicht viel erkennen, aber ein hochgesteckter Haarschopf, der bei jeder Bewegung mitschwang, ließ ihn vermuten, dass es wohl eine Frau war, die für ihren oder ihre Liebsten ein Abendmahl zubereitete...

Da wurde ihm schmerzlich bewusst, dass er niemals mehr all diese Frauen wiedersehen würde, die sein Leben bereichert hatten, weder Arabella noch Dolores noch Marianne, deren zwei Kinder er hatte miterziehen dürfen, noch seine geliebte Kim mit ihren Mandelaugen und der Alabasterhaut eines jungen Mädchens, die ihm Muse, Geliebte und Gefährtin gleichermaßen gewesen war.

It's better to have loved and lost
Than never to have loved at all. *)

*) *„Loved and Lost" by Nazareth / Darrel Sweet, Manuel Charlton, Dan McCafferty, Pete Agnew © 1974*

*

Train Train hatte einen Entschluss gefasst, der Gedanke hatte ihn nicht mehr losgelassen. Er wusste ob dessen Gefährlichkeit, doch heute, hier und jetzt hatte er nichts mehr zu verlieren, und nach dieser Erkenntnis gab es kein Zurück mehr – ab nach Hause!

Morgen würde, wie jeden letzten Donnerstag im Monat, die Putzfrau kommen und seine Wohnung aufräumen, anyway. Er bereitete vorsorglich alles für sie vor inklusive der üblichen Anweisungen und des üblichen Geldbetrags. Schnell gab er der Blume am Küchenfenster noch etwas Wasser. Er hegte und pflegte sie, da sie ihn immer wieder an die glücklichen Tage mit Kim erinnerte. Sodann warf er den gewohnten Blick in die Küche, ob alle Geräte abgeschaltet und alle Fenster ordentlich geschlossen waren – check – check – check. Schnell verließ er die Wohnung und steckte den Schlüssel ins Schloss seiner Wohnungstüre um zuzusperren – es war soweit!

Sein Weg führte ihn zu einem Ort der Stadt, wo die Luft immer feucht und abgestanden roch - traurige Baracke in einem verwahrlosten Distrikt, nur spärlich beleuchtet von einer Kette bunter Glühbirnen - Keith Richards würde wohl wieder von der „anderen Seite der Geleise" sprechen – Monsieur Train Train war unterwegs in sein letztes Exil.

Während er in der dunklen Nacht mit hochgestelltem Kragen unterwegs war, fielen ihm die mahnenden Worte seines Freundes von unlängst ein, die geendet hatten mit: „...Du bist schlimmer als Dein Vater und Dein Bruder zusammengenommen – sie hat Dich wirklich geliebt!"

Ja, er war wirklich nie ein „Guter" gewesen, und er war bereit dazu, sich auf sein böses Alter Ego einzulassen, und er fühlte in diesem Moment großen Stolz darüber – so wie damals in den Achtzigern, als er mit genau dieser Entschlossenheit in sein Auto gestiegen war und seiner Großmutter auf die besorgte Frage, wo es denn hinginge, nur betont nachlässig geantwortet hatte: „Des waaß eh I..."

Manche Dinge in seinem Leben würden sich eben nie ändern. Train Train stand am Bahnsteig der U-Bahn-Station. Viele Lieder gingen ihm in diesem Moment durch den Kopf, sie alle handelten von Zügen, sei es nun „Rudy" von Supertramp oder David Coverdales „Northwinds" mit der Zeile „I'm sittin' on an empty train". Dabei beschäftigte Train Train die bange Frage, welches Lied wohl das letzte in seinem Leben sein würde. Doch als die U-Bahn in die Station einfuhr war er wieder bei jenem Song, der ihn auf seinem Spaziergang vorhin begleitet hatte. Er bestieg den Zug und stürmte durch die Nacht.

I'm talking 'bout a
Change change change change
I'm talking 'bout that look in your eyes
(Your eyes that make you see)
Change change change change
I'm talking 'bout the devil inside *)

*) „Change" by Carl Sentance, Nazareth © 2018

Zwiegespräch

(Teil 2)

Cruisin' down the highway

Wir kommen ins Frühjahr 1986
Unsere Band hatte sich zu Ricochet weiterentwickelt. Es bahnte sich eine
Zusammenarbeit mit Dougie, dem Drummer, an, im Hintergrund wurde
immer öfter der Gitarrist Ernesto erwähnt. Die beiden waren ja eigentlich
Freunde Deines großen Bruders.

Ja, Dougie und Ernesto haben zusammen bei Schüttelfrost gespielt,
in den frühen Achtziger Jahren. Schüttelfrost gibt es offiziell seit 1977
glaube ich, wobei sie 1974 zum ersten Mal auf einem Dachboden
gemeinsam musiziert haben, 1977 war das erste Konzert mit dem
Hömerl als Sänger. Ich habe sie 1980 oder 1981 im Purkersdorfer
Volkshaus zum ersten Mal live gesehen und war begeistert. Ich hätte
mir damals nicht träumen lassen, selber mal mit diesen Leuten zu
spielen. Ich hatte dann bei dem schon erwähnten Treffen in der Arena
1983 die Erfahrung gemacht, nicht ganz ernst genommen zu werden.

1986 war dann wieder so ein Schlüsselerlebnis, dieses UFO-Konzert
in der Arena, übrigens mit Paul Gray am Bass, mit dem ich
neuerdings auf Facebook befreundet bin. Es war so wahnsinnig toll,
ich habe damals bei dem Konzert sogar seine Hand berührt!

Ich verehre Paul Gray, weil er eigentlich aus der Punk-Ecke kommt,
er hat früher bei den Damned gespielt...

Bei diesem UFO-Konzert 1986 also habe ich den Ernesto getroffen.
Ich habe ihm erzählt, dass ich ein Projekt habe, dass wir proben, und
irgendwie glaube ich, damals hat er begonnen, mich ernst zu nehmen.

Vielleicht, weil ich so tough ausgesehen habe, ha ha.

Der Grund, warum Dougie bei uns eingestiegen ist, war, dass wir eigene Ideen gehabt haben, selber Texte und Songs geschrieben haben, wobei das hat der Ernesto eher nicht wollen.

So war es. Angefangen hat es, wie gesagt, indem ich den Ernesto UND den Dougie beim UFO-Konzert getroffen habe, und ich habe dann zu Dougie gesagt, „geh komm einmal, horch dir das an". Er ist dann auf den Bartberg gekommen und hat uns bei einer Probe zugehört, wie wir da mit Drum-Computer und so unsere unbeholfenen Sachen gespielt haben. Er hat das ganze dann in der für ihn typischen Weise abgekanzelt, mir fallen die exakten Worte nicht mehr ein, sinngemäß: „Eure Verstärker sind Würstelkocher, und ihr müsst noch sehr viel machen und lernen und ich komm wieder, wenn ihr geübt habt..."

„...lasst's Euch vom Ernesto mal erklären, wie man eine Gitarre stimmt!"

Ja, genau, aber es stimmt, es hat Dougie imponiert, dass wir eigene Sachen spielen und dass der Ernesto das nicht macht. Das ist mir Jahre später auf den Kopf gefallen, aber dem will ich nicht vorgreifen, das kommt sicher noch, oder? Meine Wahrnehmung ist, damals hat sich mein Leben geändert, nebenbei auch punkto Frauen, na ja, zumindest ein bisschen, aber auch punkto „ernst genommen werden". Ich bin damals in diese Szene sozusagen hineingekommen, durch den Dougie, dem verdanke ich so was von viel, das kann ich gar nicht sagen – weit mehr als nur das, was mit Musik zusammenhängt...

He changed my life...

Wie war Deine Rolle als kleiner Bruder? Du hast immer eher bewundernd vom großen Bruder gesprochen. Es gibt die Legende: Er hat einen Kühlschrank beim Kartenspielen gewonnen.

Also vorweg, das mit dem Kühlschrank stimmt. Unser Verhältnis hat sich im Laufe der Jahre natürlich auch geändert - wir sind jetzt wieder bei meiner Familie gelandet. Also mein Bruder und ich sind getrennt aufgewachsen. Du musst Dir vorstellen, meine Mutter war psychisch krank, sie ist ja nicht zuletzt deswegen im Jahr 2000 gestorben, weil sie durch die jahrelange Einnahme von Psychopharmaka eine kaputte Leber gehabt hat. Und es gab dieses Scheidungsurteil aus dem Jahr 1963 oder so, etwas das man sich heute nicht vorstellen kann. Es wurde nämlich der Status Quo sanktioniert: Meine Mutter war sozusagen unfähig, sich um uns Kinder zu kümmern, sie war mehr im „Guglhupf" als sonst wo – also auf der Baumgartner Höhe. Mein Vater hat gemeint, „so geht das nicht", der Säugling, also der kleine Burli, der verkommt ja, da hat er mich geschnappt und zu seinen Eltern nach Pressbaum auf den Bartberg gebracht und ihre Eltern haben sich meinen Bruder geschnappt. Dieser Zustand wurde dann bei der Scheidung schriftlich festgehalten, mein Bruder soll bei den Großeltern mütterlicherseits aufwachsen, und ich bei den Großeltern väterlicherseits. Mein Bruder und ich haben uns an den reglementierten Besuchssonntagen einmal im Monat gesehen. Er ist vier Jahre älter als ich. Für mich war es immer ein Highlight, wenn ich meinen Bruder gesehen habe. Da hat mich die Mutter, wie ich noch klein war, zumeist abgeholt, und wir sind dann autostoppender Weise nach Unter Tullnerbach gefahren, zum Haus ihrer Eltern.

Mein Bruder war außerdem der „Ruinierer", der Böse, er hat dann ein Moped gehabt und wilde Musik gehört und Poster an den Wänden hängen gehabt.

Ich werde nie vergessen, wie wir einmal an so einem Besuchssonntag beim Autostoppen glücklos waren und zu Fuß die ganze Strecke von Pressbaum nach Unter Tullnerbach gehen mussten. Bei der alten Fischerhütte am See, die seit Jahren unbewohnt war, blieben wir kurz stehen. Mein Bruder sah in der Hütte einen Kübel stehen. Laut schreiend und jauchzend warf er den Kübel durch die

Hütte und freute sich, als Mauerstücke und Steine von den Wänden und der Decke zu Boden polterten. Meine Mutter und ich standen lachend vor der Hütte. Es war uns in dem Moment nicht bewusst, dass diese Sache gefährlich außer Kontrolle hätte geraten können, wenn beispielsweise die Hütte zusammengekracht wäre. Dass meine Großmutter ihrerseits am Heimweg auf der anderen Seite des Sees aus der Entfernung Zeuge dieser Szene wurde, war in diesem Moment der Ausgelassenheit uns dreien nicht bewusst. Noch lange aber wurde diese Begebenheit in „meiner" Familie, also bei den Großeltern und von meinem Vater, thematisiert. Jahre später war ich dann ja beim Austria-Rock-Festival in Pinkafeld dabei, wie sie dort, um ein Lagerfeuer zu veranstalten, eine Bauhütte demoliert haben. Da habe ich dann gemäß dem Vorbild meines Bruders meiner blinden Zerstörungswut freien Lauf gelassen, ha ha!

Ich habe meinen Bruder auf jeden Fall bewundert, vier Jahre Unterschied sind, wenn man 10 bzw. 14 ist, eine WELT. Wenn man 22 und 26 ist, schaut das nicht mehr ganz so aus.

Damals war es auch so, weil ich ein Auto und den Führerschein hatte, da hat er mich plötzlich ernst genommen, das hat er ja vorher nicht. Für meinen Bruder war damals das Auto schon irgendwie das Wichtigste im Leben, das kam zuerst, dann vielleicht eine fesche Frau und dann lange nix. Also unser Verhältnis hat sich 1985/86 geändert, weil ich plötzlich auch ein Auto gehabt habe. Natürlich hat sich mein Bruder mittlerweile auch geändert, sieht manche Dinge anders als damals.

Im Kassettendeck Deines weißen Ford Escort haben wir UFO („Misdemenour") und Ozzy („Ultimate Sin") rauf und runter gespielt. Deine Platten- und Bootlegsammlung war ja recht beeindruckend.

Für mich ist das rückblickend nach wie vor die große Zeit meines Lebens, was dieses Lebensgefühl betrifft. Du wirst ja sehen, was ich heutzutage auf Facebook teile, es ist nicht zufällig alles Musik aus dieser Zeit, also der zweiten Hälfte der Achtziger Jahre. Weil es die Zeit ist, wo ich Musik entdeckt habe und auch diese „Auto-Musik" entdeckt habe, also mein Faible für amerikanische Musik, also Sammy Hagar, Montrose, Van Halen und nicht zu vergessen meine Lieblinge Grand Funk Railroad - und dann noch Golden Earring from Holland! Ich habe da irrsinnig viel gekauft, gesammelt, entdeckt, wiederentdeckt, was in Österreich nicht so einfach war. Es war irgendwie ein Abenteuer - und mit offenem Fenster mit lauter Musik zu cruisen und die Welt durch verspiegelte Sonnenbrillen zu sehen war genau mein Ding!

Du hast auch zwei Solo-Alben vom ehemaligen Uriah Heep Sänger David Byron, der auch schon längst nicht mehr unter uns weilt...

Ja, ich habe auch das Rough Diamond Album, Byrons Bandprojekt mit Clem Clempson und mittlerweile habe ich alle Platten von ihm... – ja es war eine „Große Zeit".

Wie soll ich sagen? Musik gehört ins Auto, und habe ich nicht damals von Dir gehört, dass die Blue Öyster Cult ihr neues, soeben aufgenommenes Material immer im Auto probegehört haben? Erst dann haben sie gesagt, „das ist der Mix, der auf das Album kommt". In Amerika wird Musik in erster Linie im Auto gehört, daher muss sie im Auto gut klingen.

Das unterschreibe ich 100 pro.

Heute sehe ich das natürlich mit einem Abstand. Ich habe damals am Land gelebt, und bin täglich 40 Kilometer mit dem Auto gefahren, in die Arbeit und zurück, das würde ich heute so nicht mehr machen. Heute wohne ich in Wien, es wäre Schwachsinn, würde ich mit dem Auto in die Arbeit fahren. Dieses „Gefühl von Freiheit" mit dem Auto zu verknüpfen, das ist ein Relikt aus dem 20. Jahrhundert, das man schön langsam über Bord werfen sollte.

Ich kann mich erinnern, du bist manchmal von Pressbaum nach Wien gefahren, hast mich abgeholt, weil du gerne mit dem Auto gefahren bist, am Wochenende war allerdings auch nichts los auf den Straßen. Und wenn ich heute UFO's „Misdemeanor" höre oder „The Ultimate Sin", verknüpfe ich das automatisch mit dieser Zeit, das hat sich bei mir so eingeprägt. Du hast mich geholt, wir sind zur Probe gefahren, und dann hast du mich wieder zurückgebracht, ist im Grunde ein Wahnsinn...

...hat mich aber nicht gestört. Ich bin gerne mit dem Auto gefahren. Ich war ja so ein Idiot, ich bin sogar am Sonntag um die Zeitung gefahren, einmal um den Häuserblock, Ha Ha!

Wir hatten dann bald einmal diesen Proberaum in der Arena. Im Dezember 1986 haben Ricochet einen Probe-Gig mit dem Ernesto (ohne Publikum) gespielt. Kannst Du Dich erinnern?

Das war schrecklich, haha. Ich meine, es zeigte uns, wo die Grenzen sind, von daher hat es uns „heruntergeholt" von unseren vielleicht zu hoch gesteckten Erwartungen. Es hat zweitens gezeigt, dass die Kombination mit den beiden Gitarristen nicht funktioniert, da war ja außer dem Ernesto noch der zweite Gitarrist, nicht mehr der Münz, sondern ich glaube er hieß Harry, er war irgend so ein arbeitsloser Typ. Da gab es sogar ein Foto, wo sich die beiden gegenüberstehen, und wo du genau siehst, was sie voneinander halten. Ich hatte dann die Idee, ich mache aus diesem zweiten Gitarristen einen Keyboarder, ich wollte das Modell von Paul Raymond bzw. Neil Carter auf ihn übertragen, was dem natürlich überhaupt nicht geschmeckt hat. Ich war so ein UFO-Fan, dass ich unbedingt einen Gitarristen/Keyboarder in der Art wollte.

Wir haben die Möglichkeit dieses Probe-Gigs übrigens „bezahlt", in dem wir für eine Punk-Band Security-Dienste tun mussten, und mich beschäftigt, was aus dieser Band geworden ist, aus diesen „Kojoten von Bagdad". Die waren im Grunde nicht schlecht, so eine Musik ist heute wieder sehr gefragt. Wenn Du schaust, was es heute für Rockabilly- und Psychobilly-Acts gibt, dann waren die ihrer Zeit voraus. Dieses Oeuvre, dass sie hatten, also hätte es damals Facebook gegeben, da wären sie ziemliche Stars gewesen.

Immer wieder geisterte das Phänomen der Schüttelfrost Bluesband im Hintergrund herum – letztlich wurde Dir die Ehre zuteil bei einer Reunion dabei zu sein.

Ja, das kam so, dass ich viel in Purkersdorf unterwegs war, nicht zuletzt wegen der Rock'n'Roll Chicks, und da saßen wir einmal beim „Schebek", das ist ein Heuriger in Purkersdorf auf der Kellerwiese gewesen. Da erschien der Hömerl mit dem Fahrrad, er sagte „ja, und mir spielen da in Pressbaum, da gibt's ein Festl, es heißt ‚Die Pressbaumer Rocken Wieder'." Das wurde von dem Egon organisiert, dem singenden Wirt aus Pressbaum, und da sagte Dougie zu mir: „Na, hättest nicht Lust, mit uns aufzutreten?"

Das war im Mai 1987, da war unsere Band Ricochet grundsätzlich noch nicht ad acta gelegt. Ich dachte, „o.k., eine one-off-Geschichte, ein Auftritt, warum nicht?" Ich dachte mir weiters, das ist eine Herausforderung, die ich gerne annehme. Wir spielten Songs, die ich gekannt habe, es waren im wesentlichen deutsch gesungene ZZ TOP Covers, und Klassiker, wie z.B. „Die Frauen von Welt", die ich Jahre zuvor als Zuschauer bei Schüttelfrost schon gehört hatte. Ich habe mich natürlich damals geehrt gefühlt, dass man mir das zutraut.

Wie blickst Du heute auf die „Szene" von Purkersdorf und Umgebung zurück – ich habe positive Erinnerungen an „Shakespear's Beerpub", Badfest Gablitz, etc.

Du bist noch Teil dieser Szene?

Nicht mehr, bin einmal im Jahr draußen in Purkersdorf, wobei mein selbstgewählter momentaner Rückzug vielleicht auch nicht von Dauer sein wird.

Rückblickend war es schon o.k., ich war halt der, der ich war, und war Bestandteil dieser Szene.

Man könnte dieser Szene vorwerfen, dass es sich um eine „Inzucht-Partie" handelt, das ist es bis heute, das ist aber generell ein österreichisches Phänomen.

Für mich hat Schüttelfrost zweifellos Kult-Charakter gehabt, trotzdem denke ich rückblickend, sie hätten mehr daraus machen können. Vielleicht ist es durch die Macht der neuen Medien und der sozialen Medien, also heute sind sie jedenfalls vergessen. Wenn ich jemand aus der Gegend treffe und nach Schüttelfrost frage, sagt selten jemand, „ja, die kenne ich". Haben Schüttelfrost ihr Kult-Potential ausreichend ausgenutzt?

Nein, haben sie nicht, das hat verschiedene Gründe. Zum einen ist es die Geschichte mit dem Sänger, dem Hömerl, der also im Herbst 1987 beschlossen hat, die Querfeldein-Radsaison zu forcieren und keine Zeit mehr zum Proben zu haben. Es begann dann eine Zeit, wo wir teilweise zu dritt nur instrumental aufgetreten sind, in Deutschland.

Dann hatten wir einen Sänger aus Deutschland, den Mike, ein Amerikaner, der in Deutschland seinen Wehrdienst abgeleistet hat und quasi dort hängen geblieben ist, er ist inzwischen leider auch schon verstorben. Wir haben viel herumprobiert, gesucht und dies und das...

Der „Glaserer" z.B. hat gesungen bei uns, und alles in allem hat uns der Ausstieg vom Hömerl sicherlich ein wenig aus der Bahn geworfen. Zweitens ist da natürlich der mangelnde Mut zum eigenen Material und da auch der mangelnde Mut von mir, mehr aus mir selbst zu machen und mehr aus mir herauszugehen und mehr in die Band einzubringen. Das ist aber auch nicht so einfach, ich merke es gerade in meiner jetzigen Band. Wenn du sehr stur deine Ideen durchsetzen willst, bringt es nichts. Es ist immer ein Geben und Nehmen in einer Band, und ich lasse mir auch nicht gerne von anderen etwas sagen, und schon gar nicht mit dem Argument, „i bin schon vor so viel Jahren vor 15.000 Leuten auf der Bühne gestanden und daher spielt ma des so und nicht anders" – das fordert meinen Widerspruchsgeist heraus!

Kann man da auch das ambivalente Verhältnis Dougie zu Ernesto ins Treffen führen?

Auch - es war wie ein altes Ehepaar: der Dougie hatte halt immer wieder irgendwelche Frauengeschichten am Kochen, dann wieder nicht, weil ihn eine mit nassen Fetzen davongejagt hat, und es stimmt andererseits auch, dass uns der Dougie vor dem Ernesto gewarnt hat. „Er ist der beste Gitarrist, der dir passieren kann, aber du wirst ihn noch verfluchen, weil du musst ihn mit dem Auto überall hinfahren, und du musst ihn überall abholen", und genauso ist es gekommen, wie es Dougie vorhergesehen hat. Ernesto hat leider aufgrund von Misserfolgen bei Auftritten sofort einen Rückzieher gemacht was eigene Songs betrifft und gemeint, „das is nix, wir spielen lieber nach" – auch das war eines der Probleme. Aber natürlich war es für mich eine absolute Ehre, mit diesen Leuten zusammenzuspielen.

Für mich auch...

Kommen wir zu 1987:
Es gab historische Trips nach Salzburg und Bayern, Deep Purple im Februar 1987 in München, Sommer in Bad Reichenhall – sind wir bei der Gelegenheit auf den Untersberg gestiegen?

Das war glaube ich schon 1986, als ich Dein Elternhaus das erste Mal besucht habe. Dann war da ja auch dieser legendäre Aufenthalt, wo der Münz dabei war, wo er quasi seine Kündigung von mir erhalten hat, nachdem ich drei oder vier Biere intus hatte. Ich habe ihm in Dougie-Manier erklärt, was er alles nicht kann, ha ha!

Was war der Anlass?

Ich habe bei Euch Kurzurlaub gemacht, wobei ich darauf gerne zurückblicke. In meinem ersten Buch wird Deine Mutter unter anderem dafür gewürdigt - ich werde jetzt bildhaft und hoffentlich nicht zu sentimental: Wenn ich mir mein Leben ansehe, was vorher war, Bartberg, das dunkle Kabinett, etc., und dann war ich plötzlich in Salzburg und habe gesehen, dass es auch ein Leben gibt, wo die Sonne scheint. Und das habe ich von damals mitgenommen. Ich habe mich damals mit Deiner Mutter sehr eingehend unterhalten über Bilder und Bücher und verdanke ihr sehr viel. Der Münz ist dann nach ein paar Tagen nachgekommen.

...nein ihr seid gemeinsam gekommen, denn er hat sich über Deine Fahrweise beschwert...

...mag sein, ich bin zu langsam gefahren mit meinem Diesel-PKW, der Münz hat sich ja dann einen BMW gekauft.

Wie auch immer, wir waren dann in dieser „Pauls-Stuben" oder so, auf dem Festungsberg, und ich kann mich erinnern, dass ich einen furchtbaren Rausch gehabt habe, mir ist es am nächsten Tag saumäßig dreckig gegangen, und ich habe den Münz dort ziemlich etwas geheißen, ha ha!

Ich erinnere mich aber auch noch, dass da ein paar Typen dabei waren, die einen anderen auf der Schaufel gehabt haben, einen leicht zurückgebliebenen Komiker...

Du kommst auf dem Weg zur „Pauls-Stuben" bei einer Tür vorbei, wo eine rote Laterne hängt, und die wollten diesen Dösterling unbedingt dorthin schicken, zur Lucy oder so. Nebstbei hat uns diese

Geschichte zu dem Song „Red Light Mama" inspiriert, vielleicht erinnerst Du dich noch...

3
Coolio

(Irgendwann im Laufe des fortgeschrittenen 21. Jahrhunderts, also in nicht allzu ferner Zukunft...)

Es war halb vier Uhr früh, Stille lag über der Stadt, die schwüle Frühsommerluft hatte sich während der Nacht auf ein erträgliches Maß abgekühlt. Es war die Jahreszeit des Wechsels, der Körper hatte sich kurzfristig von Winter auf Sommer umzustellen. Es war jene Stunde, in welcher der zirkadiane Rhythmus des Menschen an seinem Tiefpunkt ankommt, der Zeitpunkt, an dem die meisten Menschen statistisch gesehen eines natürlichen Todes sterben. Der Mann erwachte, blickte auf die Uhr, erinnerte sich dabei an eben jene Statistik, und verfiel in eine ambivalente Stimmung, halb im Bewusstsein, dem Tode gerade entronnen zu sein, und halb im Frohsinn, dass sich dieser Planet nach wie vor drehte wie eh und je und er die Sonne würde aufgehen sehen. Es würde bald Zeit sein aufzustehen und sich ein Frühstück zu machen. Der Mann war erwacht, weil etwas seinen Schlaf gestört hatte. Er war durch die Stimme einer Frau geweckt worden, die lustvolle Laute ausstieß. Die Stimme musste aus einer der Wohnungen in der Nachbarschaft gekommen sein. Alle Menschen schliefen bei diesen Temperaturen bei geöffneten Fenstern, so wie er. Was er hörte, war zwar nicht so spektakulär, wie er es aus einschlägigen Filmchen kannte, doch klang es trotzdem sehr aufregend in seinen Ohren, es schienen in besagter Wohnung nie gekannte Wonnen auf einen Mann zu warten. Es war jedoch nur die Stimme einer Frau zu hören, wenn es einen männlichen Partner gab, so verhielt sich dieser sehr still und zurückhaltend. Er, der alleine in seinem Bett lag, versuchte, die aufkommenden Gedanken und Gefühle zu unterdrücken – er wusste, er konnte noch eine gute Stunde schlafen – und tatsächlich schlief er auch wieder ein, während die Stadt langsam erwachte und die ersten Sonnenstrahlen die Schornsteine des gegenüberliegenden Hauses in rot-gelbes Licht tauchten.

*

Es war Anfang Mai, Coolio war mit der U-Bahn auf dem Weg zur Arbeit. Er war früh unterwegs wie alle Menschen in der warmen Jahreshälfte, früh, solange die Temperaturen noch erträglich waren. Mit dem eigenen Auto war so gut wie niemand mehr unterwegs, die Menschen waren durchwegs zu U-Bahn-Benutzern und Stromschienenfahrern – auf einer Art Highway für e-Scooter - geworden. Coolio hatte Stöpsel in seinen Ohren, Ohrhörer seines Smartphones. Er hörte Musik, seine persönliche Hitparade aus den vergangenen Jahrzehnten und ein wenig aus der Gegenwart. Im Moment beinhaltete seine persönliche Playlist wieder mal vor allem Songs von Uriah Heep. „Lost One Love" aus den 80er Jahren. Der Sänger Peter Goalby windete sich in süßem Schmerz:

Will I ever see the daylight
Will I ever see the dawn
How can I ever find her
She's just a shadow
Missing person
I don't know where she's gone *)

*) „Lost One Love", Uriah Heep, (Bolder/Box/Goalby/Kerslake/Sinclair), © 1985 Universal Music Publishing Group

Die Zeitanzeige auf dem Bahnsteig erinnerte Coolio daran, dass er jetzt auf das Radio umschalten könnte, um das Morgenjournal zu hören. Ein Stimme verkündete gerade: „…in letzter Zeit haben sich erneut die Unfälle mit Androiden gehäuft. Bitte seien Sie im Straßenverkehr besonders achtsam. Der letzte tragische Unfall ist gestern Abend in Breitenfurt in Niederösterreich, vor den Toren der Stadt passiert: Ein Android, der in einem Installationsbetrieb beschäftigt war, hat sich unter ungeklärten Umständen auf die Landstraße verirrt und ist mit einem älteren Ehepaar zusammengestoßen. Diese wurden samt ihrem Einkaufswagen ein paar Meter in die Luft geschleudert und prallten dann auf dem Asphalt auf. Beide schweben nach wie vor in Lebensgefahr. Nun zum Wetter: Das frühsommerliche Hoch bleibt uns auch in dieser Woche erhalten, die Tageshöchstwerte werden überall im Land die Vierzigermarke erreichen..." Coolio stellte das Radio ab, zog die Stöpsel aus seinen Ohren. Er hatte schon von diesen Vorfällen gehört, dass nämlich Androiden - aus welchen Gründen auch immer - einem entgegenkommenden Passanten nicht auswichen und mit freundlichem aber ausdruckslosem Gesicht, ohne mit der Wimper zu zucken oder den Mund zu verziehen, mit eben diesem Passanten zusammenstießen. So ein Zusammenstoß konnte für den betroffenen Menschen durchaus letal enden, waren Androiden doch maschinengetrieben und bar jeder Empathie für ihre Umwelt. Allein eine ausgeklügelte Sensorik, die Bewegungen, Reflexe, Fremdkörper und neuerdings sogar auch biologische Funktionen detektieren konnte, versetzte den Androiden in die Lage, sich unter den Menschen wie eben solche zu bewegen. „Androiden", so zuckte es durch Coolios Gehirn, „Androiden sind nach wie vor nur männlich, warum wohl?" Viele Möglichkeiten der Erklärung boten sich ihm an. Die Möglichkeit der Sprache, der Stimme konnte es nicht sein. Androiden sprachen den Menschen zum Verwechseln ähnlich, man hätte ihnen auch eine weibliche Stimme einprogrammieren können, allein der beschränkte Wortschatz und die absolute Emotionslosigkeit zeichneten die Androiden in besonderer Weise aus. „Einem Mann traut man eine solche Emotionslosigkeit zu, einer Frau nicht", dachte

Coolio, um den Gedanken sofort mit dem Prädikat „dummes Klischee" zu verwerfen.

Coolio näherte sich dem Stadtteil, in dem er arbeitete. Er lebte und arbeitete in Wien, das offiziell seit einigen Jahren nach einem Sicherheits- und Wachdienstkonzern „Smart & Propper City" hieß. Der „Smart & Propper"-Konzern hatte 85 Prozent der Anteile an den Finanzen der Stadt übernommen, so wie es weltweit in allen größeren Städten üblich geworden war, dass Konzerne die maroden Stadtfinanzen stützten. Dafür nahmen die Städte die Namen der Eigentümer-Firmen an, die alten Namen waren nur noch im Gedächtnis einer aussterbenden Generation vorhanden. Die bulligen, glatzköpfigen Security-Leute in der unscheinbaren „Smart & Propper"-Uniform nahm Coolio gar nicht mehr war, so viele waren es, die sich durch die Stadt bewegten, Reinigungsdienste versahen oder einfach nur vor Eingängen von Gebäuden standen und beobachteten. So ausdruckslos, wie manche dabei dreinblickten, könnte es sich dabei durchaus auch um Androiden handeln.

Coolio erinnerte sich wieder an die Warnung, die er eben im Radio gehört hatte. Die Personen allerdings, die ihm hier auf seinem täglichen Weg zur Arbeit begegneten, konnte er alle mehr oder weniger gut einschätzen. So manche kannte er, da er ihnen täglich begegnete, keine große Gefahr also, dass er auf einen Androiden treffen würde. Diese bewegten sich selten auf den Promenaden und in den Passagen der urbanen Zentren. Ihre Wege führten zumeist hinaus in die Peripherie der Industriezonen und des Umlandes - obwohl es andererseits ja bereits Androiden der allerneuesten Generation gab, die sogar in der Mittagspause mit ihren Arbeitskollegen auf ein kühles Getränk mitgingen und auf diese Weise selbsttätig das Wasser für ihre Kühlsysteme zuführten – so die eine Erklärung. Eine andere Erklärung besagte, dass Androiden zusehends in das normale Leben eingeschleust werden sollten, um eines Tages die Kontrolle über die Menschen zu übernehmen.

Coolio fragte sich, was wohl mit jenen fehlerhaften Androiden passieren würde, die mit Menschen zusammenstießen und diese töteten. Würden sie einer gründlichen Revision unterzogen oder gleich aus dem Verkehr gezogen und eingestampft? Man wusste es nicht.

*

Mit einem Hochgefühl entstieg Coolio der U-Bahn. Es war ein guter Tag. Nach dem Aufwachen hatte er sich lange gestreckt, bewusst jede einzelne seiner Gliedmaßen, so wie es ihm einst seine Physiotherapeutin mit Vorarlberger Akzent und schelmischem Blick angeraten hatte. Er hatte dann nach dem Frühstück, bestehend aus Kaffee und Hirsebrei, kalt geduscht. Sein persönlicher zirkadianer Rhythmus bestimmte Coolio zu einem Morgenmenschen, indem seine innere Uhr dem 24-Stunden-Rhythmus der Erdumdrehung ein wenig vorauseilte. Die über viele Jahrtausende währende Evolution des Menschen und der erschreckende Fortschritt und die Degeneration des letzten Jahrhunderts hatten nichts daran ändern können, dass uralte, über viele Generationen übertragene natürliche Eigenschaften und Instinkte nach wie vor vorhanden waren. Dieser Gedanke trug zu Coolios guter Laune zusätzlich bei. Während er eilig ausschritt atmete er tief die noch frische Morgenluft ein, die nach dem nahen Donaustrom roch, und fühlte die Luft bis in die äußersten Flanken seiner Lungenflügel strömen. Bevor er sein Bürohaus betrat, wollte Coolio noch in der Bäckerei nebenan etwas für die Jause besorgen. Er musste sich in einer Schlange anstellen, und vermied es dabei, unter dem kühlen Gebläse des Torluftschleiers beim Eingang zu stehen. Nachdem er umständlich die Papiertragetasche mit dem Stück Apfelstrudel und den Rechnungsbeleg übernommen hatte, entdeckte er seine neue attraktive Kollegin Biljana, die an einem Stehpult lehnte und mit einem Strohhalm einen Kakao schlürfte. Biljana arbeitete seit kurzem in seinem Nachbarbüro, er konnte sie manchmal durch die

Glasscheibe beobachten, wenn sie am Kopierer hantierte. Coolio tat jedoch so, als hätte er sie nicht bemerkt, und machte sich eilig auf den Weg in sein Büro.

*

Das Lebensgefühl früherer Sommer war lange vorüber. Jahrzehnte waren vergangen. Die menschliche Wahrnehmung für die als „normal" empfundenen Temperaturen hatte sich gewandelt. Damals in den 1980er Jahren waren zu den sogenannten Hundstagen im August Spitzenwerte von um die 30 Grad Celsius das maximal Vorstellbare gewesen, später dann, im ersten, zweiten Jahrzehnt des neuen Jahrtausends, erreichten die Temperaturen manchmal über Wochen beinahe die 40 Grad–Marke, die Badeorte überschlugen sich im Internet mit Jubel- und Rekordmeldungen – der heißeste Tag aller Zeiten war wieder einmal gemessen worden, der Tourismus-Branche eröffneten sich „völlig neue Möglichkeiten" und die Gratis-Gazetten und Internet-Nachrichtendienste brachten Bilder von leichtbekleideten Frauen und Mädchen unter dem Hashtag „die schönsten Folgen des Klimawandels..."

Doch nun waren im Hochsommer auch 50 Grad keine Seltenheit mehr, und das über Monate. Der Einsatz von Androiden für alle Arten von Transporten und schwerer Arbeit war zu einer Möglichkeit geworden, mit dem Phänomen der fortschreitenden Erderwärmung fertig zu werden. Doch viele andere daraus resultierende Probleme harrten noch einer Lösung. Erderwärmung bedeutete nicht zwingend eine permanent erhöhte Temperatur. Tiefer Dauerfrost von Dezember bis Februar, eine Kurze Regenzeit mit Hochwasser im Frühjahr und extreme Sommer stellten hohe Anforderungen an Mensch und Natur. Alten Menschen war es nahezu unmöglich, mit den extremen Temperaturunterschieden fertig zu werden, die Lebenserwartung war im Sinken begriffen. Die Tier- und Pflanzenwelt war nur noch ein Bruchteil dessen, was eine Menschengeneration zuvor diese Breiten bevölkert hatte. Doch immer noch fanden sich Gründe, die Situation zu bejubeln: Androiden nahmen den Menschen die Arbeit ab, ermöglichten ihnen mehr Freizeit, mehr Spaß. Es bestand kein Grund zur Sorge, Klimaschutz-Abkommen wurden verhandelt, verschoben, abgeschlossen, gebrochen, neu verhandelt. Die Welt tanzte auf dem Vulkan. Die soeben stattfindenden Olympischen Winterspiele wurden in Zentralasien veranstaltet, für den Bau des Sportzentrums und geeigneter Skipisten waren im Zuge von „Begradigungen" Teile des Himalaya-Gebirges abgetragen und in der Wüste Gobi neu aufgebaut worden. Für die erforderlichen Beschneiungsanlagen hatte man eine gigantische Eisförderanlage von der arktischen Küste bis ins Landesinnere errichtet. Die Kosten betrugen viele Milliarden, doch die mit den angereisten Gästen aus der High Society erzielten Rekord-Umsätze gaben den Veranstaltern Recht. Am Ende zählte nur der erzielte Reingewinn, wiewohl Geld als real existierendes Zahlungsmittel als abgeschafft galt. Geschäfte aller Art wurden nur noch bargeldlos abgewickelt, mit dem Smartphone. Die Smartphones waren in den vergangenen Jahrzehnten zum allumfassenden Begleiter der Menschen geworden. Sie dienten der Zahlungsabwicklung, waren Identitätsausweis, Quelle der Information und Unterhaltung – und sie waren auf Scheckkartengröße geschrumpft, sprachgesteuert oder bedienbar über das interaktive Display, das bei Wunsch und Bedarf auf das Vierfache der Ursprungsgröße aufgeklappt werden konnte. Durch eine neue Technologie war es gelungen, die Ladefähigkeit der Batterien einerseits zu verlängern, andererseits wurde das Smartphone über lichtempfindliche Zellen am Display, sozusagen durch Sonnenlicht, nachgeladen. Am Ende der Lebensdauer der Batterie warf man das Smartphone einfach weg und ersetzte es durch ein neues, die Chipkarte wurde vom alten Gerät entnommen und in das neue eingesetzt, somit ging keine Information verloren. Die Chipkarte bildete sozusagen die Identität des Besitzers ab, verlor man seine Chipkarte, so verlor man auch seine Identität. Die Menschen verloren aufgrund ihrer Smartphones jedoch nicht nur zusehends ihre

Identitätsfähigkeit, sondern ebenso ihre Orientierungsfähigkeit. Die meisten Menschen bewegten sich zu Fuß nämlich vorzugsweise mit dem aufgeklappten Smartphone vor dem Gesicht, einerseits um virtuell während des Gehens mit wem auch immer zu kommunizieren, andererseits um mittels Navigationssystem den kürzesten Weg zu finden. Das Lesen von Stadtplänen und Landkarten war schon vor einigen Jahrzehnten aus der Mode gekommen…

*

Coolio hatte die ersten Stunden des Arbeitstages rasch hinter sich gebracht. Mit schnellem Schritt und selbstbewusst bewegte er sich durch die verglasten Hallen und Gänge seines Bürogebäudes. Er war auf dem Weg zur Cafeteria, es war Zeit für ein kleines Frühstück. Manche Menschen hielten Coolio für einen Androiden, weil er stets beherrscht und kühl wirkte. Er hatte zu seinen Arbeitskolleginnen und Kollegen ein gutes, aber distanziertes Verhältnis. Man diskutierte in der Cafeteria gerade die letzten sportlichen Höhepunkte der Olympischen Spiele, die Zeitungen zeigten die strahlenden Gesichter der Siegerinnen und Sieger. Coolio interessierte sich nicht wirklich dafür, lauschte dem Smalltalk der Kollegen eher gelangweilt. Marcel, ein ihm trotz allem wohlwollend zugetaner Kollege aus der Buchhaltung, fragte ihn beiläufig: „Kommst Du heute Abend mit uns zum After-Work-Clubbing?" Coolio antwortete: „Ach nein, das ist mir zu laut und zu aufdringlich, im Moment mag ich's eher ruhig…" Oliver, Coolios direkter Sitznachbar, der schon seit über einer halben Stunde in der Cafeteria pausierte und schwadronierte, lud ihn daraufhin ein, am Wochenende zu einem Beach-Volleyball-Turnier nach Kärnten mitzufahren. „…weißt eh, wird a Herrenpartie", sagte er mit einem Augenzwinkern. Coolio antwortete jedoch nur: „Ach nein, weißt eh, diese Art von Unterhaltung ist mir zu einfach gestrickt…"

Coolio verachtete die schlichten Gemüter, von denen er umgeben war. Als sich Biljana der Cafeteria näherte, hörte er Oliver raunen: „Bist du deppert, die hat a geiles G'stell, echt!" Darauf Marcel: „Jawoi, des is a echte Lady. So muss a Frau ausschaun und ned anders!" Er machte Biljana beim Eintreten sofort den Hof und half ihr beim Bedienen des Kaffeeautomaten. Coolio nickte ihr kurz zu, sie lächelte flüchtig zurück, er schlug die Augen nieder und nützte die Gelegenheit, um unauffällig zu verschwinden, er hatte schließlich noch zu arbeiten.

Etwas später, in der Mittagspause, ging Coolio nochmals in die Bäckerei, er wollte sich einen Cremekrapfen kaufen. Als er jedoch die Vitrine musterte und feststellte, dass diese bereits ausverkauft waren, verging ihm der Appetit sehr schnell. Er drehte sich missgelaunt um und verließ grußlos die Bäckerei. Fast wäre er jetzt über Biljanas lange Beine gestolpert. Sie saß unter einem der Sonnenschirme, die vor der Bäckerei aufgestellt waren, und grinste ihn an. Coolio war jedoch nicht nach Konversation zu mute und blieb unsicher stehen. Biljana begann: „Ich hab' heute morgen gesehen, dass Du das Klimagerät beim Eingang der Bäckerei nicht ausstehen kannst – ich auch nicht!" „Ja", erwiderte Coolio, „es nervt ziemlich und hätte mir fast die Rechnung weggeblasen, als ich sie einstecken wollte…" Sie fragte ihn: „Wieso hebst Du Dir eigentlich die Rechnungen auf, das Zeug hier kostet doch fast nichts." Coolio antwortete steif: „Ich – ich will einfach die Kontrolle darüber bewahren, wofür meine Kohle aufgeht. Durch kritisches Konsumieren und Vermeiden von unnötigem Konsum kann ich dem Kapitalismus nämlich ein Schnippchen schlagen." Biljana sah ihn ein wenig verständnislos an. Coolio ergänzte: „Ich bin nämlich Marxist, weißt Du, das heißt, ich lehne dieses System grundsätzlich ab." Biljana sagte belustigt und mit mitfühlendem Tonfall: „Ach so, dann bist Du sozusagen für die normale Menschheit verloren…" „Sozusagen ja", erwiderte Coolio, „na ja, ich mach' mich schon mal auf den Weg in Büro. Ciao Ciao – bis später." Er vermeinte aus den Augenwinkeln heraus zu sehen, dass sie ihm etwas enttäuscht nachblickte, doch Coolio war bereits auf dem Weg und wollte sich nicht aufhalten lassen.

*

Am späten Nachmittag fuhr Coolio von der Arbeit nach Hause. Er war aus einem bestimmten Grund heute früher unterwegs als sonst, es waren daher weniger Leute als sonst in der U-Bahn unterwegs. Man arbeitete lange in Zeiten wie diesen und mied die Nachmittagssonne, wenn man konnte. Die warme Luft verpasste der Stadt eine träge Mischung aus knisternder Erotik und Melancholie zugleich. Die Frauen auf den Straßen und in der U-Bahn waren braun gebrannt, führten selbstbewusst ihre Sommergarderobe aus, gewährten tiefe Einblicke, sie schienen nur allzu bereit, ihre Gunst einem Mann zu verschenken, der ihnen gefiel. Es dünkte Coolio, als lebe er – ähnlich der ihm aus Erzählungen bekannten Stimmung aus Zeiten unmittelbar vor Kriegsausbruch - in einer Zeit des bevorstehenden Unterganges, in der alle Frauen und Männer nur für den Augenblick und den oberflächlichen Genuss lebten - ein Gedanke der Coolio Unbehagen verursachte, denn er selbst hatte daran so gut wie keinen Anteil. Stumm rezitierte er die Worte des jungen namenlosen Poeten aus dem vorigen Jahrhundert, der er selbst einst gewesen war:

„Unnahbare Braut eines Glücklichen den ich nicht kenn!
Was hat er was ich nicht hab'?
Kaum wag' ich den Blick erheben zu Dir,
straft mich der verächtlich' Strahl aus Deinen Augen.
Nie würdest Du mich erhören, soviel ist gewiss –
nicht Du, Geheimnisvolle, und nicht Arabella, die Elfe,
die einst mein Werben abgeschmettert und mir nur ihre Freundschaft
bot."

Coolios Gedanken schweiften ab in ein früheres Zeitalter, er wischte es weg, versuchte ins Hier und Jetzt zurückzukehren. Seine Nachbarin fiel ihm ein, eine polnische Studentin mit zu einem langen Zopf geflochtenen schwarzen Haaren – sie war wohl auch so ein Fall. Er kannte sie, weil sie früher ihr Studium mit einem Kellnerjob in einem der umliegenden Cafés finanziert hatte. Coolio würde sie nie „anbaggern", was sollte die auch an einem alten Mann wie ihm finden, noch dazu, da sie vermutlich eine Feministin war - sie hatte beiläufig ihre Masterarbeit über „Gender Studies" erwähnt. Dann fiel ihm wieder seine Kollegin Biljana ein, die ihn ja heute sogar einmal kurz angelächelt hatte, wobei – genau: eigentlich war sie ja gar nicht sein Fall...

Er kam nach Hause, öffnete sein Haustor, ihn umfing der typische Stiegenhausgeruch und angenehme Kühle und Dunkelheit. Nachdem er seine Wohnung betreten hatte, zog er die Jalousien hoch, die Nachmittagssonne erreichte seine Fenster nicht mehr, die Straße lag bereits im Schatten. Im Haus gegenüber putzte eine junge Frau die Fenster. Die Wohnung schien leer, so als ob gerade jemand eingezogen war. Die Stimme, die er in der letzten Nacht vernommen hatte, fiel ihm wieder ein. Konnte es diese Frau gewesen sein, die er da gehört hatte? Vielleicht hatte ihm ja auch nur seine Fantasie einen Streich gespielt.

Coolio öffnete das Fenster einen Spalt und warf seufzend das Klimagerät an, mit der Stille war es nun für eine Weile vorbei, doch wurden mit dem Dröhnen auch alle störenden Geräusche von draußen übertönt. Auf diese Weise blieben die Temperaturen in der Wohnung im erträglichen Bereich. Coolio griff zu seinem E-Book-Reader und las im kommunistischen „Volksstimme"-Blog, den er abonniert hatte, über Proteste von Umweltschützern gegen die Olympischen Winterspiele, die ja genau genommen im Sommer stattfanden, und er las über die neuesten Entwicklungen in den Bürgerkriegen wegen der akuten Wasserknappheit in einigen Staaten

Südosteuropas. Coolios Gedanken schweiften dabei zum Thema Urlaub – etwas, das er schon lange nicht mehr gemacht hatte, denn er hatte keine Partnerin und wollte alleine nicht verreisen. Dann fiel ihm die Meldung über die Androiden wieder ein, die er am Morgen im Radio gehört hatte. Androiden wurden in vielen Urlaubs- und Fremdenverkehrsregionen als Servicekräfte eingesetzt, sie nahmen sogar Trinkgeld und lieferten es regelmäßig und vollzählig ihrem Boss ab, ohne etwas davon zu behalten. „Wenn so einer einmal Mist baut, dann könnte es ein Massen-Gemetzel an Touristen bedeuten..." Coolio ertappte sich bei dem Gedanken, dass er gerne die Fähigkeit hätte, Androiden zu manipulieren und für Sabotagezwecke zu missbrauchen.

Coolios Gedanken wanderten weg von den Menschen und aus der Stadt hinaus: Die Blätter auf den Bäumen und Sträuchern waren hellgrün und gelb, die Böden waren viel zu trocken, die Pflanzen litten unter der Hitze. Coolio hoffte, dass die Regenzeit auch dieses Jahr nicht ausbliebe, auch wenn die Wassermassen erneut wie schon in den letzten Jahren eine Hochwasserkatastrophe über Europa bringen würden. Ohne Regen jedoch würde die Vegetation diesen Sommer nicht überstehen. Coolio war am vergangenen Wochenende im Wienerwald unterwegs gewesen, hatte mit eigenen Augen gesehen, wie schwer die Trockenheit dem Wald zusetzte. Er war von Neuwaldegg über die Sophienalpe und den Schottenhof zum Wilhelminenberg in seinen Heimatbezirk Ottakring gegangen, auch so ein Name übrigens, der nur noch als Bezeichnung einer U-Bahn-Station fortlebte. Es war eine Wanderung gewesen auf alten Wegen, die er seit vielen Jahren kannte, die ihm vertraut und doch so fremd geworden waren - dies war nicht mehr seine Welt...

Coolios Magen knurrte, er stellt einen Topf mit Wasser auf die Herdplatte, goss Öl hinein und streute dazu eine Prise Salz. Nachdem das Wasser kochte, schüttete er eine Portion Nudeln in das Wasser. Coolio verwendete Nudeln ohne Zusatz von Ei, er lebte schon seit Jahren vegan. Nach dem Kochen gab er den Deckel auf den Topf, ließ einen kleinen Spalt frei und goss so das heiße Wasser in das Abwaschbecken, so brauchte er kein Sieb zu verwenden und ersparte sich damit auch das Abwaschen desselben. Sodann gab Coolio die Nudeln auf den Teller und mischte etwas veganes Sugo darunter – fertig war die einfache Mahlzeit. Coolio verwendete nicht gerne viel Zeit auf Nahrungsaufnahme und deren Vorbereitung.

Während des Essens warf er einen Blick aus dem Fenster. An der Mauer gegenüber zeichnete sich der Schatten des eigenen Hauses ab, auch die Umrisse einer Dachterrasse und des dazugehörigen Geländers waren erkennbar. Eine Frau betrat offenbar gerade den Dachgarten, um ein Sonnenbad zu nehmen. Fasziniert beobachtete Coolio das Schattenspiel, das ihm die Frau auf dem Dach seines Hauses bot. Sie entkleidete sich und nahm auf einer Liege Platz, zündete sich eine Zigarette an und trank dann aus einer Flasche. Nach kurzer Zeit und einer hastig gerauchten Zigarette legte sie sich auf die Liege, ihre Konturen verschwammen mit denen der Terrasse und des Mobiliars.

Coolio wendete sich ab und widmete sich der Hausarbeit. Er lebte allein, hatte keine Freundin oder Frau. Er war ein Relikt aus einer vergangenen Zeit, die Freunde, die noch lebten, es waren wenige geworden, sie riefen kaum an, es erreichten ihn kaum noch E-Mails und auch keine Facebook- oder Twitter-Nachrichten. Coolio hatte sich mit vielen Menschen schlicht und einfach überworfen. Es fiel ihm schwer, Zugang zu anderen Menschen zu finden. Es fiel ihm auch schwer, deren Dummheit auszublenden, mit der sie über den bedauernswerten Zustand des Planeten hinwegsahen, die wahren Ursachen verkannten und sich lauen Vergnügungen hingaben - so wie allerdings auch er es demnächst zu tun gedachte, wenn er seinen Vorsätzen bezüglich Askese untreu werden würde, wie er sich allerdings nur sehr ungern eingestand.

*

Es war später Abend geworden, die Luft über der Stadt war schwül und dunstig. Coolio verließ die Wohnung. Menschen und Fahrzeuge strömten durch die Straßen, das Leben brauste an Coolio vorbei, ein Leben, an dem er so gut wie keinen Anteil hatte. Schnellen Schrittes bewegte er sich zielsicher durch den Bezirk. Er hatte im Internet zuvor nachgesehen, zur Sicherheit noch einmal die angegebene Telefonnummer gewählt, er wusste, dass er Gloria heute antreffen würde. Wenig später betrat Coolio ein Lokal namens „Medusa" – eines der zahllosen Cafés in dieser Straße mit verspiegelten Fensterscheiben und greller Leuchtreklame. Trotz Klimaanlage war es in dem Lokal stickig und heiß. Coolio bestellte einen Longdrink und verzog sich in eine Ecke. Schon bald drang aufdringliches Gelächter an die Ohren des stillen Gastes. Unweit von ihm spielte eine Gruppe ausgelassener Burschen ein Spiel, in dem es darum ging, eine in der Küche des Lokales erhitzte und mit kochend heißem Wasser gefüllte Teekanne möglichst lange in der Hand halten zu können. Sie beeindruckten damit ihre Freundinnen, stellten ihre Männlichkeit unter Beweis. Davor und danach steckten sie ihre Hände in Behälter mit Eiswürfeln, um die temperaturempfindlichen Nerven abzuhärten. Unter lautem Gejohle wurde der nächste Kandidat angefeuert, einen neuen Rekord aufzustellen. Mit hochrotem Kopf und ebensolchen Händen rief dieser „Jo! Jo! Jo! Glei' hob i's!" Dann stellte er die Kanne rasch ab, blickte sich Beifall heischend um, dabei ständig betonend „...is aber ordentlich heiß g'wesen jetzt!"

Wieder einmal wurde Coolio schmerzlich bewusst, wie sehr er sich von den Menschen rund um ihn unterschied. Ihn umgab die Aura des Unnahbaren. Er passte nicht in die Zeit, in der er lebte. Sein schwarzes „Black Sabbath"-T-Shirt unterschied sich ziemlich von dem gestylten Outfit der anwesenden jungen Leute. Die Burschen schienen alle direkt aus dem Fitness-Studio zu kommen, trugen schicke Sakkos und hatten zumeist Kurzhaarschnitt und gezupfte Augenbrauen. Die Mädchen schienen Stunden auf ihre Frisur und ihr Make-up aufgewendet zu haben und trugen High Heels und schicke ultrakurze Kleidchen oder Hotpants in Kombination mit bauchfreien Tops, die kaum mehr darstellten als Unterwäsche.

Coolio murmelte, „na es seid's Trottln" und wandte sich ab. Neben ihm an der Bar unterhielten sich ein Mann und eine Frau. Der Mann war ein Bobo, der offenkundig in der Nachbarschaft wohnte, und er wollte seiner Begleiterin mit abstraktem Wissen über Ayurveda-Medizin imponieren. Er trug trotz gefühlter 30 Grad Raumtemperatur einen Schal um den Hals, sie trug ein rückenfreies Minikleid und kniehohe Rauhleder-Sommerstiefel mit Luftschlitzen. Sie hing an seinen Lippen und spielte dabei verlegen abwechselnd mit ihren glitzernden Armreifen und ihren blonden Haarsträhnen. Er sagte mit erhobenem Zeigefinger: „Nach den Grundsätzen des Ayurveda bin ich ein Vata-Typ - das ist der Wind - und gleichzeitig ein Pitta-Typ - das ist das Feuer und die Sonne!" „Und deswegen redest Du auch nur heiße Luft", dachte sich Coolio und fragte sich zugleich, was die Frau wohl an dem Idioten fand, doch musste er sich insgeheim eingestehen, dass er den Typen wohl nur um seine große Klappe und den daraus resultierenden Erfolg bei Frauen beneidete.

Coolio war allerdings nicht hier um zu flirten, er wartete auf den Auftritt von Gloria, einer Sängerin und Tänzerin. Überall in den Straßen des Bezirks hingen die Plakate, auch hier im Lokal. Sie zeigten das Gesicht einer Frau mit langen schwarzen Haaren, großen Ohrringen und sinnlich geöffnetem Mund, eine Tätowierung war auf ihrer Schulter erkennbar – der fünfzackige Stern der Tito-Partisanen, der vielleicht auf eine politische Gesinnung schließen ließ. Coolio betrachtete das Bild, ließ seine Gedanken in die Vergangenheit schweifen, in eine Epoche seines Lebens, die er „Zeit des Erwachens" getauft hatte…

Gloria erschien unterdessen auf der Bildfläche, in schwarzem hautengem Outfit und selbstredend mit High Heels., „Sie sieht immer noch verdammt gut aus", dachte Coolio. Gloria nickte ihm kurz zu und lehnte sich an die Bar, wollte vor ihrem Auftritt noch etwas trinken. Der Kellner, ein gelackter Typ mit gegelten Haaren, begann sich trotz des gerade laufenden absurden Techno-Lärms im Takt imaginärer Geigenmusik zu wiegen, seine roten Backen leuchteten wie bei einem Karussell-Pferd, so dachte Coolio. Dann war er ganz nah bei ihr: „Meine Teuerste, was darf ich dir geben?", stieß er mit weinerlicher Stimme hervor. Coolio, wandte sich ab. Wieso ließ sich Gloria das von diesem unmöglichen Menschen gefallen? Nun ja, ER würde heute Gloria noch näher sein, wenn auch...

Dann wurde im Hinterzimmer das Licht gedimmt. „It's Showtime!", dachte Coolio, sein Puls beschleunigte sich, er schlängelte sich an der Gruppe junger Leute vorbei, die sich immer noch am Um-die-Wette-festhalten von heißen Teekannen begeisterten. Einer sprach Coolio an: „He Alter, willst du nicht mitmachen?" Coolio ignorierte ihn kurz, dann fragte er: „Wozu?" Er sagte dies mit einer Teilnahmslosigkeit, die manche in der Gruppe überraschte. Eines der Mädchen versuchte ihn zu animieren: „Komm, es ist doch ein Spaß – und nur was für ‚richtige' Männer" - sie warf ihm einen bedeutungsvollen Blick zu und warf sich dabei ein wenig in Pose. Coolio reagierte auch darauf nicht, fragte noch einmal im selben Tonfall wie zuvor, „wozu?" Sie zucke die Achseln und meinte, „na dann halt nicht, du Android du!" Er wendete sich ab, einer der Typen, der auf Provozieren aus war, fing noch einmal an: „He Alter..." Da wurde Coolio unwirsch: „Du muast erst amol so alt werden wie i, du Trottel du bleda! Und dabei sovü orbeiten wie i..." – da wussten sie, dass er kein Android war. Den Nervenkitzel, einen vermeintlichen Androiden zu reizen, hatten sie sich gegönnt, nun ließen sie Coolio vorbei, denn einen nicht mehr ganz jungen Mann zu ärgern war eigentlich nicht ihr Ding, zumindest nicht, wenn sonst alles nach Plan lief, sprich jeder seinen Spaß hatte. Für übertriebene Aggressionen war im fortgeschrittenen 21. Jahrhundert die Energie zu knapp.

Coolio ging ins Hinterzimmer, das sich bereits mit Gästen gefüllt hatte. Gloria betrat die Bühne und wand sich an der Stange des Mikrophons. Sie hauchte eine Cover-Version des alten Disco-Hits „Love to love you baby" von Donna Summer ins Mikrophon und ließ keinen Zweifel daran, dass sie wusste, wovon sie sang. Früher hatte er diese Musik gehasst und sie als belanglos und oberflächlich abgetan, nun akzeptierte er sie als Teil seiner Geschichte und Teil seiner selbst. Sie war für ihn Synonym der Vorfreude auf etwas, das nur ihn betraf und das er niemandem erzählen konnte. Coolio musste bei dem Gedanken daran, wie er die jugendliche Bande eben in die Schranken gewiesen hatte, grinsen. Normalerweise hätte er nicht so reagiert, doch die Erwartung, Gloria zu sehen, hatte ihm dermaßen einen Kick verpasst, dass er sogar eine handfeste Rauferei riskiert hatte... - na ja, recht geschah es ihnen! Beim Anblick Glorias musste Coolio wieder grinsen: „Der alte Mann und die unerfüllte Liebe zur Femme Fatale", dachte er...

*

Etwas später hatte es sich Coolio auf der Couch der schlecht beleuchteten Personal-Garderobe des „Medusa"-Clubs bequem gemacht. Ihm gegenüber saß auf dem Tisch Gloria, sie hatte ihn hier erwartet. Ihre Beine stecken in halterlosen Netzstrümpfen, das kleine schwarze Bühnen-Kleidchen war bereits in ihrer Tasche verstaut, sie hatte jetzt nur einen schmucklosen Bademantel übergeworfen, rauchte eine Zigarette und fragte ihn: „Kaffee?" Coolio verneinte. Es war allein der schelmische Klang ihrer Stimme, der ihn nervös und verlegen machte. Gloria goss sich Kaffee aus einer Warmhaltekanne in eine Tasse. Coolio blickte sie an, beobachtete, wie sie abwechselnd an der Kaffeetasse nippte und an der Zigarette zog. Er senkte den Kopf wieder. Er musste nichts sagen, sie wusste, weshalb er hier war. Sie hatte die Beine übereinander geschlagen, dämpfte die Zigarette aus, stellte die Kaffeetasse ab. Nun streckte sie ihm herausfordernd ein

Bein entgegen, er ergriff ihren Fuß mit seinen Händen und berührte ihre Zehen mit seinen Lippen, begann sie abzulecken. Er hatte dieses Bild vor Augen - seit er vor vielen Jahren Catherine Deneuve in dem Film „Belle de Jour" gesehen hatte, ließ es ihn nicht mehr los. Die Nähe der halbnackten Frau versetzte ihn in Erregung. Gloria ließ Coolio gewähren, half ein wenig nach und schon bald war er erschöpft, sein Haupt sank ermattet nieder. Er wagte nicht, sie anzusehen, zu sehr schämte er sich für das, was eben passiert war und für seine Unzulänglichkeit, wie er es selbst nannte. Gloria streichelte über sein Haar und sprach tröstende Worte: „Ach Coolio, schau doch nicht so traurig, es war doch jetzt schön, oder? Und auch Du kannst eine Frau finden, die Dich wirklich versteht, akzeptiert und liebt, so wie Du bist". Coolio hatte diese Worte von Gloria schon öfters gehört, konnte und wollte es aber nicht glauben. Er fühlte sich der Lächerlichkeit preisgegeben und brachte rasch seine Kleidung in Ordnung. „Gloria, sieh mich doch an: ich bin alt, all die attraktiven Frauen da draußen lachen mich aus oder ignorieren mich bestenfalls, die nehmen keine Notiz von mir – ich bin nicht der Typ, nach dem sie sich umdrehen und ‚Hey' sagen…" Sie erwiderte: „Du übertreibst ein bisschen. Du bist durchaus noch attraktiv, vielleicht müsstest Du Dich halt äußerlich ein wenig dem aktuellen Geschmack anpassen, nicht unbedingt um jeden Preis den Außenseiter und Revolutionär spielen. Rasiere Dir zum Beispiel den grauen Dreitagebart ab, dann siehst Du gleich ein wenig jünger aus…" Coolio wurde ärgerlich: „Ich habe aber keine Lust, mich anzupassen! Ich stehe über den Dingen. Außerdem glaube ich, dass ich gar keine Frau will, die mich liebt. Stell Dir vor, ich finde 'die Eine', die sogenannte Traumfrau, und sie möchte dann vielleicht ein Kind von mir, eine Familie gründen oder was weiß ich. Ich kann damit nichts anfangen. Die Menschheit ist gerade im Begriff, sich selbst zu vernichten, wie kann man da noch an Beziehung oder Familie denken und sich sogar fortpflanzen? Du kannst doch heute nicht allen Ernstes Kinder in die Welt setzen und ihnen DIESE Welt hinterlassen, das ist unverantwortlich und für mich ebenso unvorstellbar und unsinnig wie das Leben zu feiern, dafür besteht überhaupt kein Grund! Diese Kinder – sie tanzen und wissen gar nicht, was Ihnen bevorsteht. Wie dumm sie sind! Es wäre überhaupt besser für den Planeten, wenn die Menschheit aussterben würde..." Gloria erwiderte, „schade Coolio, dass Du so nihilistisch bist – das Leben kann doch auch in unserer Zeit schöne Seiten haben. Gib doch zu, dass Du in Wirklichkeit davon träumst, mit einer Frau an Deiner Seite zu leben, vielleicht mal ein nettes Wochenende irgendwo zu verbringen, wo's schön ist - genieße doch einfach dieses Leben, es ist alles was Du hast, dieses EINE Leben…" Coolio unterbrach sie, seine Stimme klang unwirsch obwohl er versöhnlich sein wollte: „Es tut mir leid, ich weiß, es ist dumm von mir – ich bin streng mit mir und streng mit allen anderen. Du weißt, ich wurde streng erzogen, ich musste immer vernünftig sein und funktionieren - ich bin daher ein Langeweiler und nicht der Typ, auf den die Frauen fliegen - no way!" Er betrachtete das Gespräch als beendet und kramte hastig in seiner Tasche, dann stellte er Gloria mit dem Smart-Phone einen Online-Dienstleistungsscheck über ein Vier-Stunden-Honorar aus. Offiziell hatte Gloria nun seine Wohnung aufgeräumt und war auf diese Weise sogar, wenn auch nur minimal, für ein paar Tage, krankenversichert. Coolio konnte sich so vor seinem Gewissen rechtfertigen – er wollte dieser Frau ja schließlich nichts Böses antun, er wollte sie nicht ausnützen oder gar erniedrigen. Sie drückte ihm zum Dank einen Kuss auf die Wange, hauchte „Adieu", dann verschwand Coolio rasch durch den Hinterausgang des Etablissements hinaus in die Nacht.

*

Der Mann fühlte sich von Blicken verfolgt, alle Menschen, denen er begegnete, schienen zu wissen, woher er gerade kam und was er getan hatte. Er war auf dem Weg zurück in seine Wohnung. Je näher er dem heimatlichen Bezirk kam, umso mehr hob sich seine Laune wieder und er begann sogar zu pfeifen. Als ihm jedoch immer wieder ausgelassene Menschen begegneten, die die Nacht zum Tag machten und alle nur fröhlich zu sein schienen, begann sich eine gewisse Bitterkeit in ihm ob der Jämmerlichkeit seiner Existenz breit zu machen. Er steckte sich also wieder die Stöpsel seines Smartphones in die Ohren um Musik zu hören, dabei ließ er den abgelaufenen Tag noch einmal Revue passieren. Schnell und ohne Umwege erreichte er die Gasse in der er wohnte. Sie lag dunkel vor ihm, die einzige tröstliche Aufhellung stammte von der Straßenbeleuchtung, die hier in diesem Bezirk noch aus vorsintflutlichen Neon-Röhren bestand. Er blickte ihnen gedankenverloren nach, in der dunstigen Nachtluft schienen die Lichter zu Punkten zu verschwimmen. Dann steckte er den Schlüssel in die Haustür – er war zu Hause. Er schlief in dieser Nacht unruhig und träumte wirr. Er erwachte mit dem unheimlichen Gefühl, dass der vor ihm liegende Tag der letzte seines Lebens sein könnte. Er fragte sich, wie es sich wohl anfühlen musste, wenn man ganz sicher wusste, dass man nach diesem Sonnenaufgang keinen weiteren mehr sehen würde.

Zwiegespräch
(Teil 3)
Magic Moments

Ich kann mich noch erinnern, wie wir Anfang 1987 mit dem Zug nach Salzburg gefahren sind, und wir sind mit dem Dougie im Speisewagen gesessen. Er hat ein Bier nach dem anderen bestellt, ich bin da ziemlich eingegangen an diesem Abend.

Ja, und Dein Vater hat uns dann noch Schnäpse serviert...
Auch das gehört übrigens zu den Achtziger Jahren, und ich erzähle das jedem gerne heute noch, vor allem wenn ich mit Kollegen aus Deutschland zu tun habe: Also es war Pflicht, mindestens zweimal im Jahr nach München zu fahren, einfach um einzukaufen. Du hast in Wien keine Platten bekommen, keine ausgeflippten Klamotten, wir waren noch nicht bei der EU, es gab noch kein Amazon, wir waren in Wien sozusagen am Ende der Welt, wir lebten ein paar Meter vom Eisernen Vorhang entfernt - München bedeutete für mich die große weite Welt.

Man konnte damals gar nicht so einfach nach Deutschland fahren, da gab es einen Grenzübergang, und alarmiert durch die Vorgänge in Wackersdorf usw. haben sie Leute wie Dich und den Dougie aus dem Auto geholt.

Genau, und dann haben sie uns den Kofferraum ausräumen lassen!
Ja, also Anfang 1987 war dieses Deep-Purple-Konzert in München in der Olympia Halle, wo ich die Gnade hatte, mitzuerleben, wie Ritchie Blackmore eine Gitarre zertrümmert, um dann zur Zugabe nicht mehr auf die Bühne zu kommen.

Ihr Album war damals in Deutschland drei Wochen lang auf Nummer 1, noch vor Tina Turner.

Das Konzert war seit Wochen ausverkauft.

Im Vorprogramm spielten übrigens Bad Company...

Für die Jugend von heute ist es schwer vorstellbar – aber: in den 80ern hatten wir keine Handys, kein Internet, keine E-Mails, kein Facebook etc.
Wie hast Du Dich up-to-date gehalten? „Kerrang"? Damals gab es in Wien ja auch noch echte Plattengeschäfte, z.B. „Meki" in der Operngasse.
Ein positiver Aspekt dieser Zeit: Glenn Hughes war für mich ein mysteriöser Charakter, weil man zwischen 1982 und 1985 rein gar nichts von ihm gehört hat. Er war in der Versenkung, und man konnte nicht einfach im Internet auf Twitter nachsehen, was Glenn Hughes gerade tut oder sagt. Durch diese Abwesenheit ist ein legendenhafter Status um seine Person entstanden.

Die Welt war damals natürlich romantischer, und ich sehe an dieser Zeit nichts Negatives, es war jedes Mal ein Adrenalinstoß, wenn ich aus „Metall-Hammer" informiert wurde – „Kerrang" kam ein bisschen später -, dass eine Neuerscheinung im Kommen war. Da bin ich dann täglich bei „Meki-Schallplatten" gewesen und habe geschaut, ob das neue Album von dem und dem schon da ist. Wenn Du dann z.B. die neue UFO in Händen gehalten hast, da ist der Puls hinaufgeschnellt, so etwas geht mir heute ab. Heute klickst du etwas an, lädst es herunter auf Deinen PC, hast dafür mitunter nicht einmal etwas bezahlt, Musik hat dadurch an Wert verloren. Es war mir daher jetzt ein Bedürfnis, die neue Sabbath im Geschäft zu kaufen, so etwas muss man einfach besitzen.

Vieles war damals, so wie du sagst, mysteriös, eine Legende. Auf der anderen Seite konntest du halt damals nicht viele Konzerte erleben, es gab ja nix. Das Rockhaus gab es noch nicht, Du hattest also Glück, wenn wer in der Arena gespielt hat, siehe Uriah Heep, UFO oder Saxon, ja dann gab es noch den Messepalast, die Kurhalle

Oberlaa, da fanden Ende der Achtziger ein paar Konzerte statt, Ozzy Osbourne und Blue Öyster Cult habe ich dort gesehen...

Planet Music...

...das war viel, viel später: Das Rockhaus hat ja vorher „Fritz" geheißen, ich war dort das erste Mal Ende 1987, da war dort eine Memory der Biker, und dort ist Al Cook aufgetreten, und ich glaube der Ernesto ist dort mit dem 4er Peterka aufgetreten oder so. Al Cook hat ihnen erlaubt, sie dürfen ihn bei einem Song begleiten, und dann meinte er gönnerhaft, „jetzt dürft ihr sagen, dass ihr mit dem Al Cook gespielt habt!" – da war ich das erste Mal im „Fritz", eine Art Jungendzentrum. Ein Jahr später hat es dann Rockhaus geheißen, und 1999 wurde es in Planet Music umgetauft.

Dann gab's die Szene in der Hauffgasse...

...ja, die haben aber für unsereinen in dieser Zeit nicht viel übrig gehabt, das war eher so die Abteilung „Friede, Freude, Eierkuchen", erst seit Anfang der 90er Jahre habe ich die Szene als Rockmusik-Lokal wahrgenommen, 1993 habe ich dort Nazareth gesehen.

Ich erinnere mich an ein Konzert mit No Bros mit diesem englischen Sänger...

...das war 1986, „Cavalry of Evil" – wo hat das stattgefunden?

...ich glaube in der Hauffgasse

Ich habe auch im Metropol Rock-Konzerte gesehen, 1986 z.B. dieses denkwürdige Nazareth-Konzert. Es war eben noch die Zeit des Eisernen Vorhanges: Eine Band, die sagen wir mal mit dem Bus durch Europa tourte, musste für einen Auftritt in Wien einen Umweg von ein paar hundert Kilometern fahren. Deshalb kamen viele einfach nicht nach Wien sondern spielten bestenfalls weiter westlich in Österreich, zum Beispiel Nazareth 1985 in Gmunden, da war ich auch dabei...

Was waren die geilsten Konzerte, die du in Wien erlebt hast?

Fällt mir wirklich schwer. Deep Purple 1985 zum Beispiel, da war ich eher enttäuscht. Ich war ja beim ersten der beiden Konzerte an zwei aufeinanderfolgenden Abenden. Ich bin auf jeden Fall zu spät gekommen, es war ja die Zeit, wo ich viel gearbeitet habe. Die Mountain – die Vorgruppe - haben schon gespielt, wie ich gekommen bin; ja es war ein gutes Konzert, gut gespielt und alles, aber mich hat enttäuscht, dass das Wilde der Siebziger Jahre weg und vorbei war. Es war alles zu perfekt. Damals waren aber Deep Purple zweifellos noch eine Institution, das waren sie 1985, das waren sie 1987, das waren sie auch noch 1993, als Ritchie Blackmore aus schlechter Laune heraus erst Minuten nach den anderen auf die Bühne gekommen ist und sie den ersten Song ohne ihn begonnen hatten. Sie haben „Highway Star" ohne Blackmore begonnen, weil sie sich vorher so gestritten haben. 1995 war ich bei Uriah Heep am 1. Mai auf der Praterwiese. Es war eines der wenigen Konzerte, wo sie mit John Lawton aufgetreten sind, weil Bernie Shaw krank war. Als Zugabe haben sie „Free Me" gespielt und John Lawton verehre ich ja sowieso wegen seiner Vergangenheit bei Lucifers Friend...

Mir fällt da noch UFO im Frühjahr 1992 ein, da spielten sie mit Laurence Archer, da war ich nachher komplett fertig, weil sie so abartig „gefahren" sind – da wollte ich kurz mit der Musik aufhören. Eine gewisse Vanessa, die ich damals kannte – ehem – meinte dazu nur schelmisch: „Jeder findet einmal seinen Meister!"

Ja – was war wirklich das geilste Konzert? Ich habe 1980 Led Zeppelin gesehen, fangen wir damit an. Das war das erste Konzert meines Lebens. Ich habe am nächsten Tag Zeugnisverteilung gehabt, und ich habe nichts gehört. Der Professor hat uns ermahnt ohne Ende, was nächstes Jahr alles anders werden muss, ich wollte zu diesem Zeitpunkt ohnehin die Schule schmeißen, mir war das alles sowas von Wurscht, ich habe außer Rauschen nichts gehört. Ich habe das Konzert in guter Erinnerung, und es tut gut zu wissen, dass ich John Bonham noch wenige Wochen vor seinem Tod live erleben durfte...

Ich habe 1982 Gillan gesehen und die Tygers of Pan Tang, die zuvor mit dem Auto eine Wien-Sightseeing-Tour gemacht hatten und dann bei der Ankunft in der Arena völlig betrunken aus ihrem Bentley gefallen sind. Ich habe in diesem Jahr auch Motörhead gesehen, mit Brian Robertson, wobei ich so betrunken war... Also die Polizisten haben mich gezwungen, die Stiefel auszuziehen, weil sie geglaubt haben, ich schmuggle etwas in die Stadthalle. Ich bin dort auf allen Vieren hineingekrochen, so betrunken war ich. Das klingt alles nicht vernünftig, aber das waren halt noch Konzerte! Als ich zum Beispiel 2004 am Frequency-Festival in Salzburg war, hielt ich es nur eine Nacht aus, im Auto zu schlafen, und habe mir dann in der Nähe ein Zimmer gesucht, wollte ja unbedingt The Darkness und Mando Diao sehen. Na ja, da war ich halt nimmer so jung und schon ein bissl bequem...

Ich kann mich erinnern an Iron Maiden, 1986, auf der Donauinsel...

...ein tolles Konzert! Eine Frau aus unserem Dunstkreis hatte einen auf Groupie gemacht, war irgendwie hinter die Bühne gelangt und hatte sich die Autogramme der Musiker besorgt, u.a. von Pete Way, denn Waysted waren die Vorgruppe, und sie hat die Autogramme dann versemmelt in ihrem Suff, ha ha – mein Gott was hat sich da nicht alles abgespielt, wir waren alle so leichtsinnig, oftmals besoffen und trotzdem mit dem Auto unterwegs, die Zeit war irre...

Ach ja, und dieses Open-Air-Konzert in der Arena, Sommer 1989, werde ich natürlich auch nie vergessen, als Sabbath stilecht bei dem

Song „When death calls" von einem Gewitter mit Blitz und Donner begleitet wurden...

Und ob Du's glaubst oder nicht, aber diese Zeilen waren für mich in schwierigen Momenten, wenn ich grad unglücklich verliebt war oder so, immer sehr hilfreich:

He saw the world, dim with the glow of the vertical sun
His skin crept cold knowing that this was the hours of dying
Misguided mortals, you'll burn with me
Spirit of man, cannot be freed

When Death Calls, this is the hour of dying
When Death Calls, the spirit of man cannot be freed
When Death Calls, there's no tomorrow *)

© 1989 Black Sabbath / Iommi, Powell, Nicholls, Martin, Cottle, May

Ergänzen möchte ich noch, dass für mich in Zusammenhang mit Musik nicht nur gewisse Konzerte als magische Ereignisse in Erinnerung geblieben sind, sondern auch gewisse magische Orte, die ich aufgesucht habe, so zum Beispiel das Studio der Manfred Mann's Earthband in London in der Old Kent Road. Dafür habe ich – zum Leidwesen meiner damaligen Frau – fast einen ganzen Urlaubstag geopfert und bin im Regen durch eine triste Vorstadt gestapft. Und dann war da noch das Grab von Jim Morrison in Paris am Friedhof Père Lachaise, wo Du schon am Friedhofstor von seltsamen Menschen empfangen wirst, die Dich als einen der Ihren identifizieren, wenn Du halt so ausschaust wie ich, ha ha!

1988 haben wir eine (für meine Verhältnisse) größere Wanderung um den Lunzer See gemacht – ich habe das Jahr recherchiert, weil Gerhard Berger an diesem Tag den Grand Prix von Italien gewonnen hat. Das Wandern war immer eine große Leidenschaft von Dir?

Na ja, das ist die vorhin erwähnte „andere Seite" von mir. Etwas, das ich heute noch viel intensiver lebe und dessen ich mir heute auch voll bewusst bin. Wandern haben meine Großeltern mir vorgelebt. Mir ist das als Kind ziemlich auf die Nerven gegangen. Die Art dieser Leute in den Sechziger Jahren mit Kniebundhose und karierten Hemden und Stricksocken habe ich natürlich abgelehnt, ich habe also ein gewisses Alter erreichen müssen, um das ganze für mich wiederzuentdecken und nach meinen Grundsätzen zu machen. Mit ärmellosem T-Shirt und Turnschuhen bin ich bewusst dumm in die Berge gegangen. An die Tour 1988 erinnere ich mich. Ich nehme mir seit damals vor, diese Tour zu wiederholen. Wir sind nämlich nicht rund um den Lunzer See gegangen, wie du gemeint hast, sondern wir sind auf den Dürrenstein gegangen – der ist bei Lunz am See - und wieder hinunter, und jeder normale Wanderführer veranschlagt für diese Route zwei Tage. Dass wir das in einem Tag gemacht haben grenzt an Leichtsinn. Wir waren aber auch beide ziemlich erledigt danach. Aber solche Dinge mache ich heute noch gerne und ich habe diese Seite in mir, nämlich die Seite, die gerne an die Extreme geht, und das Bedürfnis, möglichst keine anderen Menschen anzutreffen bzw. irgendwem zeigen und beweisen zu müssen, wo der Bartl den Most holt!

In den 80er Jahren hast Du den Mittelnamen „Bomber" getragen – welche Bedeutung hatte das und wann hast Du den Namen abgelegt? Er bezieht sich auf das eingangs erwähnte Verfahren, oder?

Grundsätzlich hat diesen Namen der Christian, mit dem ich in einer Schülerband gespielt habe, erfunden. Wir hatten da 1982 eine Kassette aufgenommen. Unsere Band hieß Vibrator, und da hat Christian am Cover geschrieben „Bass&Vocals by L. ‚Bomber' K.", eben wegen diesem Verfahren. Wir haben das im November 1982 aufgenommen, es war die Whiskey-Zeit, und ich habe diesen

Beinamen relativ rasch wieder abgelegt. Bei Schüttelfrost habe ich als Ehrenabzeichen dann ja irgendwann diese Ratte verliehen bekommen, dann war ich „the rat", weil „Ratz" war von Dougie so eine anerkennende Bezeichnung. Ein Ratz war man bald, wenn eine Frau einen Mann betrügt genau so, wie wenn man einer ist, der sich die Nächte um die Ohren schlägt und permanent zu ist.

Diese Ratte, dieses Abzeichen, ist leider irgendwann verloren gegangen, genauso wie das verkehrte Kreuz, das ich mir aus Gold habe anfertigen lassen, was zeigt, dass gewisse Dinge ein schlechtes Karma haben. Ja es macht Sinn, dass solche Dinge verschwinden! Das verkehrte Kreuz war ein Anhänger, der am Ohrläppchen befestigt war. Es hat 10.000 Schilling gekostet und ist mir im Rahmen des Dio-Konzertes Heavy-X-Mas irgendwann in den Neunziger Jahren abhanden gekommen.

Von diesen Spezln, die wir da jetzt erwähnt haben, zu wem hast du immer noch Kontakt?

Zu Christian habe ich noch Kontakt, zu Rainald nicht wirklich, den habe ich zuletzt vor 10 Jahren gesehen. Klar, heutzutage ist man auf Facebook verbunden, so wie zum Beispiel mit dem Ernesto. Vielleicht noch zum tragischen Ende von Dougie: Es gab 2007 ein Konzert „30 Jahre Schüttelfrost". Sie haben in Purkersdorf gespielt, sie haben sich sogar den Gotthard Rieger „eingeflogen", der ihnen genau die gleiche Ansage gegeben hat wie damals 1977 bei „Jung sein in Niederösterreich", einem ÖVP-Festival, wo sie das erste Mal aufgetreten sind. Und da hat der Dougie sehr gut gespielt, es war sein letzter Auftritt. Da haben sie auch eine neue Nummer im Programm gehabt, ein schwerer Slow-Blues mit Dialekt-Text vom Hömerl. Sie haben also durchaus auf der Schiene weitergemacht, wie ich sie gekannt und geliebt habe. Und im Herbst hörte ich plötzlich, Dougie liegt im Spital, eine Noteinlieferung. Aufgrund einer inneren

Verletzung, die nicht behandelt wurde, hat er innere Blutungen gehabt und wäre fast daran gestorben.

Er lag wochenlang im Koma. Im Winter 2007 war er wieder zu Hause, da habe ich ihn besucht: Ich spielte ihm eine Demo-Aufnahme von Diz Nada, einer Alternative-Band, bei der ich grade eingestiegen war, vor. Er saß da in seinem Rollstuhl und lächelte dazu gönnerhaft wie eh und je. Er hatte so einen Rollator und sagte, „im Frühjahr, wenn's schön wird, werde ich Bewegung machen und Sport machen und trainieren, dass ich den Rollator und den Rollstuhl nicht mehr brauche" – wahr ist vielmehr, dass er dann 2008 irgendwie weitergemacht hat wie bisher...

Er trank ja die letzten Jahre seines Lebens eher kein Bier mehr, sondern „Kompott" wie er es nannte, so Schnaps-Mischungen, und du hättest ihn nicht mehr erkannt, er war total schmal, er hat die letzten Jahre irrsinnig abgenommen, und 2009 ist er dann gestorben. Das kam für mich sehr überraschend und ich bedaure, dass ich zuletzt keinen Kontakt mehr mit ihm gehabt habe. Eigentlich war er ja in seinem Lebensstil viel kompromissloser als ich, und ich habe ihn dafür auch bewundert. UND – er war trotz dieses Lebensstils, soviel ich weiß, immer ein liebevoller Ehemann und Vater...

Noch ein letzter Punkt, zurück in den Achtziger Jahren:
Im Herbst 1987 haben sich unsere musikalischen Wege getrennt, ich habe das Torso-Projekt gestartet, wie ging es bei dir weiter?

Gut, dass du das erwähnst. Ich war ja damals schwer überrascht, als ich diesen Brief erhielt, in dem Du – es wurde ROT geschrieben – mitgeteilt hast, dass Du aus Ricochet aussteigst. Ich bedaure das bis heute – warum: ich war zwar bei Schüttelfrost anfangs glücklich, wir hatten Auftritte, haben ein paar mal in Deutschland gespielt, manchmal auch nur als Trio wegen des schon erwähnten Rückzugs vom Hömerl, wir haben da ein paar improvisierte Gigs gespielt, die irrsinnig Spaß gemacht haben. Ich hoffe, ich finde diesen Artikel noch aus dem „Münchner Merkur", wo wir da in einem Jugendzentrum in Bayern gespielt haben, da hat der Mike bei uns gesungen. Es war gerade die Zeit, wo das Debut-Album von Kingdom Come herausgekommen ist, Frühjahr 1988, alle haben mich damals bewundernd angeschaut wegen meinem Kingdom-Come-T-Shirt, Ha Ha. Ich schaue heute noch gerne und stolz auf diese Zeit zurück, wie ich damals drauf war und wie ich überzeugt war, dass aus diesem musikalischen Projekt etwas wird. Es hat sich aber gezeigt, dass der Ernesto zunehmend das Kommando übernommen hat, dass kein eigenes Material mehr gespielt wurde, sondern nur fremdes. Das hat es mir dann später leicht gemacht, Schüttelfrost zu verlassen. Es war sicherlich nicht der einzige Grund, aber es war ein wesentlicher Grund dafür, warum ich dann Schüttelfrost nicht viele Tränen nachgeweint habe. Dieses Nachspielen von Songs, die andere komponiert haben, hilft einem zwar in einer bestimmten Phase der Entwicklung beim Lernen, aber auf Dauer ist es unbefriedigend.

Man kann im Übrigen auch nachspielen und ganz etwas Eigenes daraus machen, siehe zum Beispiel Joe Cocker, der allen Interpretationen seinen unverwechselbaren Stempel aufgedrückt hat, sodass jeder glaubt, Joe Cocker hätte es komponiert. Ähnliches gilt für Manfred Mann, und da gibt es viele Beispiele. Ich habe gestern ein Konzert in einem Beisl hier ganz in der Nähe besucht, eine Sängerin mit einer Semi-Akustik-Band, die haben viel Eigenes in die Songs gelegt, die haben ein eigenes Band-Profil beim Covern, und dann macht die Sache Sinn.

Von daher bedaure ich, dass sich damals unser beider Wege getrennt haben, weil das Konzept mit eigener Band wäre toll gewesen. Uns hat natürlich damals das Selbstvertrauen gefehlt, außerdem die Chemie von passenden Mitmusikern, es hätte möglicherweise DEN Gitarristen gebraucht, der uns komplettiert hätte, dann wäre das gescheiter gewesen bzw. wäre etwas draus geworden.

Wir haben 2003 oder 2004 ernsthaft diskutiert, dass wir dich als Bassist bei Torso installieren, wir wollten dich fragen, wobei aber deine Entwicklung in eine etwas andere Richtung gegangen ist, und auch von der geografischen Distanz her gesehen war es nicht optimal. Es wurde aber zumindest ernsthaft diskutiert.

Das hat mir Dein Bruder damals erzählt...

4
Kinder der Revolution

Das Attentat

Die Gestalt stemmte sich gegen den wütenden Sturm. Es waren günstige Bedingungen, kein Spaziergänger würde jetzt einfach so hier unterwegs sein, das Werk würde sich ungestört verrichten lassen. Die Gestalt hatte einen Sack über die Schulter geworfen, den sie nun am Rande der Brücke abstellte. Dann brachte sie die todbringende Fracht in Stellung. Ein Blick auf das Smartphone genügte zur Vergewisserung, dass der rechte Zeitpunkt gekommen war. Die angezeigte Nachricht war vor wenigen Minuten abgesetzt worden, das Auto musste jeden Moment diese Stelle passieren. Auf der unter der Brücke durchführenden Autobahn herrschte dichter Verkehr, die Autos fuhren nicht allzu schnell. Am östlichen Horizont, noch ganz weit weg, tauchte nun ein großes schwarzes Auto auf, es musste soweit sein. Ehe noch das Kennzeichen ausgemacht werden konnte, gab der Instinkt den auslösenden Impuls und der erste Stein fiel zwischen den Gitterstäben des Brückengeländers auf die Fahrbahn hinunter. Zur Sicherheit wurde ein zweiter Stein nachgestoßen. Das Geräusch splitternden Glases mischte sich mit jenem von quietschenden und heulenden Reifen. Unterdessen war die Gestalt zurückgerobbt, um nicht ausgemacht werden zu können. Ein weiterer Stein polterte unmittelbar vor einem Sattelschlepper auf die Gegenfahrbahn, der Fahrer verriss das Steuer. Nun richtete die Person auf der Brücke sich rasch auf und lief in großen Sprüngen davon. Nach wenigen Schritten verließ die Gestalt die Forststraße und bog ins Gebüsch ab, während auf der nahen Autobahn die tödliche Massenkarambolage ihren Lauf nahm: Der Sattelschlepper hatte sich quer zur Fahrbahn überschlagen, ein PKW, der im Begriff gewesen war, diesen zu überholen, war auf die Gegenfahrbahn geraten, wo sich bereits Karosserien ineinander verkeilt hatten. Feuer brach aus, Rauchsäulen stiegen meterhoch auf, die Szene war erfüllt vom Geräusch der Explosionen und den Schreien der verletzten und eingeklemmten Opfer.

When the levee breaks
(frei übersetzt ins Wienerische: Wenn der Ringwagen auf der 2er-Linie fährt...)

Gustave trat ans Fenster und warf einen Blick durch die lange nicht mehr geputzten Scheiben auf die Straße. Über der tristen grauen Fassade des Plattenbaus gegenüber wölbte sich ein farbloser Himmel. Während Gustave den leisen Tönen von John Coltrane's Album „My favorite things" gelauscht hatte, war Lärm von draußen an sein Ohr gedrungen, dem er nun nachging. Die Lage hatte sich seit den Unruhen der vergangenen Wochen etwas beruhigt, es zogen keine marodierenden Banden mehr durch Wien. Was er nun wahrnahm, war ein kleines Nachbeben, sozusagen ein heiter schauriges Nachspiel mit durchaus ernstem Hintergrund. Einer der selbsternannten Arbeiterräte des dritten Wiener Gemeindebezirks zog eine Art Käfig auf Rollen auf der nun nahezu autofreien Straße hinter sich her, und wie in einer Vogelvoliere war darin ein seltsamer Gefangener zu sehen. Gustave konnte nur Wortfetzen verstehen, die dieser Mensch von sich gab: „...die Leut' arbeiten an ihre Projekte!", etwas später dann noch einmal, „die arbeiten doch eh ... die arbeiten!"
Aufgrund der Steigung der Gasse musste der, der den Käfig zog, immer wieder anhalten, dann drehte er sich um und gebot dem Gefangenen zu schweigen. Gustave erkannte nun in dem blutverschmierten Gesicht des armen Wichts den Sohn des Baumeisters, der seinen Betrieb in der Gasse gehabt hatte. Dessen Arbeiter hatten zu den ersten gehört, die sich am Putsch beteiligt

hatten. Der alte Baumeister war berüchtigt gewesen für seinen harschen Umgangston mit seinen Arbeitern, nun hatten sich diese gerächt und den Baumeister und seine Frau gezwungen, mit ihren bloßen Händen die Straße vor dem Geschäftslokal von Unrat zu befreien, begleitet von Schmährufen wie, „na los, bewegt's Euch!" Auch die Kassierin vom Supermarkt gegenüber, da wo der Baumeister immer eingekauft hatte, schrie mit überschlagender Stimme, „jawoi, de soll'n sich bewegen!". Gustave war zufällig Zeuge dieses Pogroms geworden und insgeheim hatte er sich gedacht, „ja, die sollen sich bewegen". Jahrelang hatte der Alte genau dieses Vokabular verwendet, wenn er beim Wirt ums Ecke oder sonst wo das große Wort geführt und von seinen Leuten geredet hatte: „Zum Arbeiten sind's z'wenig, zum Zahlen z'viel", war ein weiteres Zitat das er noch im Ohr hatte.

Gustave war damals weitergegangen und hatte gerade noch aus den Augenwinkeln mitbekommen, dass die beiden alten Leute unter Prügeln in einen Miliz-Streifenwagen gezerrt wurden. So wie viele Vertreter des „Ancien Régime" sollten sie verhört werden, von vielen hatte man seit ihrer „Verhaftung" nichts mehr gehört. An den Sohn des Baumeisters hatte Gustave gar nicht mehr gedacht. Wahrscheinlich hatte er sich beim Ausbruch der Unruhen irgendwo versteckt gehalten und er war nun entdeckt worden. Auch er war berüchtigt dafür gewesen, von „seinen" Leuten Höchstleistungen zu verlangen und die Arbeiter als persönliches Eigentum zu betrachten. Wenn es ihm passte verbrachte er seine Tage in seinem Anwesen draußen vor der Stadt, das er sich von seinen Arbeitern hatte errichten lassen. Gegen Abend rief er dann meistens die Vorarbeiter auf den Baustellen an und kündigte seinen Besuch an. So blieb diesen nichts anderes übrig als so lange am Abend weiterzuarbeiten, bis es dem Sohn des Chefs endlich einfiel, vorbeizuschauen und Anweisungen für den kommenden Tag auszugeben. Anstatt seine Leute zu begrüßen lautete stets die erste Frage: „Na, wie weid sad's denn?"

Gab es Probleme schrie er nur: „Stellt's Euch net so an, wos is'n do dabei?"

Gustave kannte die Geschichten, sie waren ihm schon oft zu Ohren gekommen, kannte er doch viele der Arbeiter des Baumeisters persönlich von Gesprächen beim Einkaufen in den umliegenden Geschäften. Doch nun waren diese Geschichten auch in der „Neuen Revolutionären Arbeiter Zeitung" nachzulesen, und auch, wie sich die Arbeiterklasse nun dafür revanchierte.

Unten, auf dem Fasanplatz, fanden seit kurzem öffentliche Bestrafungen statt, das wusste er. Die jugendlichen Schergen der Arbeiterräte hatten den Sohn des Baumeisters offenbar gefangengenommen und verprügelt. Auf diese Art erniedrigt wurde er nun zur Schau gestellt und durch die Stadt geführt, um den Hals trug er ein Schild: „So ergeht es Ausbeutern und Kapitalisten"

Gustave, der die Revolution herbeigesehnt hatte, er, der immer gehofft hatte, das Ende des Kapitalismus noch mitzuerleben, wandte sich ab. Er vertiefte sich wieder in den Jazz der frühen 1960er Jahre und flüchtete sich in eine heile, längst vergangene Welt, die Welt seiner Kindheit mit ihren vorgegebenen Strukturen, der zwangsverordneten Ruhe in den Ländern jenseits der Grenze, nicht weit von Wien, und dem langsam beginnenden bescheidenen Wohlstand diesseits der Grenze.

Gustave strich sein langes, wirres Haar aus dem Gesicht. Sein oftmals ungepflegtes Äußeres hatte ihn davor bewahrt, auch als Feind der Arbeiterklasse angesehen zu werden. Alle die ihn kannten wussten ohnedies, dass er stets selbst „ein Leben für die Arbeit" geführt hatte, wie er zu sagen pflegte. Dass er in Wahrheit einer intellektuellen Oberschicht angehörte, verschwieg Gustave dieser Tage geflissentlich, wie es auch viele der sogenannten Arbeiterräte verschwiegen – aus gutem Grund. Die Revolution begann zu bröckeln und wie viele Revolutionen davor ihre eigenen Protagonisten mit in den Abgrund zu ziehen.

Gustave blickte auf die Uhr, es war Zeit, Marianne würde wohl bald da sein. Er und Marianne, wie oft hatten sie über die Notwendigkeit einer Revolution diskutiert und auch gestritten. Nun war man froh, wenn man abends zu Hause war, froh dass beide unversehrt heimgekommen waren.

Das Leben spielte sich seit geraumer Zeit hauptsächlich hinter verschlossenen Türen ab. Der Individualverkehr auf den Straßen war von der Stadtkommandantur untersagt und sämtliche Privatfahrzeuge waren beschlagnahmt worden, Enteignungen waren im Gange. Das Internet war nur noch bedingt eine Informations- und Nachrichtenquelle, wurden doch sämtliche Leitungen und alle E-Mails und SMS-Nachrichten überwacht.

Gustave würde morgen wieder seinen alten Freund Carlos besuchen und dabei hoffentlich ein paar Neuigkeiten aus dem Politbüro erfahren.

Gustave war arbeitslos, seitdem die Revolutionäre die Klein- und Mittelbetriebe unter ihre Kontrolle gebracht hatten, die Büros und Fabriken der großen Konzerne aber bis auf weiteres geschlossen hielten. Marianne ging nach wie vor ihrem Beruf als Hauskrankenpflegerin nach, den sie ausübte, seitdem sie ihre Stelle im Städtischen Wohlfahrtssystem vor Jahren aufgrund allgemeiner Rationalisierungsmaßnahmen verloren hatte. Marianne war mit der Straßenbahnlinie O in den zweiten Bezirk gefahren, dabei musste sie am Donaukanal eine Zonengrenze überqueren wo jeder Fahrgast kontrolliert wurde. Kurz vor der Grenze in der Hinteren Zollamtsstraße gab es einen Zwischenfall. Marianne schaute aus dem Fenster des fahrenden Zugs. Auf der anderen Seite, da wo die Türen der Straßenbahn waren, bewegte sich plötzlich etwas Dunkles und schlug gegen die Garnitur, die quietschend und ächzend zum Stillstand kam. Schreie wurden laut, Menschen gingen instinktiv in Deckung, befürchteten einen Anschlag. Doch keine Bombe explodierte, es handelte sich um einen simplen Verkehrsunfall. Ein unachtsamer Lastwagenfahrer hatte die Spur gewechselt, ohne auf die herannahende Straßenbahn Rücksicht zu nehmen. Der Schaden war gering, bald ging es weiter.

Mariannes Gedanken waren schon bald wieder bei ihren beiden nächsten Klienten, Professor Karl Hackstock und seiner Frau Ludmilla. Sie wohnten in Floridsdorf auf der anderen Seite der Donau. Marianne hatte mehrmals umsteigen müssen, und schließlich stieg sie in Floridsdorf aus und ging zu der Wohnung, wo die beiden betagten Leute wohnten. Diese Umständlichkeit des Tramway-Fahrens war der Tatsache geschuldet, dass in den S-Bahn- und U-Bahnzügen mit rigideren Kontrollen gerechnet werden musste. Professor Hackstock war seit einem Schlaganfall, den er vor Jahren erlitten hatte, auf den Rollstuhl angewiesen und konnte kaum mehr sprechen. Er war nun über 80 Jahre alt und ein Pflegefall, doch hatte ihn bis vor kurzem seine Frau noch pflegen und betreuen können, war sie doch rund zehn Jahre jünger als er. Nun ging dies allerdings nicht mehr, sie benötigte seit kurzem zur Fortbewegung einen Rollator. Jeden Tag besuchte Marianne daher die beiden. Sie läutete bei der Sprechanlage, Frau Ludmilla meldete sich kurz darauf mit einem vorsichtigen „Hallo?". Marianne gab sich zu erkennen, die Türe wurde ihr daraufhin geöffnet. Mit dem Lift fuhr sie in den vierten Stock des Hauses, sie vermied es dadurch, von anderen Hausbewohnern gesehen zu werden. Die Wohnungstüre war bereits offen, Ludmilla lag im Bett sie konnte Haus- und Wohnungstür von dort aus fernbedienen. Die Wohnung war geräumig, auch wenn sich die beiden alten Leute kaum mehr bewegen konnten und sich nur in einem Raum aufhielten, eine Art Wohn- und Schlafraum. In früheren Jahren hatten sie offenbar viele Reisen gemacht, Bilder und andere Souvenirs, die an den Wänden hingen, zeugten davon. Ein Schrank mit Laden war voll von alten Diapositiven, Bildern die mittels eines Projektors betrachtet werden konnten. Die Laden waren beschriftet mit den Reisezielen, „Island 1992" konnte Marianne da beispielsweise lesen. Die beiden alten Leute hatten Glück gehabt, dass sie den

Schergen der Revolution entgangen waren. Die Wohnung war auf Carlos, den Sohn der beiden angemeldet. Carlos war zu den Arbeiterräten übergelaufen und hatte verschwiegen, dass sein Vater und seine Stiefmutter noch lebten. Er gab an, die Wohnung geerbt zu haben und sprach auch davon, diese bei Bedarf Bedürftigen, Opfern der Ausbeutung des Kapitalismus oder Flüchtlingen zu überlassen. Bislang hatte diese List funktioniert, wohl auch weil er im Politbüro saß. Insgeheim beschlich Marianne aber jedes Mal die Furcht, eine leere, verwüstete Wohnung vorzufinden, wenn sie sich auf den Weg zu den beiden alten Leuten machte.

Carlos

Ein Scheidungsurteil aus dem Jahr 1963 schrieb die bestehenden Zustände fest und trennte die beiden Kinder: Willi sollte bei den Eltern der Mutter aufwachsen, da diese selbst sich aufgrund ihrer schweren Erkrankung nicht um ihre Kinder kümmern konnte. Klein Karli, der sich später Carlos nannte, wuchs bei den Eltern des Vaters auf, denn dieser, Karl Hackstock, war allein, berufstätig und neuerdings beruflich viel auf Reisen. Er hatte eine Arbeit bei Siemens gefunden und musste im Zuge der Errichtung von Hochspannungsleitungen in Kärnten Vermessungsarbeiten durchführen. Er war noch verheiratet gewesen, als er diese Stelle angetreten hatte. Sechs Tage die Woche – es galt damals noch die 48-Stunden Woche – arbeitete er in Kärnten. Er musste tagsüber viel im Freigelände unterwegs sein, abends wohnte er auf Firmenkosten in einem Gasthaus. Schon bald hatte er sich mit der Kellnerin des Gasthauses etwas angefangen. So kam es auch, dass er von einer seiner Dienstreisen mit Symptomen der Gelbsucht nach Hause kam.

Die Jahre gingen ins Land, und Karl Hackstock gewann nach seiner Scheidung den Boden unter den Füßen zurück. Bei Siemens arbeitete er sich zum Abteilungsleiter hinauf und er lernte seine spätere zweite Frau Ruth kennen. Zu seinem Sohn Willi hatte er kaum Kontakt, eigentlich erfuhr er von ihm nur, wenn dessen Großeltern in einem Brief an ihn auf die unwürdigen Umstände hinwiesen, unter denen Willi aufwuchs, und um etwas zusätzliches Geld ersuchten, wenn die Alimente beispielsweise für die Anschaffung eines Pullovers für den Schul-Schikurs nicht ausreichten. Seinen zweiten Sohn Karli sah Karl Hackstock hingegen fast jeden Sonntag, wenn er seine Eltern besuchte. An dem Tag, an dem er ihnen Ruth vorstellte, lag Karli mit einer Verkühlung und Halsweh im Bett. Als sein Vater mit Ruth das Zimmer betrat, verzog Karli das Gesicht. Ungern teilte er seinen Papa mit einer anderen Person und sagte deshalb wenig schmeichelhaft zu Ruth nachdem er ihr die Hand gegeben hatte: „Du kannst ja wieder hinausgehen..."

Karl Hackstock und Ruth heirateten 1967, als sie bereits hochschwanger war. Sie hatten heiraten müssen. Es waren die Eltern von Ruth gewesen, die darauf bestanden hatten. Ruth hatte bereits einen unehelichen Sohn und damit Schande über die Familie gebracht, die aus dem bäuerlichen Tullnerfeld stammte. Ruths Mutter hatte gedroht, sich vor den Zug zu werfen, falls Ruth noch ein uneheliches Kind zur Welt bringen würde...

Karl Hackstock und Ruth lebten zusammen in einer Zimmer-Küche-Wohnung mit WC am Gang im 18. Bezirk. Im Erdgeschoss des Zinshauses befand sich eine Kohlenhandlung, und irgendwie wirkte das ganze Haus schwarz wie von Kohlenstaub überzogen. Der einzige Lichtblick in dieser Gegend waren sonntägliche Spaziergänge in den Türkenschanzpark oder auf den Schafberg.

Anfang der Siebzigerjahre übersiedelte die Familie in die Großfeldsiedlung in den 21. Bezirk, eine Betonwüste am Stadtrand, wie sie zu jener Zeit überall entstanden. Die Ehe von Karl Hackstock und Ruth währte insgesamt gut zehn Jahre, dann erwischte ihn die Midlife-Crisis voll. Vorbei war's mit den grauen Anzügen und Krawatten, von nun an lief Karl Hackstock mit weißen Jeans herum, ließ sich einen Vollbart wachsen und rauchte Pfeife. Mit Camilla, einer Freundin von Ruth, begann er eine Affäre. Nach einem Ski-Wochenende, das er gemeinsam mit Camilla verbracht hatte, warf ihn Ruth aus der gemeinsamen Wohnung...

Kindheit, das war für Carlos gleichbedeutend mit „goldener Käfig". Der Käfig war in diesem Fall ein Garten, groß und weitläufig wie ein Park, nicht von einer hohen Mauer umgeben, aber mit einer dichten, undurchdringlichen Hecke von der Straße abgeschottet. Kindheit, das bedeutete, im Gemüsegarten des Parks Karotten aus der Erde zu ziehen und - so wie sie waren - zu verspeisen. Carlos war bei seinen Großeltern auf dem Lande aufgewachsen, in einer Welt zwischen Alte-Leute-Kaffee-und-Kuchen-Romantik und dem Fernsehapparat als Fenster zur Welt. Damals in den Sechziger Jahren waren seine Großeltern die ersten gewesen, die einen Fernseher besaßen. Natürlich war es ein Schwarz-Weiß-Gerät, ein Koloss mit Bildröhre, schwer und unbeweglich. Da in den kalten Wintermonaten nur die Küche mit dem Herd zu beheizen war, tat sich der Großvater jedoch die Arbeit an und schleppte das schwere Ungetüm aus dem Wohnzimmer in die Küche. Für ein paar Wochen bis Monate war dies der einzige Aufenthaltsraum, und er wurde von allen gemeinsam genutzt. Karli durfte mit seinen Großeltern am Nachmittag und am frühen Abend fernsehen. Wenn der Puppenkasperl übertragen wurde oder das Marionettenspiel von Lupo und Cappuccetto, so gefiel Carlos sich schon als kleiner Bub darin, immer zu den bösen Charakteren zu helfen. Dafür wurde er natürlich kräftig gescholten, sogar von seinem großen Bruder Willi, wenn dieser – selten aber doch – zu Besuch war. Als dann eines Abends die Bilder einer Striptease-Tänzerin, die sich gerade ihrer Bluse entledigte, über den Bildschirm flimmerten, da musste Carlos den Raum sofort verlassen, die Großeltern meinten, „gewisse Dinge" von ihm fernhalten zu müssen. Kein Problem hatte der Großvater indes damit, seinem Enkel alle Grauen des Krieges zu schildern. In glühenden Farben lobte er auch das Leben jenseits des eisernen Vorhanges, er sah in der Sowjetunion und den Bruderstaaten das Musterbeispiel, wie ein Staat für seine Bürger sorgt, und bedauerte, am echten Sozialismus nicht teilhaben zu können.

Carlos Großvater liebte sauren Wein, sogenannten Brünnerstrassler. Gerne fuhr er daher nach Kleinhaugsdorf an die Grenze zur damaligen Tschechoslowakei, um dort günstig Wein einzukaufen. Dies geschah regelmäßig im Spätherbst, wenn der Heurige Wein erhältlich war. Caros blickte jedes Mal mit Ehrfurcht zu den Wachtürmen jenseits des Niemandslandes hinüber, wo er verschwommen im Nebel Soldaten mit Gewehren im Anschlag patrouillieren sah. Carlos Großvater fuhr im Übrigen kein normales Auto, sondern einen Kabinenroller, da er nie den B-Führerschein gemacht hatte und somit nur ein Motorrad mit Beiwagen lenken durfte. Nicht nur deshalb war Carlos Einstieg in die Schulzeit geprägt von Spott und Hohn der Mitschüler. Er hatte keinen Kindergarten besucht und war daher mit knapp sieben Jahren erstmals damit konfrontiert, sich in eine Gemeinschaft einfügen zu müssen. Wie sein Vater litt auch Carlos in jungen Jahren unter dem Kleidungsdiktat der Altvorderen. Erst mit dem Beginn der Pubertät, als Karli begann aufzubegehren, als aus Karli schließlich Carlos wurde, da änderte sich auch seine äußere Erscheinung. Bis dahin jedoch blieben die Besuchssonntage einmal im Monat, wo er seine Mutter und seinen Bruder sah, die einzigen Lichtblicke in seinem Leben.

Diese Besuchssonntage fanden nach folgendem Ritual statt: Carlos Großmutter brachte den Buben um 13 Uhr zur Brücke am oberen Ende des Wienerwaldsees, die Mutter und manchmal auch Willi holten ihn dort ab. Sie mussten ihn am Abend um 17 Uhr wieder zurück bringen, der Besuch des großelterlichen Hauses, wo Carlos wohnte, war der Mutter verwehrt. Da sie das Geld für die Zugfahrkarte sparen wollte, ging sie mit den Kindern zu Fuß und autostoppenderweise neben der Straße entlang des Sees nach Unter Tullnerbach, in der Hoffnung von einem Autofahrer mitgenommen zu werden. Carlos machte den Fehler, seinen Großeltern davon zu erzählen und so seine Mutter „in Verruf" zu bringen. Es wurde Carlos auch jedes Mal vorgehalten, dass er „wie ausgewechselt" sei, wenn er von den Besuchssonntagen heimkehrte. Einen weiteren Skandal lieferten die beiden Brüder, als sie sich einmal beim Ballspielen von zu Hause entfernten und der Ball schließlich im Bach landete und mit diesem Richtung Wienerwaldsee davonschwamm. Die Buben folgten dem Bachlauf bis zur Mündung in den See und sahen dem Ball zu, wie er auf das weite Wasser hinaustrieb. „Na und, geh'n wir halt rund um den See", rief der leichtsinnige Willi aus, und so liefen sie rund um den See und fischten den Ball tatsächlich am anderen Ufer beim großen Damm aus dem Wasser. Nach Stunden kehrten sie heim und wurden von den Großeltern schimpfend empfangen: „Wir wollten schon die Polizei rufen und nach Euch fahnden lassen!", wurde ihnen vorgehalten. Willi, der den Beinamen „Ruinierer" hatte, weil er in löchrigen Jeans herumlief und einen Teddybären hingerichtet hatte, sprich auf einen Baum geworfen und seine allmähliche Auflösung im Geäst über die Jahre höhnisch beobachtet hatte, wurde so allmählich zu Carlos großem Vorbild. Die Siebziger Jahre brachten mit dem Heraufdämmern großer Namen wie Deep Purple und Uriah Heep schließlich die Wende in Karlis Leben. Er wurde zu Carlos, der wie sein großer Bruder Poster von „langhaarigen Gammlern, die Negermusik machen", an den Wänden drapierte. Und Carlos wusste, dass er auch einmal so einer werden wollte, der „anders" war. Eines wollte er keinesfalls: Dazugehören zur normalen Erwachsenenwelt.

Carlos und Gustave hatten mehrere Dinge gemeinsam: Sie hatten einige Jahre in der gleichen Firma gearbeitet, für beide hatte Musik eine besondere Bedeutung im Leben, und beide hatten in den letzten Jahren, sozusagen im fortgeschrittenen Alter, Probleme mit dem Kreislauf bekommen, die sich bei Carlos in extremer Wetterfühligkeit äußerte.

Carlos, das war eigentlich ein Spitzname, weil es ihm einerseits irgendwann einmal auf die Nerven gegangen war, „Karli" gerufen zu werden, andererseits war es seiner Bewunderung für den berühmten Terroristen Carlos geschuldet, der in den Siebziger Jahren die OPEC-Konferenz in Wien überfallen hatte und zu seinen „Heroes" gehörte, ebenso wie die Leute der RAF und der Amokläufer Ernst Dostal. Dieser hatte sich 1973 einen Namen gemacht: Er war in Zusammenhang mit einem Sprengstoffanschlag verhört worden und im Zuge dessen hatte er einen Kripo-Beamten angeschossen und schwer verletzt. Die Flucht führte in den Wienerwald, wo er schließlich, nachdem er gestellt worden war, Selbstmord verübt hatte. Die Villa, wo Dostal und seine Eltern in Tullnerbach-Lawies gewohnt hatten, wurde für Carlos zur Pilgerstätte, und lange lachte er noch über den legendären Aufruf der Mutter Dostals im Fernsehen an ihren Sohn und den ebenfalls flüchtigen Ehemann: „Ernstl, Robert, kumpt's doch ham, es hot jo kan Sinn mehr!"

Später dann übrigens, an jenem 11. September 2001, hielt sich Carlos gerade in Italien auf. In einem Einkaufszentrum flimmerten die Bilder der brennenden Twin-Towers über die Bildschirme und Carlos ertappte sich bei dem Gedanken: „Jawohl, das Zentrum des Kapitalismus wurde mitten ins Herz getroffen..."

Christina

Es war im Jahr 1979, als Carlos seinen ersten Sommerjob hatte. Er arbeitete in einer Fabrik im Nachbardorf, wohin er mit dem Fahrrad fuhr. Früh morgens, entlang des Wienerwaldsees, zu einer Zeit, da kaum Autos unterwegs waren und den Kopf voller Musik und Träume.

My love lives at the end of a rainbow
One day I'm gonna fly there on a firefly
High above white angry water
With a love song in my heart *)

*) Uriah Heep „Firefly", Ken Hensley © 1976

In der Fabrik arbeitete auch ein Mädchen namens Lisa. Sie mochte zwei Jahre älter sein als Carlos. Manchmal holte sie etwas aus der Lackiererei ab, in der er arbeitete. Der Vorarbeiter wurde dann immer ganz aufdringlich: „Was ist mir Dir, Lies'? Kommst eh gerne bei uns vorbei, ja?" Es fiel Carlos auf, dass Lisa diese Annäherungsversuche unangenehm waren, er wusste aber nicht recht, wie er dazu stehen sollte und stand im wahrsten Sinn des Wortes daneben. In der Kantine beim Mittagessen setzte sich Carlos dann immer demonstrativ weit weg von ihr, es war ihm unangenehm, dass seine Kleidung nach Farbe und Reinigungsmittel roch, und deswegen mied er den Umgang mit all den anderen. Manchmal traf er am Abend bei Schichtschluss Lisa am Fabriktor, wo die Fahrräder abgestellt waren, ihre blonden Haare leuchteten in der Abendsonne. Lisa fuhr so wie er mit dem Fahrrad in die Arbeit, er grüßte sie aber bei dieser Gelegenheit nur kurz und wagte sich nicht weiter vor. Bald darauf fuhr sie nicht mehr mit dem Rad, sondern wurde von ihrem Freund mit dem Moped abgeholt. Der Sommer ging vorüber und Carlos verarbeitete seine erste unglückliche Schwärmerei mit selbstkomponierten Liedern und suchte Trost im Studium von Bildern mit leicht bekleideten Frauen in Hochglanz-Magazinen die er verstohlen in einer Trafik am Stadtrand erwarb. Er kam sich dabei natürlich sehr minderwertig vor und fühlte sich unglücklich wie der Held des Queen-Songs „Spread Your Wings And Fly Away".

Dann im Herbst bekamen Carlos Großeltern neue Nachbarn. Ein junges Paar zog ein, nachdem die alte Frau Gertner gestorben war.

Die beiden Leute waren den Großeltern von Anfang an suspekt, man munkelte, dass sie nicht verheiratet waren und nur in „wilder Ehe" zusammenlebten. Der Mann wirkte mit seinen langen dunklen Haaren wie ein Hippie, seine Partnerin aber mit dem halblangen rotblonden Schopf und den großen Kulleraugen hatte es Carlos angetan! Er konnte sie von seinem Fenster aus beobachten, wenn sie irgendwelche Arbeiten im Garten verrichtete, und seine Gedanken kreisten oft tagelang nur um sie. Die Gelegenheit sie kennenzulernen ergab sich indes unverhofft: Im Herbst besagten Jahres erschien das Album „The Wall" von Pink Floyd, ein Meilenstein in der Entwicklungsgeschichte vieler Jugendlicher. Carlos spielte die Platte ständig in seinem Zimmer, doch staunte er nicht schlecht, als er eines Nachmittags die vertrauten Klänge laut aus Nachbars Garten erschallen hörte. Das Paar war damit beschäftigt, Laub zusammenzukehren und wollte bei dieser Arbeit offenbar nicht ohne die neue Lieblingsmusik sein. Carlos Großeltern polterten von wegen Lärmbelästigung, doch er konnte nicht umhin, die jungen Leute für ihr Tun zu bewundern. Er wollte dies bei nächster Gelegenheit zum Ausdruck bringen. Am nächsten Tag schwang er sich auf sein Fahrrad, um eine kleine Ausfahrt zu machen. Dabei machte er wie zufällig einen kleinen Umweg, um bei seinen Nachbarn anzuläuten. Er staunte nicht schlecht, als ihm die Frau das Tor öffnete: Sie trug eine Art Kimono und ihre Kulleraugen musterten ihn aufmerksam, sie stellte sich ihm als Christina vor. Sie erklärte, dass ihr Mann gerade einkaufen gefahren war. Carlos erklärte nun stockend und verlegen, dass er gekommen sei, um – ja warum eigentlich – ach ja, um zu erklären, dass er auch sehr gerne „The Wall" von Pink Floyd mochte und es sehr toll gefunden hatte, dass sie das Album am Vorabend im Garten gespielt hatten. Christina lachte laut und erklärte: „Ja, das war wieder mal so eine Idee von meinem Karsten, er muss immer wieder sein Territorium markieren". Unter dem Kimono zeichneten sich Christinas makellose Beine ab und Carlos spürte instinktiv, dass ihm das Schicksal hier eine einmalige Gelegenheit eröffnet hatte, nämlich die Bekanntschaft einer interessanten Frau zu machen, die nur ein wenig älter war als er, ihm aber vieles an Erfahrung voraus hatte...

*

Carlos hatte nach dem Schulabschluss beruflich Karriere gemacht und Aufstieg und Fall der „Trans-Infinity" miterlebt. Vom österreichischen Traditionsunternehmen, das als Familienbetrieb begonnen hatte, war nach der feindlichen Übernahme ausländischer Geldgeber nicht mehr viel übrig. Kurzsichtige, profitorientierte Entscheidungen schädigten das einstmals gesunde Fundament des Unternehmens und über kurz oder lang herrschten Chaos und Anarchie, die Linke wusste nicht was die Rechte tat, die einzelnen Kostenstellen und Profitcenter bekriegten sich offen und die Manager kassierten ihre Boni. Natürlich fanden regelmäßige Hearings statt, doch dies waren lediglich Alibiaktionen um die Mitarbeiter und das mittlere Management zu beruhigen. Ein neues Gehaltsschema für die Außendienstmitarbeiter war eingeführt worden und hatte für große Unruhe gesorgt, denn es war umsatz- und margenorientiert. Doch die Vorgaben des Vorstandes waren praktisch nicht einzuhalten, es kam somit einer permanenten Gehaltsreduktion gleich. Der Präsident übte sich darin, zu beschwichtigen und bei Bedarf die einzelnen Abteilungen gegeneinander aufzustacheln. So erklärte er den Produktionsmitarbeitern, sie machten ja ohnedies gute Arbeit, aber LEIDER! Der Vertrieb und die Außendienstmitarbeiter befänden sich alle in einer Komfortzone und würden nicht spuren und nicht die entsprechenden Umsätze bringen, die erforderlich wären. Umgekehrt erklärte er dann bei den Vertriebsmeetings, in der Produktion „so viele Baustellen gleichzeitig zu haben", dass es schier unmöglich sei, den reibungslosen Ablauf zu gewährleisten.

Bei Carlos fiel der Groschen, als der Präsident der „Trans-Infinity" vor versammelter Mannschaft auf Widersprüche angesprochen, in die er sich verstrickte, erklärte: „Hören Sie mir doch auf mit Logik! Bei

Ihrer Frau zu Hause kommen Sie mit Logik ja auch nicht weiter." Als er dies Christina am Abend erzählte, rollte sie nur mit den Augen, und an diesem Tag fassten sie den Plan zu dem Attentat.

*

Die Ankündigung der Österreichischen Bundesregierung, sieben Moscheen zu schließen und vierzig Imame auszuweisen, löste in der Arabischen Welt wütende Proteste aus. Dazu kamen Hinweise, dass die Vorkommnisse in der Silvesternacht 2015/16 in Köln von einheimischen rechten Kreisen angestachelt bzw. sogar inszeniert worden waren, um die Flüchtlinge in Verruf zu bringen.

Fernsehbilder zeigten Ausschreitungen in mehreren Städten. Eine aufgebrachte Menschenmenge zündete österreichische Fahnen an, Kreuze wurden ins Feuer geworfen. Tausende streckten ihre Fäuste in die Luft und riefen Parolen wie „Heiliger Krieg gegen die EU!"

Im Demonstrationszug fand sich auch an einem Galgen baumelnd eine Marionette, deren Physiognomie eindeutig eine Karikatur des österreichischen Bundeskanzlers darstellte. Unter lautstarkem Geschrei landete schließlich die Puppe im Feuer.

Irgendwann wurde Carlos in der U-Bahn am Nachhauseweg von einem merkwürdigen Mann angesprochen. Er fragte ihn – obwohl es nicht Winter war: „Wü'st Schifoahrn?" Es mochte eine Verwechslung vorliegen. Carlos dachte erst, er hätte es mit einem Drogendealer zu tun oder einem Zuhälter, der ihm die Dienste einer Escort-Dame vermitteln wollte, doch nein – er gehörte zu einer radikalen Zelle, die anhand versteckter Codes ihr Personal für den Tag X rekrutierte.

Die Zeit schien reif zu sein für die Revolution...

*

APA-Meldung vom 28.April: „Der Trans-Infinity-Vorstand hat die ‚Komplettschließung des Werks in der buckligen Welt bis Ende 2023 vorgesehen', bestätigte der Arbeiter-Betriebsratschef der Belegschaft, was gestern erstmals nach außen drang. Dies ist für die 2.300 Beschäftigten ,ein Schlag ins Gesicht'. Laut Management sollen demnach Großteile des Werks nach Polen und in die Türkei verlegt werden.

Über eine im Vertrag enthaltene Wirtschaftlichkeitsklausel will, so der Betriebsrat, der Trans-Infinity-Konzern die bis 2030 geltenden Standort- und Beschäftigungssicherungsverträge für das Werk aufkündigen."

„Ein Selbstmordattentäter wäre jetzt gefragt" fuhr es Carlos durch den Sinn, „aber er soll dabei die Richtigen mitnehmen..."

*

Carlos selbstzerstörerische Form von Kompromisslosigkeit äußerte sich bei der Großdemonstration an jenem ersten Mai, die in Verbindung mit dem Attentat einige Wochen später endgültig den Umsturz bringen sollte. Ein Polizist stand ihm gegenüber und erklärte: „Sie können hier nicht durch! Wenn Sie hier die Absperrung passieren, gehören Sie zu diesem Mob da drüben, dann sind Sie im gesetzesfreien Raum, dann haben Sie mit uns NICHTS MEHR ZU TUN und sind ein Fall für das Innenministerium oder den Verfassungsschutz!" Carlos zückte sein Smartphone und begann den Polizisten zu filmen: „Und jetzt will ich Ihre Dienstnummer, sonst steht das morgen in allen Medien, die es gibt", schrie er den Polizisten an.

Sofort wurde Carlos von einem ganzen Bataillon von Polizisten umringt. Christina versuchte vergeblich, ihn zur Vernunft zu bewegen.

Unterdessen wurde jede neue Rede, die aus dem Parlament mit Lautsprechern übertragen wurde, von der Menge mit Buh-Rufen quittiert. Carlos schimpfte auf die Demonstranten, die ihren „friedlichen Protest" zum Ausdruck bringen wollten: „Na was hobt's glaubt, es Trottln es deppatn, I hob's von Anfang an g'wusst, dass de Einschränkungen unserer Freiheit nimmer z'ruckg'nomman werden, wos hobt's es glaubt? Ha Ha" Feixend blickte er dabei zu dem Polizei-Kordon der bedrohlich näher rückte. Christina versuchte nach wie vor, Carlos daran zu hindern, sich den vermummten Gestalten des „schwarzen Blocks" anzuschließen. „Wir sind die Generation am Scheideweg, wir müssen für eine bessere Welt alles in Frage stellen!", erklärte er ihr schreiend.

„Aber Du kannst doch nicht in Kauf nehmen, dass alles vernichtet wird, womöglich unser eigenes Leben dabei drauf geht..."

„Am Ende muss eine bessere Welt stehen, das ist alles was zählt. Wir müssen so kompromisslos sein wie seinerzeit die RAF, denn die da oben haben uns immer belogen und sie werden es weiter tun! ES LEBE DIE RAF!", schrie er jetzt und schwenkte ein selbstgemaltes Schild, auf dem das Datum „14. Mai 1970" aufgemalt war. Dann führte er noch aus: „Die RAF-Leute waren gute Terroristen, sie haben nur Polizisten und Exponenten des verhassten Systems angegriffen und keine zivilen Opfer verursacht!"

Christina stellte sich schützend vor ihn, als eine Reihe von Polizisten mit Visier auf ihn zustürmten, und schrie ihn an: „ES REICHT, Du Idiot! Das wird hier nichts..."

„Halt Dein blödes Maul, Du Trampel, das hier ist eine echte Widerstandsaktion und keine Kinderjause – fahr' ruhig heim zu deinen Eltern!" Dann sprühte er dem erstbesten Polizisten Pfefferspray ins Gesicht und sprang über die Absperrung.

Hier verliert sich Christinas Spur...

*

Unterdessen hatte der Kanzler die Bühne betreten und versuchte, sich bei der aufgebrachten Menge Gehör zu verschaffen, die ihn immer wieder mit Buh-Rufen unterbrach.

„...wir haben alles getan, um die Auswirkungen so gering wie möglich zu halten, und ich möchte auch Ihnen, meinen Kritikern, die Hand reichen..."

Da flog ein Ei auf die Bühne, der Kanzler schüttelte den Kopf und verließ diese. Carlos enterte die Bühne und ergriff das Mikrophon, angestachelt von den Genossen, die ihn hinaufgeschubst hatten. „Wir verlangen Ihren Rücktritt! Sie haben Politik für die Reichen gemacht, Sie haben Arbeitslose beleidigt, Sie haben eine Vermögenssteuer abgelehnt, Sie sind verantwortlich für eine Million Arbeitslose und jetzt wollen Sie uns die Hand reichen?! Stürmt das Parlament, stürmt das Bundeskanzleramt, nieder mit dem Regime!" Das Foto, das ihn mit vorgestrecktem Kinn und erhobener Faust hinter dem Mikrophon zeigte, war tags darauf in allen Zeitungen auf der Titelseite. Unterdessen waren mehrere Einsatzkommandos eingetroffen, um den Platz zu räumen. Carlos kam bei seiner Flucht der Umstand zu Hilfe, dass einer der Mistkübel an einem Verkehrszeichen nur locker befestigt war. Carlos riss ihn aus der Verankerung und schleuderte ihn dem nächstbesten Polizisten entgegen, der zu Boden ging. Dann eilte er zum nahen Treppenabgang der U-Bahn-Station Volkstheater. Dabei hatte er die „zündende" Idee, den Würstelstand als Schutzschild zu benützen. „So ein Pech aber auch, dass die Propangasflasche hier frei zugänglich bei der Tür steht", dachte er sich und zog den Schlauch aus dem Ventil, ließ es aber geöffnet. Dann gab er der Flasche einen Tritt und diese rollte den Verfolgern entgegen. Ehe er die Treppe hinunterlief, entriss er einem entgeisterten Passanten seine Zigarette und warf sie in Richtung der Gasflasche. Die dadurch ausgelöste Detonation setzte den Würstelstand in Brand, wodurch den Polizisten der Weg versperrt wurde. Carlos dachte vergnügt „Hasta La Vista!" und verschwand im U-Bahn-Schacht...

Zwiegespräch
(Teil 4)
Die Zeit des Erwachens

Damit kommen wir in die 90er Jahre, bleiben aber noch bei Schüttelfrost. Die frühen 90er Jahre waren bei mir durch den Berufseinstieg geprägt – nach dem Studium. Der nächste historische Fixpunkt, an den ich mich konkret erinnern kann, war im Frühjahr 1993 ein Konzert der Schüttelfrost Bluesband mit einem sehr bekannten Sänger. Wie lange war er bei Euch? Welche Erinnerungen hast Du an diese Phase?

Also die Geschichte war die: Wir haben gerade wieder mal keinen Sänger gehabt. Der Walter, der zwei Jahre bei uns gesungen hat, ist ausgestiegen, weil es ihm zu stressig war oder weil seine Freundin ihm Stress gemacht hat oder whatever. Wir sind also im Dezember 1992 ohne Sänger dagestanden. Es war im Gespräch, wieder mit dem Hömerl etwas zu machen, also mit Dialekt-Texten, aber der Ernesto wollte seine Klientel befriedigen, also die Eisenmänner auf den diversen Partys, wo wir gespielt haben, wo ZZ Top und Clapton und Cream-Klassiker gespielt werden mussten. Bei einer Weihnachtsfeier im „Nikodemus" sind diverse Stars der österreichischen Musikszene aufgetreten, z.B. Erwin Bros und unter anderem der Freddie. Ich war da g'rad munter unterwegs, hatte einen Schub in meiner Persönlichkeitsentwicklung gehabt - ich spreche in der Rückschau von der Zeit des Erwachens, das erzähl' ich dann noch - und habe den Freddie ganz frech angeredet: „Geh des wär doch lässig, könnten wir nicht just for fun „Smoke on the Water" spielen, ich habe Dich bei Deiner alten Band immer sehr bewundert..." Er sagte, „ja klar, mach ma!" Mit dabei war dann der David, der gerade Freddies Solo-Album produziert hatte und Keyboards spielte. Als Mitternachtseinlage haben wir dann „Smoke on the Water" gespielt und die Leute haben getobt! Und daraus entstand in weiterer Folge unsere

Zusammenarbeit. Wir haben dann im Frühjahr diesen Gig gespielt, bei dem Du dabei warst, und dann war's auch schon wieder vorbei. Wir sind beim einschlägigen Publikum nicht so gut angekommen, es wurden einige eigene Songs gespielt, die der Freddie komponiert hat. Er hat einen Song spontan für diesen Abend komponiert, ein simpler Rock-Hammer, das hätte genauso von Gotthard stammen können oder irgendeiner Band, die damals angesagt war. Mir hat's irrsinnig getaugt. Ich war bei ihm im Studio in seiner Villa, ich habe den Song im Studio eingespielt, den Gitarrenpart hat er entworfen und als Demo mit dem MIDI-Keyboard eingespielt. Er war einer der ersten die mit MIDI-Schnittstelle gearbeitet haben. Der Ernesto hat das dann im Nachhinein einstudiert. Wir haben bei diesem Konzert auch zwei Austro-Rock-Klassiker gespielt, „Be my friend" und „Heavy Metal Party" – die Reaktion des Publikums war aber leider eher verhalten...

Und so war es so schnell vorbei, wie es begonnen hat.

Für mich persönlich war das ein besonderer Wendepunkt in meinem Leben. Ich habe damals unter diesem Eindruck beschlossen, meinen Job zu kündigen und Berufsmusiker zu werden. Die Basis war schon in den Monaten davor gelegt worden. Nach einem Zusammenbruch im August 1992 hatte ich eine Psycho-Therapie absolviert, die mein „Erwachen" ausgelöst hat. Die Zusammenarbeit mit dem Freddie hat mir aber gezeigt, was ich eigentlich aus mir machen könnte. Wir haben damals so schnell nebenbei ein Werbevideo aufgezeichnet, das war so ein Zusatzjob, den der Freddie mir bzw. uns von der Schüttelfrost Blues Band verschafft hat. Er ist ja hauptberuflich Produzent und Komponist für Werbejingles etc.

Für eine Versicherungsanstalt haben wir einen Werbeclip gemacht, wo wir als Schauspieler eine Band gemimt haben. Die Hauptdarsteller der „Rahmenhandlung" waren ein bekannter Kabarettist und eine tolle blonde Fernsehansagerin – ich habe dieses Video heute noch, ist aber privat.

Wir haben damals jeder unsere Gage in bar auf die Hand bekommen, ich hatte also die Vision, von der Musik leben zu können, wenn ich solche Kontakte intensivieren würde. Ich müsste halt dies und das dafür tun...

Ich war an dem Tag dieses Schüttelfrost-Konzertes, wo Du dabei warst, ja irgendwie deprimiert, weil es gab da so eine Tante, eine Arbeitskollegin, die ich sehr verehrt hatte. Ich hatte sie eingeladen, sie ist aber nicht zum Konzert gekommen. Ich habe aber an diesem Tag eine andere Frau kennengelernt, eine Schauspielerin und Musical-Darstellerin, mit der wollte ich unbedingt was anfangen. Sie hat mein Leben grundlegend verändert. Sie hat mich irgendwie dazu inspiriert, dass ich meinen Job kündige, obwohl sie mir auch ihre praktischen Bedenken dazu geäußert hat. Ich war einen Monat lang ständig mit ihr unterwegs, aber landen konnte ich letztlich nicht bei ihr. Aus ihr wurde eine Opernsängerin...

Ich war dann mit dem Freddie als einziger der Schüttelfrost–Leute noch weiterhin in Verbindung, weil der Ernesto wollte nach besagtem Gig nichts mehr mit ihm zu tun haben. Er hat dann den Walter überredet, doch wieder bei Schüttelfrost einzusteigen. Der Dougie hat dann auch auf diese Linie eingeschwenkt, ich war also als einziger dann noch mit Freddie befreundet. Das ging dann erst zu Ende wie ich meine spätere Frau kennengelernt habe, was mir heute noch sehr leid tut.

Für meine Gesundheit war es letztendlich gut, wie es gekommen ist, weil der Tagesrhythmus von echten Berufsmusikern entspricht nicht dem meinen, und wenn ich mir den zu eigen gemacht hätte, würde ich heute vielleicht nicht mehr leben.

Diese Arbeitsweise – spontane Ideen, die Nacht durcharbeiten, etc. – ich bewundere das einerseits, aber meine innere Uhr ist langsamer. So speedig würde das bei mir nicht funktionieren.

Einerseits war das damals vielleicht Feigheit, andererseits vielleicht auch Selbsterhaltungstrieb, warum ich die Zusammenarbeit und die Freundschaft mit dem Freddie damals nicht weiter betrieben habe.

Ja, das war also dieses spannende Frühjahr 1993...

...aber Du warst im Grunde Profimusiker, und du kannst sagen, „ich habe es einmal probiert"...

... ich habe es einmal probiert, d.h. ich war ein Jahr arbeitslos, habe Arbeitslosengeld und Notstandshilfe bezogen, da musste ich mir zuletzt auf der Bank schon allerhand Blödheiten anhören. Vielleicht ist das ein österreichisches Phänomen: die Anständigen und Tüchtigen pflegen dann halt auf einen herabzuschauen...

Es hat mir dann schon Sorgen gemacht, nicht zu wissen, wie sich alles finanziell ausgeht und so, und Dolores, meine spätere erste Frau hat dann auch zu meinem „Settlement" beigetragen.

Hast Du damals schon zu schreiben begonnen als Journalist?

Nein, das war etwas später. Durch Dolores habe ich den Manfred kennengelernt, und der hat mich dann zum Schreiben gebracht. Und zwar habe ich 1994 für eine kleine Zeitschrift in Purkersdorf geschrieben, die erschien in Kleinstauflage. Das war so Lokalkolorit. Ich habe da einen Artikel geschrieben „20 Jahre Schüttelfrost", weil 1974 haben Dougie und Ernesto das erste Mal auf einem Dachboden musiziert. Dougie hat auf einer OMO-Trommel herumgedroschen und der Ernesto auf einer akustischen Gitarre mit fünf Seiten dazu gespielt, das war die heimliche Geburtsstunde von Schüttelfrost, so wird es erzählt. Darum habe ich so einen mutmaßenden Artikel geschrieben, ob es denn vielleicht eine Reunion gibt. 1994 gab es Schüttelfrost in dieser Form nämlich nicht mehr, ich habe da nicht mehr bei ihnen gespielt. Sie haben sich übrigens danach wieder reformiert, ich habe bei einem Bad-Fest in Gablitz auch einmal als Gastmusiker mitgespielt, das muss 1995 gewesen sein.

1994 war ich bei Deiner Hochzeitsparty dabei – in Erinnerung ist mir die speziell vorgefertigte Hintergrundmusik. Meiner Wahrnehmung nach hat Dich die Partnerschaft sehr gezähmt, du bist ja beinahe bürgerlich geworden.

In Gegenwart Deiner Frau hast Du sogar oft nach der Schrift gesprochen. Ist Dir das aufgefallen?

Also, dass ich nach der Schrift gesprochen habe, ist mir nicht aufgefallen, aber es ist sicherlich Fakt, dass ich damals einige Jahre nicht „within 2 Worlds", sondern extrem nur in einer Welt gelebt habe. Das war mir auch bewusst, und das ist auf Dauer nicht gut gegangen.

Da gab es Deine Schwiegereltern und das Haus im Lungau, später dann in Mariazell...

...ja, das hat mir alles irgendwie getaugt, es war Ersatz für eine Familie, die ich selber nicht gehabt habe. Es hat mir gefallen, weil ich gerne in den Bergen bin. Es gab ja anfangs diese Ferienwohnung in Tamsweg. Wie wir geheiratet haben gab es die Hochzeitsreise nach Venedig - ich will das alles jetzt nicht schlecht reden, aber es hat mir etwas Wesentliches gefehlt und das war auch ihr bewusst. Sie hat es auf Dauer nicht mit anderen Dingen kompensieren können, obwohl sie sich sehr bemüht hat und auf mich eingegangen ist. Sie ist gerne mit mir zu Konzerten gegangen, ich erinnere mich an Manfred Mann's Earthband und Deep Purple und sie war auch ein großer Fan von Ronnie James Dio. Sie hat die Karten gecheckt. Sie hat mich „versorgt" mit CD's, die ich mir selbst vielleicht gar nicht gekauft hätte. Trotzdem war das Leben dann ein ganz anderes als zuvor. Ich muss dazu auch anmerken, dass es in gewisser Weise natürlich als Weiterentwicklung zu sehen ist. Ich habe dann auch ganz andere Musikstile entdeckt und es beispielsweise genossen, dass wir zum Frühstück Barockmusik gehört haben.

Du hast Dich auch ihrem Leben angepasst, ihren Interessen?

Natürlich, es war ja eher eine Einbahnstraße. Ich habe ja den Kontakt zu Leuten wie dem Freddie abreißen lassen wegen ihr. Auch die Sängerin, von der ich Dir erzählt habe, in die ich irrsinnig verknallt war, die hat mir angeboten, „wir können ja Freunde bleiben". Ha ha! Eine No-Go-Phrase, aber in Wirklichkeit wäre es sehr, sehr klug gewesen, dieses Angebot anzunehmen, weil ich dadurch Kontakt gehabt hätte zu einer sehr breit gefächerten Musikszene, die von Musical bis was-weiß-ich-was gereicht hätte, und wo ich durchaus Connections aufbauen hätte können. Ich wäre möglicherweise irgendwo hineingekommen, mal schnell etwas zu spielen oder so, das hätte schon einen Sinn gehabt. Meine Frau hat das alles unmöglich gemacht, ich hatte nahezu keinen Kontakt zu früheren Freunden, da bist Du immer eine Ausnahme gewesen. Letztlich habe ich wegen ihr keine Musik mehr gemacht. Ich habe ja ihre Freunde sehr wohl akzeptiert, wobei das nicht unbedingt schlecht war. Der Manfred ist mir ein guter Freund geworden, den ich zuletzt vielleicht seltener gesehen habe, dem ich aber das Schreiben verdanke.

In welcher Phase hast Du keine Musik mehr gemacht?

Meinen letzten Gig mit Schüttelfrost habe ich 1994 gespielt, es war so ein Festl in Tullnerbach, zu dieser Zeit spielte ich auch noch bei Moonstruck, einer Band mit einer Sängerin. Wir spielten eine Mischung aus Covers und eigenen Sachen, der Gitarrist ist ein ziemlicher Steve-Lukather-Fan, wir haben also Songs von Toto gespielt, z.B. „Hold the Line". Wir haben sogar ein Demo-Band produziert. Von meiner Frau ist das irgendwie noch akzeptiert worden. Sie hat sich da als Managerin berufen gefühlt. Das hat sich dann aber alles zerschlagen. Unter anderem ein Grund war auch, dass der Gitarrist von außen einen „Manager" eingebracht hat, einen Profimusiker von einer Kommerzband, der auch eine Agentur betrieb. Er sagte mir, wie ich mich auf der Bühne bewegen soll, ha ha, da war's vorbei! Meine Frau und ich waren dann sehr häuslich und aufeinander fixiert. Ich habe dann diese ganzen Projekte gecancelt. Ich habe dann noch gespielt 1995 auf dem Bad-Fest mit Schüttelfrost, das war eine one-off-Geschichte, also ich habe zwei, drei Songs mit ihnen gespielt, und dann hat 1998 der Walter, der Sänger, seinen 40. Geburtstag gefeiert, da habe ich auch drei Nummern mit Schüttelfrost gespielt.

Dann habe ich erst wieder Musik zu machen begonnen irgendwann in den 2000er Jahren. Ich habe 2003 einen Auftritt gehabt mit einem obskuren, aber genialen Typen im „Cafe Carina", das war mein erster Auftritt nach langer Pause.

Ich habe Dich da irgendwo mal live gesehen...

...ja, das war 2004 mit ZOFF, der Deutschrock-Band im „u.s.w." in der Laudongasse.

...ich denke, ich habe Dich auch im „Cafe Carina" gesehen. Da ist dann nachher mit dem Hut abgesammelt worden...

... das ist so üblich in solchen Lokalen. Noch eine Anmerkung zum „u.s.w." – das war gewissermaßen mein Wohnzimmer, ich wohnte im Nebenhaus, ein sehr interessantes Gebäude! Es wurde noch vor dem Ersten Weltkrieg von Arthur Schnitzler errichtet. Er wohnte auch selbst darin, und ich bewohnte sozusagen die Hälfte seiner Wohnung im ersten Stock. Die Wohnung wurde also nachträglich geteilt. Es gab da einen merkwürdigen Lichtschacht, den konnte ich vom WC aus erreichen, wo sich früher eine Wendeltreppe befunden hat, die ins Erdgeschoß führte. Dort war in der Zwischenkriegszeit ein Wirtshaus gewesen, heute ist dort ein Golfgeschäft, die Treppe natürlich Geschichte bzw. die Decke über dem Erdgeschoß zugemauert. Der „Geist vom Schnitzler" hat mich also vielleicht auch zum Schreiben inspiriert, ha ha.

Beruflich hast Du nach der „Profi-Musiker"-Pause bei Summetsberger gearbeitet?

Nein, da war ich zuerst noch bei einer anderen Firma. Ich habe 1994 wieder begonnen, mich zu bewerben. Der Tod meiner Großmutter im Herbst 1993 hat mir einen ziemlichen Dämpfer gegeben. Ich habe gemerkt, es gibt kein Zurück mehr. Das Netz einer Familie war für mich nicht mehr gegeben.

Man hat mir ja seitens meiner Familie ein wenig unterschwellig kommuniziert, dass ich am Tod meiner Großmutter schuld bin, weil ich ausgezogen bin. Meine Reaktion war, „ihr könnt mich alle mal". Ich bin also bei meiner späteren ersten Frau eingezogen und habe begonnen, einen Job zu suchen. Ich hätte dann eine Möglichkeit gehabt, bei einer Firma in der Sandleitengasse anzufangen, die machen so Sicherheitssysteme, Schrankenanlagen usw., dort hätte ich Verkäufer sein können, dort hätte ich einen bestehenden Kundenstock übernommen, und hätte – wie man so sagt – Klinken putzen müssen. Der Nachteil wäre gewesen, dass ich mit Anzug und Krawatte und so herumlaufen hätte müssen, das ist nicht meine Welt, und eigentlich eine Art von Job, die ich nie wollte. Ein paar Tage, bevor ich dort anfangen hätte sollen, hat sich der andere Job aufgetan, wo ich sogar mehr verdient habe, daher habe ich bei der anderen Firma kurzfristig abgesagt.

Die waren natürlich not amused, dort bin ich seitdem auf der schwarzen Liste, har har. Rückblickend waren die folgenden drei Jahre eine sehr glückliche Zeit. Klar, ich war auch frisch verheiratet, habe es vor allem genossen, am Wochenende in Tamsweg zu sein, und am Montag früh etwas später zu arbeiten zu beginnen, weil ich erst in der Früh von Tamsweg nach Wien gefahren bin. Ich war also viel in den Bergen, habe das neue Familienglück genossen, und vergiss nicht: in den Neunziger Jahren war es noch leichter, Geld zu verdienen. Wir haben zum Beispiel damals im Justizpalast Datenkabel eingezogen, die Auftragssumme waren 300.000 Schilling, also nach heutigem Standard 20.000 Euro, für die Abrechnung und das Kollaudieren haben wir drei Monate gebraucht. Wenn Du das heute machst, verlierst Du Deinen Job, weil das rechnet sich ja nicht. Es gab da bei der Bundesbaudirektion Beamte, die das ganz genau gemacht haben, die haben jedes Kabel und jedes Rohr auf den Zentimeter genau nachgemessen. So etwas geht heute nimmer mit den heutigen Preisen und der heutigen Situation. Damals war Euphorie, Österreich kommt in die EU, alles wird super! Da war eine tolle Stimmung, so sehe ich das heute. Bei dieser Firma war ich bis 1997, bis sie in Konkurs gegangen ist. Was ich von dort mitgenommen habe ist, wie man kalkuliert, weil mir war klar, dass die Leute dort verschiedene Baustellen in den Sand gesetzt haben, weil sie vorher nicht genau gerechnet haben. Zuvor – bei der Firma Schrack – war ich eher „nur" Techniker gewesen, das „Kaufmännische" ist erst nachher so richtig dazugekommen, bei Summetsberger habe ich es dann perfektioniert.

Nach meiner Beobachtung hast Du Dich irgendwann vom Classic Rock (Black Sabbath, Purple Family, Heep, UFO etc.) abgewendet und Dich ganz anderen Musikrichtungen zugewandt – ging das schrittweise vor sich oder gab es da bestimmte Schlüsselerlebnisse?

Darf ich eine Gegenfrage stellen? Wann hast Du das wahrgenommen?

Na ja – „abgewendet" ist vielleicht ein zu starker Ausdruck, aber ich habe den Eindruck, dass es da irgendwann neue Einflüsse gab...
Wie ich Dir z.B. etwas von meiner Band Torso vorgespielt habe, spürte ich, dass diese Richtung nicht mehr so die Deine ist. Wir haben ja damals so in die Richtung Classic Rock gespielt. Das war durchaus schon in den Neunziger Jahren so.

Also in den Neunziger Jahren war ich schon noch sehr auf dieser Art von Musik drauf. Ich habe mich aber mit zunehmender

Entwicklung meiner Beziehung immer mehr in mich zurückgezogen und nur die alten Sachen gehört. Was in den Neunziger Jahren aber tatsächlich passiert ist, nämlich dass ich Jazz-Rock und Fusion mehr „zugelassen" habe, da war Manfred Mann's Earthband ein großes Thema, die hatten 1996 ein super Comeback – übrigens ein extrem tolles Konzert damals auf der Burg Clam gemeinsam mit Toto, werde ich nie vergessen. Sie spielten „Shelter from the Storm" und der Regen hörte auf. Es war aber so gesehen immer noch Classic Rock, was ich gehört habe. Die richtige Wende kam dann nach meiner Scheidung und wie ich dann den Herbie wieder getroffen habe in Purkersdorf und mit ihm dieses Dub-Projekt gestartet habe, aber das war 2004. Da habe ich dann begonnen, ganz andere Musik zuzulassen, weil ich da so ein „Scheiß- drauf"-Feeling gehabt habe, nach dem Motto „jetzt bin ich allein, kann endlich tun was ich will" – und da habe ich alles über Bord geworfen, auch in gewisser Weise meinen früheren Musikgeschmack.

Deine Ehe hat ca. 10 Jahre gedauert...

Ja, die Beziehung – also wir haben uns im Frühjahr 1993 kennengelernt, und die Trennung war im Frühjahr 2003, die Scheidung war übrigens am 4. Juli 2003. Der Tag ist mir so in Erinnerung, weil da am Abend auf der Donaubühne in Tulln Van Morrison und Candy Dulfer gespielt haben. Ich habe damals für die Volksstimme einen Artikel über dieses Konzert geschrieben, ich war dort sozusagen als Reporter tätig. Das war rückblickend ein super Tag – ha ha – erst einmal die Scheidung, und dann gebe ich Vollgas und fahre gleich einmal auf ein g'scheites Konzert...

Und das war auch irgendwie schon ganz andere Musik, als ich in früheren Jahren gehört habe – Van Morrison und Candy Dulfer – da ist schon etwas passiert. Candy Dulfer kannte ich vorher nicht, DAS war ein Schlüsselerlebnis. Es war, musst Du Dir vorstellen, der einzige verregnete und kalte Tag in diesem ansonsten heißen Sommer 2003.

Van Morrison mit seiner grantigen Art hat die Leute nicht wirklich bewegt, manche sind schon heimgegangen, und dann kommt die „Tante" auf die Bühne, und es war binnen kurzem eine Hexenkessel. Das ist sowas von gefahren...

Ich will nicht zu persönlich werden, aber warum hat diese Ehe nicht funktioniert? Heutzutage ist es eh normal, dass keine Ehe lang hält...

Dazu fällt mir ein: weil ich mich nicht durchgesetzt habe, weil ich meine „andere Seite" verleugnet habe über Jahre, das geht nicht gut, weil wir nicht hundertprozentig zusammengepasst haben, sie war vielleicht möglicherweise unter Umständen auch nicht meine „Traumfrau", sofern es die überhaupt gibt...

Was, Du hast eine Frau geheiratet, die nicht Deine Traumfrau ist?

Du denkst Dir halt, „okay, es gibt viele Dinge, wo wir übereinstimmen, da schwingen Saiten gemeinsam". Bringen wir es mal auf den Punkt, du denkst Dir, es könnte schon etwas werden, da gibt es Interessen, das war bei ihr musikalisch ganz sicher so. Sie war halt irgendwie so hippie-mäßig, hat viel gehört von Crosby Stills Nash and Young und von Janis Joplin, sie hat aber eben auch für meine Sachen etwas übrig gehabt. Die Musik bei unserer Hochzeit hat sie mit zusammengestellt. Ihr hat Glenn Hughes sehr gut gefallen, ihr hat Deep Purple gefallen, Manfred Mann sowieso. Da war Gemeinsamkeit, zum Beispiel die Liebe zur Natur und das Wandern, wenn es auch nicht so extrem ausgebildet war wie bei mir. Die Suppe war aber auf lange Sicht trotzdem zu dünn – es reichte nicht für ein ganzes Leben, sie ging dann zuletzt oft am Abend allein aus – ohne mich. Weißt Du, es kommt dann der Moment, da sitzt Du ihr im Urlaub in Paris in einem Lokal gegenüber und merkst, man hat einander nichts zu erzählen. Ich erinnere mich noch, es war ein kalter Februartag 2003, wir hatten Versailles besichtigt und saßen danach in einer Art Bistro auf dem Lande, es gab eine dicke Suppe mit groben Fleischstücken drin und starken Rotwein – eigentlich ein schöner stimmungsvoller Moment, aber es kündigte sich eben doch das Ende an...

Hast Du eigentlich Fotos von Deiner Hochzeitsparty?

Nein. Die Fotos hat alle meine Ex-Frau Nr.1.

Schade, ich hätte gerne ein Foto von mir selbst aus diesem Jahr...

Du warst ja dort einer der großen Stars, haben alle gemeint – so nach dem Motto, „wer war der große Fesche mit den schwarzen Haaren?"

Ich kann mich nur mehr an die Frau Deines Bruders erinnern, ich bin neben ihr gesessen und sie hat mich irgendwie „angebraten", und an Deine Mutter. War der Dougie eigentlich auch dabei?

Der Dougie war dabei – er war der erste, der ein Stück von der Hochzeitstorte verzehrt hat. Er und der Hannes, der für Schüttelfrost die Tontechnik gemacht hat – da gab es meiner Meinung nach so ein Foto: die von Dolores und mir angeschnittene Torte, und dahinter schon am Sprung Dougie und Hannes mit gierigem Blick – ha ha.
Das war die Hochzeit...

Wie kommt es, dass Du nie von einer wirklich potenten Band engagiert wurdest? Gemeint ist eine Band, die den Status der Nachwuchsband bereits hinter sich gelassen hat – die Kultband Schüttelfrost sei hier außen vor gelassen. Die Fähigkeiten und das Potenzial und Image waren ja eigentlich gegeben. Warst Du beruflich zu sehr eingeschränkt?

Ich würde nicht sagen eingeschränkt. Wahrscheinlich habe ich das Auftreten nicht und auch nicht den Willen dazu. Da musst Du einfach härter arbeiten. Drittens bin ich zu introvertiert, weil darauf warten, dass dich wer engagiert, ist zu wenig! Diese historische Chance habe ich versäumt in der Zeit, als ich mit dem Freddie und dieser Musical-Sängerin unterwegs war, da hätte ich die Chance gehabt, Leute kennenzulernen und mich wichtig zu machen. Das habe ich nicht gemacht, ich war da viel zu introvertiert.

Du meinst das „Networking"...

Ja – wahrscheinlich sind die Networking-Fähigkeiten bei mir nicht so gegeben, man könnte das bösartig auch als „sozialen Defekt" bezeichnen.

Und man kann sich nicht einfach auf seinen Beruf hinausreden. Ich hätte sicherlich ganz einfach mehr üben müssen. Ich merke es auch jetzt, ich übe einfach zu wenig. Geezer Butler sagte zu mir in diesem denkwürdigen Interview für die Zeitschrift „SLAM" 2005, man muss täglich üben, und wenn es nur fünf Minuten sind. Das stimmt! Wenn Du nicht täglich auf Deinem Instrument arbeitest, wird das nichts. Alles andere ist Selbstbetrug.

1993, wie ich noch bei Schüttelfrost gespielt habe, parallel dazu dieses „Moonstruck"-Projekt gehabt habe, da habe ich gemerkt, was eigentlich geht bzw. möglich ist. Da hatte ich pro Woche drei Band-Proben, wir hatten ja ein Schüttelfrost-Side-Projekt namens „Mike the Hammer" mit dem Sohn vom Egon am Schlagzeug. Er ist heute übrigens Berufsmusiker, spielt bei zig Projekten, Rockabilly usw. Schau Dir mal King C. Curtis an, da ist er auch dabei, die haben auch so eine nette Burlesque-Tänzerin dabei...

Also damals, 1993, habe ich gemerkt, was alles möglich ist, wenn man viel übt. Drei- bis viermal die Woche war ich im Proberaum, ich habe dort auch allein aufgenommen – wir hatten da diese Tonbandmaschine, die wir dem Peter Cornelius abgekauft haben –

und hätte ich so weitergemacht, hätte ich das Potential gehabt, bei einer namhaften Band zu spielen – erstens.

Und wenn ich zweitens eben das Networking betrieben hätte, wie Du sagst, wäre ich vielleicht bei einer namhaften Band untergekommen.

Hast Du das jemals bereut oder nimmst Du das einfach so hin?

Gute Frage! Natürlich bereue ich es. Weil, wenn ich mir heute irgendwelche Konzerte ansehe, denke ich mir oft, „wenn Du Dich damals mehr angestrengt hättest, könntest Du das auch machen..."

5
Kinder des Zölibats

Gustave

Jesus died for somebody's sins but not mine *)
*) Patti Smith, Gloria, 1975

Seine früheste Kindheitserinnerung bezog sich auf seinen „Aufenthalt". Schwer bepackt mit einer Reisetasche wurde das Kind auf die beschwerliche Fahrt nach Wolfstal geschickt, ein Ort nahe Hainburg an der Donau, am Rande der freien Welt. Das Kind entstieg dem schmutzig grünen Wagon des Zuges, der rußige Auspuff der Diesellokomotive mischte sich mit dem Nebel, der den Wachturm auf der anderen Seite der Grenze nur schemenhaft erkennen ließ. In der schweren Tasche befand sich neben ein wenig Wäsche zum Wechseln vor allem Geselchtes, Käse und Brot – Geschenke für den Herrn Pfarrer, der in seiner Güte über die befleckte Herkunft des Bankerten hinwegsah, und wohl auch um den „Himmelvater" zu beschwichtigen. Seine Großmutter hatte mehrfach angekündigt, sich vor den Zug zu werfen „ob der Schand" – und so war es die einzige Möglichkeit, die blieb: das Kind musste weg, zumindest für eine gewisse Zeit, bis Gras über die Sache gewachsen war. Das Nächste, das Gustave in diesem Zusammenhang in Erinnerung blieb, war der Geruch des Hühnerstalls, der sich im hinteren Teil des Hofs des Herrn Pfarrers befand und – so schien es Gustave – sich in allen Kleidern festsetzte und nicht mehr wegzubringen war und von dem die gesamte Ortschaft erfüllt war.

Der Herr Pfarrer hatte bei den Buben einen Trumpf in der Hand – seine Modelleisenbahn. Eine riesige Anlage auf einer Holzplatte mit Modellhäuschen und Berglandschaften aus alten Teppichen, die mit

Gips verfestigt wurden und mit echten Kieselsteinen belegt waren, die Felsbrocken vorgaben. Aus Kugelschreibern hatte er Laternenmasten gefertigt, in deren Inneren zwei dünne Drähte zur kleinen Glühbirne an der Spitze verlegt waren. Am liebsten hatte es der kleine Gustave, wenn er in den Abendstunden mit der Eisenbahn spielen durfte und diese Laternen als kleine helle Punkte ein geheimnisvolles Licht in das „Eisenbahn-Zimmer" zauberten – heile Welt am Rande des Abgrunds. Das gemeinschaftliche Essen war hingegen immer eine Qual, alles was auf den Tisch kam, musste aufgegessen werden, „sonst schimpft der Himmelvater", hieß es.

Beata, die geheimnisvolle fremde Frau, die bei Nacht und Nebel über die Grenze aus dem Osten gekommen war, sprach kaum ein Wort, Gustave war sich nicht einmal sicher, ob sie der deutschen Sprache mächtig war. Nicht im Traum wäre ihm eingefallen, sie mit den wimmernden Geräuschen in Verbindung zu bringen, die nächtens aus dem Zimmer des Herrn Pfarrers drangen.

Und es begab sich, dass Gustave am frühen Morgen auf die Toilette in den Hof musste. Am Rückweg, als er am Badezimmer vorbeikam, hörte er aus diesem Geräusche: „AUS – AUUUS!", vernahm er die Stimme des Herrn Pfarrers, und immer wieder „aus Beatrix – nicht weiter – nicht hierher!" Die Frau kicherte und lachte, dann machte sie „Psst!", und dann hörte er die feste Stimme des Herrn Pfarrers: „Was in diesem Raum passiert, ist Privatsache!"

Dann hörte er den Pfarrer aufschreien „oh mein Gott – vergib mir!" Dann war es wieder still bis auf das Geräusch rinnenden Wassers. Das Kind hatte aus einschlägigen asiatischen Filmchen, die im „Pfarrboten" mit dem Prädikat „Für Erwachsene mit ernstem Vorbehalt" gekennzeichnet waren und im Fernsehen spät nachts liefen – wovon nur hinter vorgehaltener Hand gesprochen wurde – er hatte also schon vage eine Vorstellung davon, wie es sein konnte, wenn Mann und Frau zusammen duschten oder ein Bad nahmen. Bei der Erkenntnis, dass der Herr Pfarrer sich nun diese verbotenen

Freuden gönnte, kämpften in seinem Inneren Faszination für das Böse gegen die Angst vor dem Fegefeuer, die Lust am Körper gegen die angebliche Reinheit der Seele. Unter diesem Eindruck schlich der Bub in sein Zimmer. Noch spät in der Nacht vermeinte er, aus dem unteren Stockwerk die Stimme des Herrn Pfarrers zu hören: „Aus, Beatrix, Aus! Aus! Aus!" Nach kurzer Zeit war ein erschöpftes „Au Weh, Au Weh!" zu vernehmen...

Früh am Morgen konnte er von seinem Fenster aus den Herrn Pfarrer beobachten, der im Hof entlang der Hauswand bis zum Sicherungskasten schlich, wo sich der Stromzähler befand. Er öffnete die Tür aus rostigem Blech und zum Vorschein kam eine Weinflasche, aus welcher der Pfarrer nun einen tiefen Schluck tat, sich sodann über den Mund wischte und die Flasche wieder in ihrem Versteck verstaute. Nun war Gustave der säuerliche Geruch klar, den der Pfarrer gelegentlich verströmte...

Erst viel später wurde ihm die Bedeutung des Nachttopfs in des Pfarrers Zimmer bewusst - offiziell gab es den Nachttopf deshalb, weil es in der Nacht oftmals zu kalt und zu unbequem war, über den Hof zur Toilette im hinteren Teil des Gartens zu gehen.

...als er nämlich den Stapel „illustrierte" Zeitungen im Hohlraum der Eckbank in der Küche entdeckte. Auf dieser Eckbank saß Gustave immer, um seinen Frühstückskaffee zu trinken. Er liebte diesen Platz, wo durch das Fenster die Morgensonne hereinschien und es heimelig war, selbst wenn es draußen bitterkalt war.

Der dicke Franz, der Ministrant aus der Nachbarschaft, vom Pfarrer „Ferenz" gerufen, wusste auch gar manche Geschichte zu erzählen, so zum Beispiel, dass er durch das Schlüsselloch in das Zimmer des Herrn Pfarrers geblickt und Beata gesehen hätte, wie sie nur mit einer

Strumpfhose und einem Büstenhalter bekleidet herumgelaufen sei. Dabei hatten die Buben rote Ohren bekommen...

Der Ferenz hatte den kleinen Gustave auch in die Welt der illustrierten Zeitschriften eingeweiht. Hier hatte er das erste Mal gesehen, dass erwachsene Menschen Haare im Intimbereich haben und Ferenz hatte ihm altklug erklärt: „Wer hier keine Haare hat, gehört erschossen!" Daraufhin war Gustave sich sehr minderwertig vorgekommen.

Und dann hatte ihn der Ferenz noch blamiert, als sie nämlich die Beata beim Einkaufen trafen, da erwähnte er beiläufig Gustaves Bemerkung, er finde, „Beata sei ein merkwürdiger Name" – da war Gustave knallrot geworden und befürchtete nun, bei ihr für ewig untendurch zu sein.

Und es begab sich an einem Sommertag, wo er mit dem Franz im Hof Fußball spielte, und plötzlich entdeckten Sie, dass sich Beata hinter dem Hühnerstall auf einer Gartenliege sonnte. Erst fiel Ihr Blick auf das Kopftuch, mit dem sie die Stirn bedeckt hatte, dann auf die modischen Sonnenbrillen und schließlich auf den zweiteiligen Badeanzug und eine Menge Haut. Der Franz hatte die gute Idee, den Ball „aus Versehen" über den Hühnerstall zu schießen, dann hätten sie einen Grund, sich Beata anzunähern und sie genauer zu betrachten. Gesagt getan, doch die beiden Buben waren nicht die einzigen, denen „die Badenixe" aufgefallen war. Die Mutter vom Franz war gerade zufällig vorbeigekommen, um etwas aus dem Gemüsegarten zu holen, und ereiferte sich sofort: „Was braucht die im Bikini im Garten liegen? Des is jo unerhört!" Sie stellte sich schützend vor die Buben, dass sie nicht vom Anblick der halbnackten Frau verdorben würden, beeilte sich, diese von diesem Ort weg zu bringen, und aus der Ferne hörten sie dann die wohlbekannte Stimme des Herrn Pfarrers: „Was fällt dir ein, hier in diesem Badezimmer-Kostüm herumzulaufen? Bedecke Deine Blöße, Du Schamlose!"

Irgendwann war Beata dann plötzlich weg. Viel später hatte Gustave erfahren, dass sie in ein Spital gebracht worden war und dass er jetzt „ein Brüderchen" hatte.

Kurz danach war Gustaves „Aufenthalt" beendet. Er besuchte in Wien die Höhere Technische Lehranstalt in Wien 1, Schellinggasse, eine reine Bubenschule. Die blonde Sekretärin des Werkstättenleiters, mit der Gustave im Fach „Arbeitsvorbereitung" gelegentlich zu tun hatte, machte ihn schließlich Beata vergessen, auch wenn sie natürlich allen Schülern nur die kalte Schulter zeigte. Dann kam die Exkursion zu Siemens in das Werk am Flötzersteig. Es war gegen Schulschluss, also sehr heiß, und sie sahen den Löterinnen bei ihrer Arbeit zu. Einige hatten unter ihren Arbeitsmänteln wegen der Hitze nicht all zu viel an, was den jugendlichen Gustave sehr beeindruckte. Im nahen Schutzhaus am Ameisbach fand der Ausklang der Exkursion statt und Gustave ertränkte seine Sehnsüchte in seinem ersten Bier...

Hochwürden, nach außen ein Prälat ohne Milde, war, wenn er konnte, mit Frauen wie Beata zu Gange, für die übrigens der schmähliche Begriff „Zölibatessen" kursierte, und wenn keine solche verfügbar war, erfreute er sich zumindest an den Obszönitäten in seinen „illustrierten Zeitschriften" und natürlich am Wein. Irgendwann, als das Gerede der Leute im Ort und „die Schand" unüberhör- und unübersehbar waren, wurde der Pfarrer nach Stift Heiligenkreuz „versetzt". Kloster Schönbühel in der Wachau war er gerade noch entronnen, denn dort wäre ihm nichts anderes übrig geblieben, als sich vom Felsen in die tief unter dem Kloster dahinbrausende Donau zu stürzen, war doch die schöne Wirtstochter aus dem Ort so unerreichbar fern für ihn. Heiligenkreuz im Wienerwald war von der Stadt nun nicht so weit entfernt, dass es ihm nicht zumindest hin und wieder möglich gewesen wäre, „für gewisse Anlässe" mit Bus und Zug in diese zu fahren...

Jahre später, als Gustave bereits den Führerschein hatte, durfte er einmal den Pfarrer mit dem Auto mitnehmen. Es war Ende April 1986, Europa war im Banne der Tschernobyl-Katastrophe. Man sollte sich nicht viel im Freien aufhalten, und so hatte der Pfarrer Gustave angerufen und gebeten, er möge ihn frühmorgens abholen. Gustave war an diesem Morgen seltsam berührt. Es war Frühling, die Bäume standen in voller Blüte, der Wald begann langsam grün zu werden, und dennoch hatte diese Welt plötzlich etwas Lebensfeindliches und Unwirkliches an sich. Gustave machte auf seiner Route zur Arbeit also einen Umweg, und holte den Pfarrer in Heiligenkreuz ab. Wie eh und je verströmte er den säuerlichen Geruch des Alkohols, als er in Gustaves Auto einstieg. Gustave vermutete, dass es wohl auch in der Einsiedelei zu Heiligenkreuz ein Versteck für Weinflaschen geben mochte wie weiland „im Hof". Er fuhr den Herrn Pfarrer in die Stadt zu einem nicht näher genannten „Termin". In jeder Kurve, die Gustave mit hoher Geschwindigkeit nahm, rief der Pfarrer aus, „nau servas, nau servas, der Wagen geht ja ziemlich schnell! Der geht SO!" Dabei machte er eine Geste mit der Hand, wobei er mit den Fingern ein „o" formte. Dann schüttelte er wieder den Kopf und murmelte, „ja ja ja ja..."

Unvermittelt fragte er dann, „onanierst Du viel?" Gustave tat, als habe er nicht recht gehört, und schluckte eine Antwort hinunter. Dann brummte der Gottesmann, „...es ist nicht gut, wenn man viel onaniert, man muss sich BEHERRSCHEN".

Unterdessen waren sie in der Stadt angekommen, grauer Himmel wölbte sich über dem schmucklosen Platz vor dem Bahnhof der S-Bahn - eine architektonische Wüstenei, ein Gemisch aus Alt- und Neu, wahllos aneinandergereiht, Beton- und Glasfassaden und ein Fachwerkbau, letztes Relikt der längst stillgelegten Brauerei, davor die Plattformen, wo die Regionalbusse hielten. Hier entließ er Hochwürden, der sich rasch in Richtung S-Bahn-Station entfernte.

*

(...in a different time and place)

Die Geleise der Verbindungsbahn gaben auch diesem Stadtteil zwei Antlitze – hier die schönen Villen inmitten großer Gärten mit hohen Bäumen, dort graue Fassaden, alte Industrie-Backsteinbauten und Tristesse. Wien-Hetzendorf hatte, so wie viele andere Bezirke, eben auch seine „entern Gründ".

Während draußen ein Güterzug vorbeifuhr, bettelte der Mann hinter blinden Fenstern: „Ich will sterben! Arabella, mach ein Ende, es ist an der Zeit zu sterben..." „Warum willst Du sterben, Monsignore? Und außerdem bin ich nicht Arabella, das habe ich Dir schon vorhin gesagt..." Doch für ihn war sie in diesem Moment Arabella, die unerreichbare Schönste aller Schönen, eine Gestalt aus der Literatur, aus den Erzählungen und Gedichten eines Unglücklichen, verzweifelt wie er selbst. Seine Kräfte verließen ihn, ihm versagte seine Stimme. „...aber, Du kannst doch gar nicht mehr, Monsignore, oder möchtest Du, dass ich Monsieur zu dir sage? Komm lass es gut sein für heute!" „Nein, ich brauchte nur ein Whiskey-Cola, und dann lassen wir's gemeinsam krachen", flüsterte dieser und deutete zum Perlenvorhang, hinter dem er Stimmen und Gekicher hörte und wo er Arabellas Kolleginnen, die er die „Schwestern des Bösen" nannte, undeutlich erkennen konnte.

Das Getränk und das Massageöl ließen seine Lebensgeister für ganz kurze Zeit zurückkehren. Er versuchte, Arabellas Hand zu ergreifen, seine Finger krallten sich in etwas, wo es nichts mehr zu halten gab, sie zog ihre Hand zurück, erschrocken ob der Kälte – diese, seine letzten Schritte musste er alleine tun, so wie dies allen Lebewesen bestimmt ist.

Das Fenster zum Gleis

Die Adresse „Obere Bahngasse Nr. 18" im dritten Wiener Gemeindebezirk weist eine Besonderheit auf, denn im ersten Stock, der sogenannten „Belletage", gibt es ein Erkerzimmer, dessen Fenster genau auf jenes Areal blicken, das in unseliger Vergangenheit als Aspangbahnhof traurige Bekanntheit erlangte. Diesseits der Gleise herrschaftliche Gründerzeithäuser, auf der anderen Seite eine Gstettn, seit der Bahnhof in den frühen 1970er Jahren aufgelassen worden war. Im Haus auf Nr. 18 hatte Mariannes Großmutter gewohnt und ihre Kindheit verbracht. Marianne erinnerte sich, dass sie als Kind oft an der Hand der Großmutter durch das Fasanviertel gegangen war und die Großmutter hier und da etwas zu erzählen wusste. Damals, als es in der Hohlweggasse noch einen Fleischhauer und eine Geflügelhandlung gab, lange vor der Zeit, da die Supermärkte entstanden waren, wo frau sich alles selbst suchen musste statt bedient zu werden - und am Schluss noch an der Kasse anstehen, wie entsetzlich! Merkwürdig berührt blickte die Großmutter immer dann, wenn über die Gleise der S-Bahn ein Zug vorbeidonnerte, und erst viel später erfuhr Marianne, welch entsetzliche Dinge die Großmutter vom Fenster ihres Kinderzimmers aus beobachtet haben musste.

Dazu muss man wissen, dass hier eine breite Häuserschneise den früheren Verlauf des Wiener Neustädter Kanals anzeigt, der von den Industriegebieten aus dem Wiener Becken südlich der Stadt kommend hier beim Fasanplatz die Richtung abänderte, um beim ursprünglichen Hafenbecken beim heutigen Zentrum Wien Mitte zu enden. In den späten 1870er Jahren wurde auf der Trasse des mittlerweile zugeschütteten Kanals jene Bahn errichtet, die ursprünglich Wien und Saloniki verbinden sollte, aber vorerst in Aspang im Wechselgebiet, später in Fehring in der Steiermark endete. Karl Ritter von Ghega aber war um jene Zeit beauftragt worden, eine Verbindungsbahn zwischen den Wiener Kopfbahnhöfen zu errichten, im Bereich zwischen dem Aspangbahnhof und der Station Rennweg beim Fasanplatz erfolgte eine Verbindung der beiden Bahnstrecken. Für Marianne war die Station Rennweg der späteren Schnellbahn-Stammstrecke so etwas wie ihr Heimatbahnhof. Als die Großmutter noch ein Kind gewesen war, zur Zeit des Zweiten Weltkriegs, fuhren über die Verbindungsbahnstrecke nur wenige Berufsfahrerzüge, ansonsten war sie dem „Güterverkehr" vorbehalten. Die Großmutter hatte hier früh morgens einen dieser Züge benutzt, um zum Südbahnhof zu gelangen, wo sie das Wiedner Gymnasium besucht hatte. Die Güterzüge, die dann gelegentlich an ihr vorbei Richtung Bahnhof Hauptzollamt, heute Wien-Mitte, rollten, waren versperrt und versiegelt und sie führten eine menschliche Fracht des Grauens. Die Menschen waren in der Stadt unter Gejohle der Schaulustigen zusammengetrieben worden, waren in Lastkraftwägen herangekarrt und unter Androhung von Schlägen in die Wagons getrieben worden, die dann auf dem Gelände des Aspangbahnhofes tagelang in der Sonne standen, die Schreie der Menschen waren bis herauf in ihr Zimmer zu hören, was sich in den Wagons abspielen mochte, wollte sie sich nicht vorstellen. Die Züge fuhren über die Verbindungsbahn und dann weiter über die Nordbahnstrecke Richtung Polen zu den Vernichtungslagern. Der Aspangbahnhof war für diese „Funktion" auserkoren worden, weil er abgelegen lag und verkehrstechnisch damals schon eine untergeordnete Rolle spielte, somit ohne große Folgen für den – kriegsbedingt ohnehin eingeschränkten – Personenverkehr gesperrt werden konnte. Die Schergen jenes unmenschlichen Regimes hätten nie vermutet, dass eine kindliche Beobachterin ihr Wissen nach fast acht Jahrzehnten ihrer Enkelin weitergeben würde – sie legte damit das Fundament für Mariannes humanistisches Denken.

Marianne

Die Hackstocks hatten bereits ein ereignisreiches Leben hinter sich, als die Revolution über die einstige Insel der Seligen rollte.

Ludmilla war die Tochter eines jüdisch-polnischen Schulmeisters, der mit seiner Familie nach Westdeutschland geflohen war. Sie lernte Karl Hackstock während eines Kurzurlaubes Ende der Siebziger Jahre in einer Wiener Diskothek kennen. Sie war gut zehn Jahre jünger als er. Auch sie brachte ein Kind aus einer früheren Beziehung mit. Lange zögerte Karl, Ludmilla seinen Eltern, die inzwischen schon etwas betagt waren, vorzustellen. Er wartete damit bis 1984, als sein Vater gestorben war. Sein Sohn Karli, inzwischen erwachsen geworden – er wurde von seinen Freunden nur Carlos gerufen, lebte immer noch bei der Großmutter. Karl Hackstock ging schließlich mit Ludmilla Ehe Nummer drei ein. Er adoptierte Ludmillas Tochter und ermöglichte ihr ein Studium. Nach seiner Pensionierung Anfang der Neunziger Jahre verbrachte er seine Zeit mit vielen Reisen und dem Studium der Geologie, das ihm schließlich sogar den Titel „Professor" einbrachte. Erst ein Schlaganfall beendete sein umtriebiges Dasein, wobei er anfangs die Tragweite gar nicht erkannte und sich nur in seiner Bewegungsfreiheit eingeschränkt sah. Jedoch verschlechterte sich Karls Zustand zusehends und machte ihn so zum Pflegefall.

Nun lag der Professor teilnahmslos im Bett und starrte an die Decke, seine Frau blickte dagegen aufgeweckt drein und ersuchte Marianne, eine Duftkerze anzuzünden. Die folgende Stunde verging wie im Flug mit eingeübten, oftmals durchgeführten Handgriffen. Zuerst leerte Marianne den Nachttopf aus, der neben dem Bett auf der Seite von Ludmilla stand. Dann bereitete Marianne ein Essen zu, dazwischen räumte sie die Waschmaschine aus und putzte danach die Wohnung, während Ludmilla im Bett aß und ihren Mann fütterte. Sie musste sich dazwischen immer wieder hinlegen um auszuruhen. Marianne übernahm das Füttern des Professors. Danach begann der

schwierige Teil der Arbeit. Sie half Ludmilla beim Auskleiden, ging mit ihr ins Bad, half ihr beim Waschen, zog sie wieder an. Danach musste der Professor aus dem Bett in den Rollstuhl gehievt werden. Marianne fuhr dann auch mit ihm zum Bad, wusch ihn, zog ihm eine neue Windel an. Danach brachte sie ihn wieder ins Bett. Nun musste sie noch die Schmutzwäsche in die Waschmaschine tun. Vorher brachte Marianne Ludmilla ins Bett, zog ihr den Schlafrock aus. Während Ludmilla im Badezimmer die Waschmaschine einräumte, war plötzlich zum ersten Mal seit geraumer Zeit die Stimme des alten Professors aus dem Schlafzimmer zu hören. Er stieß stoßweise Laute hervor. „Strümpfe", konnte Marianne nun verstehen, und dann noch einmal lauter, eindringlicher, fast ärgerlich „Strümpfe!" Ludmilla hatte versucht, ihren Mann zu beruhigen, strich über seine Stirn. Nun ergriff sie die Hand ihres Mannes, sie ließ ihn den Stoff der Strumpfhose fühlen, die sie unter ihrem altmodischen Nachthemd trug, und bald darauf seufzte der Professor zufrieden „Strümpfe...".
Marianne hatte diskret im Badezimmer gewartet, nun kehrte sie in das Schlafzimmer der beiden alten Leute zurück. Professor Hackstock war erschöpft eingeschlafen, sein Kopf zur Seite gekippt. Marianne richtete noch den frisch ausgewaschenen Nachttopf her und überzeugte sich auch davon, dass die Batterien des Mobiltelefons, das am Nachttisch lag, aufgeladen waren. Danach verabschiedete sie sich und machte sich auf den Heimweg. Wieder wurden an der Zonengrenze ihre Personalien überprüft und sie überlegte währenddessen, was wohl passieren würde, falls sie einmal mitten in der Nacht von Ludmilla angerufen würde und dringend in deren Wohnung fahren müsste. Bis jetzt war dies nie notwendig gewesen, doch die beiden Leute wurden ja nicht jünger. Da Marianne auch in anderen Teilen der Stadt Klientinnen und Klienten hatte und oft mehrere Termine am Tag absolvieren musste, hoffte sie inständig auf eine baldige Normalisierung der Lage.

Gustave wurde langsam unruhig, ging jedes Mal zum Fenster, wenn er eine Straßenbahn vorbeifahren hörte. Er begann, sich um Marianne Sorgen zu machen. Der Plattenbau gegenüber lag nun dunkel da. Das Gebäude war im Besitze der Caritas gewesen, es war als Wohnheim für Studentinnen genutzt worden, doch seit der Machtübernahme der Arbeiterräte war das Konkordat zwischen Staat und Kirche aufgehoben, Verhandlungen über Enteignungen waren im Gange. Nun klangen ihm wieder Mariannes spöttische Worte nach, die sie unlängst ausgesprochen hatte, etwa im Sinne, dass es nun wohl damit vorbei wäre, dass Gustave die vorwiegend asiatischen jungen Mädchen beim Aus- und Anziehen heimlich beobachten könne – so als ob er dies jemals getan hätte! Er musste lächeln. Er wusste, dass er langsam alt wurde. Er wusste, dass er die Ausschweifungen, die er in seiner Fantasie mit Marianne gerne ausleben würde, in Wahrheit aus gesundheitlichen Gründen besser bleiben ließ. Er wusste aber auch, dass er mit seinen Obsessionen in Marianne eine zwar verständnisvolle, aber auch unbeugsame Partnerin hatte. Sie war durch und durch Feministin und ließ Gustave immer klar wissen, wenn er an Grenzen stieß. Lediglich einen Gefallen tat sie ihm hin und wieder, und so war wohl alles gut...

Endlich sah er Marianne aus der Straßenbahn aussteigen, er eilte zur Wohnungstür und war froh, als er sie in die Arme schließen konnte. Sie erzählte ihm von dem Zwischenfall, in den sie bei der Hinfahrt zu den Hackstocks verwickelt worden war. „Diese ständigen Kontrollen, diese ständige Angst – es macht mich wahnsinnig!" Gustave nickte nur, er versuchte gar nicht erst, Marianne zu beruhigen. Sie würden sich morgen mit Carlos treffen und hoffentlich erfahren, wie es weitergehen sollte, so seine vage und in Wahrheit absurde Hoffnung.

Später dann, nachdem beide ein Glas Rotwein getrunken hatten und sich zur Ruhe begaben, versuchte Gustave, sich Marianne anzunähern. Er umarmte sie vorsichtig, und wider Erwarten schmiegte sie sich an ihn, sie schien Gustaves Berührung schon sehnlichst erwartet zu haben. Er fragte sie vorsichtig, „ca va?", ihr gehauchtes „c'est bon" gab ihm Mut. Gustaves Atem wurde sehr rasch stoßweise und verriet Marianne seine Erregung und seine Erwartungen. Marianne gab Gustave jedoch zu verstehen, dass sie zwar seine Berührung, nicht aber mehr über sich ergehen lassen wollte und ließ Gustave gewähren, als er sie streichelte, liebkoste und sich dabei selbst Erleichterung verschaffte, während seine Fantasie von den ewig gleichen Wunschbildern heimgesucht wurde, die ihm Marianne als Femme Fatale in abwechselnd roter oder tiefschwarzer verführerischer Unterwäsche erscheinen ließen. Derweil er noch ihren Körper umklammerte wurde er von einem Schwindelanfall heimgesucht. Gustave musste von Marianne ablassen und legte sich auf den Rücken, versuchte die Beine hochzulagern. Seine Arme wurden gefühllos, in seinem Gehör tobte ein undefinierbarer Sturm. Marianne hielt Gustaves Hand, beobachtete ihn eine Weile und brachte ihm dann ein Glas Wasser. Es war still geworden im Schlafzimmer, Gustave atmete ruhig. Durch die geschlossen Fenster drang ein Donnern an der beiden Ohren. Im Wetterbericht war nichts von Gewittern gesagt worden, erinnerte sich Gustave, der langsam wieder Herr der Lage wurde. Ob es wohl neue Kampfhandlungen in der Stadt gab? Gustave öffnete das Fenster, es roch nach Regen, ein Zug ratterte langsam durch die Nacht. Wahrscheinlich war er am nahen Gleis der Verbindungsbahn zum Stillstand gekommen und Gustave und Marianne hatten sich durch das dabei entstandene Getöse, durch die aufeinander auffahrenden schweren Güterwagons täuschen lassen.

Flucht in den Westen

Die Sonne machte Carlos die aktuelle Lage vergessen und er fasste einen Plan für den Tag. Von Ober St. Veit fuhr er die Hochsatzengasse hinauf zur Kirche am Steinhof. Dort oben auf den Steinhofgründen genoss er erstmals an diesem Tag den Weitblick übers Land. Eine leichte Brise vertrieb die schwüle Stadtluft, die Bäume leuchteten in jenem besonders intensiven Grün, das dem Frühling vorbehalten war. Dann ging's über die Jubiläumswarte und den Schottenhof hinunter ins Halterbachtal – der Weg auf die Sophienalpe war ihm natürlich versperrt, hier bei der Rieglerhütte war die Grenze zur Gemeinde Klosterneuburg in Niederösterreich – die Demarkationslinie war erreicht! Der sehnsuchtsvolle Blick nach Nordwesten in Richtung des Wienerwaldes gerichtet, der unerreichbar vor ihm lag, weil jenseits der Grenze im Reiche des Kapitalismus der Weg unpassierbar war, wo einst Österreichs erste „Bergbahn" in den 1870er Jahren auf die Sophienalpe führte. So fuhr Carlos seinen alten „Schleichweg" Richtung Türkenstein in Mauerbach, denn von dort konnte er auf die „Mostalm" hinauffahren, die noch auf Wiener Gebiet lag, und so einen Blick nach Westen erhaschen.

Dann ging's weiter über den Kasgraben nach Weidlingau, und dann überquerte er beim Wolf in der Au den Wienfluss und fuhr entlang der alten Tiergartenmauer hinauf auf den Mühlberg. Einst hatte der Lainzer Tiergarten sich auch auf Niederösterreichischem Gebiet erstreckt, doch durch den Bau der Westautobahn war in den 1960er Jahren ein Teil abgetrennt worden. Hier, am Beginn der Mooswiesengasse, an der Grenze vom 14. Wiener Gemeindebezirk zu Purkersdorf in Niederösterreich, waren noch Reste der alten Tiergartenmauer erkennbar. Carlos radelte weiter Richtung Glasgraben. Hier hatte sich einst ein Eingang in den Tiergarten befunden, das alte Tor war noch erkennbar. Einige Häuser bildeten den Weiler dieses Namens, der unheimlich und verlassen da lag – der ideale Ort, ein Verbrechen zu begehen, ging es Carlos durch den

Kopf, waren die meisten Häuser doch nur an den Wochenenden bewohnt. Der Glasgraben selbst war ein Taleinschnitt, der durch den künstlich aufgeschütteten Damm der Westautobahntrasse seine ursprüngliche Geländeform eingebüßt hatte. Es war ein wunderschöner Tag, die Sonne stand am strahlend blauen Himmel im Zenit und verbreitete glühende Hitze. Carlos stand nun auf einer kleinen Anhöhe und beobachtete einen Mann, der mit seinen beiden Hunden auf einer Sandstraße das Tal durchquerte. Darüber spannten sich die Drähte der Hochspannungsleitung, mittels der die Stadt Wien mit elektrischer Energie versorgt wurde – teilweise. Aufgrund komplizierter Abkommen und Verflechtungen war es pragmatischerweise nicht dazu gekommen, alle Verbindungen zum „Rest" von Österreich zu kappen. Wien hatte zwar auch sein eigenes Donaukraftwerk in der Freudenau, doch würden dessen Kapazitäten bei weitem nicht ausreichen, die ganze Stadt zu versorgen.

Carlos rekapitulierte seinen Anschlag auf die Autobahn: Er war mit Christina damals auf die Idee gekommen, doch dann hatte sie „kalte Füße gekriegt", wie er es nannte. Es sei nicht in Ordnung, Menschenleben in Kauf zu nehmen, solche „Kollateralschäden" seien moralisch verwerflich, so ihr Tenor. Carlos hatte es also alleine gemacht, und er war immer noch stolz darauf. Es war eine logistische Meisterleistung gewesen, und dann hatte er sich dort drüben, hinter den Wochenendhäusern der Glasgraben-Siedlung über die Tiergartenmauer geflüchtet und im Wald in einer Unterstandshütte versteckt gehalten, so war er den Suchhubschraubern und Drohnen entgangen. Er kannte alle Wege wie seine Westentasche und wusste, auf welche Weise er in den frühen Morgenstunden unbemerkt in seine Wohnung im 13. Bezirk heimkehren konnte, nachdem sich der Sturm gelegt hatte. In der Nähe des alten Adolfstores (ja, genau dort, wo ihm einst die Elfe ihre Liebe versagt hatte) über die Mauer zu springen, war kein Problem, von dort ging es nahe der Kleingartenanlage und im Wesentlichen dem alten Lauf des Marienbaches folgend hinunter in seinen Wohnbezirk. Über eine verkehrsberuhigte Sackgasse gelangte er schließlich in den frühen Morgenstunden zum Zaun des Gartens, der sich hinter seinem Wohnhaus befand, und das er so durch einen Hintereingang betreten konnte. Wie auch schon bei der Flucht nach der Demonstration konnte er auf diesem Wege von der Straße unbemerkt in seine Wohnung gelangen. Damals hatte er den Wienfluss-Radweg benutzt, der in manchen Bereichen unterirdisch verlief. Es kam ihm dabei wie so oft zugute, dass er als Techniker ganz genau die Verbindungsschächte und Kollektorgänge und die geheimen Türen in den Techniknischen der U-Bahn-Tunnel wusste, die zu den Ausstiegen ins Freie führten.

Er hatte es also geschafft, war zurück in den Armen seiner neuen Geliebten, deren Körper ihn anzog wie ihn ihr reines Wesen tief berührte. Sie konnte sich am Gesang eines Vogels erfreuen und Worte daraus entnehmen, deren Sinn ihm ewig verborgen bleiben würde. Sie konnte gleichzeitig seine intimsten Wünsche befriedigen, ja sie könnten sich einen ganzen endlosen Sommer lang in ihrem unschuldigen Verlangen räkeln und die Tage damit vergehen lassen, was wollte er eigentlich mehr. Hier in diesem Versteck würden ihn die Schergen des Regimes nie finden. Was er, Carlos, da mit seiner „Aktion" ausgelöst hatte, war ihm erst im weiteren Verlauf der Revolution gedämmert, und nun war vielleicht der geeignete Zeitpunkt, die „Sache zu beenden".

Schon als 19-jähriger hatte er mit seinem Vater im Zuge einer Wienerwaldwanderung darüber gesprochen, dass er gerne ein Attentat auf einen Mast einer Hochspannungsleitung durchführen würde. Sein Vater hatte ihm damals im Gespräch wohl die Ernsthaftigkeit nicht abgenommen, er hatte es dann auch versucht ihm auszureden und ihn davor gewarnt, dass man ihn in jedem Fall erwischen würde...

Der Gedanke war, es mit einem Gewehr mit Zielfernrohr zu versuchen. Er wollte genau auf die Isolatoren zielen, mit denen die Freileitung am Mast befestigt ist. Würde er den Isolator treffen, würde die Leitung herunterfallen, einen Kurzschluss mit dem Mast oder einer anderen Leitung herstellen und so einen Stromausfall in Wien verursachen - so der Plan.

Es kam nie dazu, damals nicht – und später auch nicht, als Christina und er ihre konspirativen Pläne auszuhecken begannen. Wenn er es heute, hier und jetzt versuchen würde, wenn also dieser Mann mit den beiden Hunden, der ein lästiger Zeuge wäre, wenn der endlich aus dem Sichtfeld verschwunden wäre, dann könnte es klappen. Er würde sich, nachdem er die Energieversorgung der Stadt lahm gelegt hatte, aus dem Staub machen, er würde wieder über die Tiergartenmauer flüchten und sich vorsichtig im Wald dem Gasthaus „Hirschgstemm" nähern, getarnt als ahnungsloser Wanderer. Vielleicht hätte der Stromausfall bereits dazu geführt, dass die Küche geschlossen werden musste, vielleicht hätte er aber auch im Radio Durchsagen gehört, dass nach dem Attentäter gefahndet wurde, aber nein – das Fahrrad würde ihn verraten, denn das müsste er ja hier zurücklassen, also wäre es wohl besser, sich auf die niederösterreichische Seite, sozusagen in Feindesland zu schlagen, so seine wirren Gedanken.

Ja, er würde untertauchen für eine Weile und irgendwann unerwartet wieder auf der Bildfläche erscheinen, so wie es die Fluss- und Bachläufe hier allerorts taten, sei es der teilweise im Tunnel verlaufende Wienfluss, sei es der Marienbach, der im Lainzer Tiergarten beim Wienerblick entsprang und in Ober St. Veit ab der Schweizertalstrasse unterirdisch, ins Kanalsystem integriert, dahinsprudelte, oder sei es der Mühlbachkanal in Baden, der bis zum Casinopark als kleines Rinnsal sichtbar war, dann im Boden verschwand und später mitten im historischen Stadtkern an unerwarteter Stelle wie aus dem Nichts in die oberirdische Welt zurückkehrte, nur um nach wenigen Metern wieder abzutauchen. Carlos begann, mit den fließenden Wassern ein Zwiegespräch zu führen...

*

Als er in den Wald eingetaucht war, nahm er dankbar Platz auf einer Bank und erfreute sich an den letzten Sonnenstrahlen des Nachmittags, die ihren Weg durch das dichte Laub der Bäume fanden und den Rastplatz in hellgrünes Licht tauchten. Geschwind war aus dem Rucksack die Wasserflasche geholt und etwas Obst und Nüsse fanden sich auch noch darin. Der Wind rauschte in den Baumkronen und plötzlich war ihm, als nehme er im Dickicht des Waldes eine Gestalt wahr, die sich ihm näherte. Konnte es sein? Nein, seine Sinne mussten ihm einen Streich spielen! Es waren nur Zweige im Wind gewesen, schon hatte er gedacht, die geliebte Gefährtin nahte mit ihrem unnachahmlichen Lächeln, doch konnte es nicht sein, war sie doch längst nicht mehr hier bei ihm, sondern vielmehr auf einem weit entfernten Kontinent auf einem anderen Gestirn zu Hause. Aus dem Gezwitscher eines Vogels vermeinte er noch einmal ihr unbeschwertes Lachen zu hören, und er begann zu weinen und zu frösteln, der Wind war abgekühlt und unversehens war es Herbst geworden. Nun war es aber höchste Zeit, das Werk zu vollenden, ehe das Jahr unverrichteter Dinge zur Neige ging. So ging er schweren Herzens und mit mühsamen Schritten, ja er fühlte sich um Jahre gealtert, zum Waldrand, blickte durch das Zielfernrohr und drückte entschlossen ab. Ein Schuss, noch einer, ja er traf alle Isolatoren des Mastes, fünf Freileitungskabel baumelten nun ohne Halt, berührten einander, fielen zu Boden, durch die gewaltigen Schwingungen wurde der nächste Mast mitgerissen und stürzte um, dann der nächste und der nächste, wie die Dominosteine, konstatierte Carlos lächelnd. „One for the road, one more for the rodeo", sprach er dazu. Doch mit den Masten, die stürzten und ihre Fundamente aus dem

Boden rissen, brach am Horizont die Erde auf, und dahinter der Himmel auf, gewaltige Wassermassen eines Ozeans schienen sich in hunderte Meter hohen Wellen zu nähern, ein Blitz durchzuckte den Himmel und verwandelte Wasser in Eis, nicht Hagelkörner waren es, die vom Himmel fielen, sondern kilometertiefe Wassermassen, von einer geschlossenen Eisdecke überzogen, begruben ihn unter sich.

(Under the Frozen Seas of Io, © 1981 The Vogue)

Der Geburtstag des Clowns

„Liebe Gäste, ich freue mich außerordentlich, dass ich Euch auch heuer wieder so zahlreich und vollzählig bei meinem Geburtstagsessen begrüßen darf. Ein ereignisreiches Jahr liegt hinter uns, und ich nehme den heutigen Tag zum Anlass, von meiner Menschwerdung Zeugnis abzulegen, denn: ich bin nicht mehr der, der ich einmal war. Nein, ich bin alt geworden und ich habe viel gesehen – ja ich habe die Welt gesehen! Und ich habe viel beobachtet und analysiert in letzter Zeit und ich habe erkannt, dass es so nicht mehr weitergehen kann. Ich bin also nicht mehr der Mitarbeiter mit der Personalnummer 621114 der Trans-Infinity Niederlassung Wien, sondern ich bin ein MENSCH geworden. Wie Ihr wisst, sind vor zwei Tagen die Kollektivvertragsverhandlungen zwischen Gewerkschaft und Arbeitgeberseite gescheitert und es wird Streiks geben, und DAS IST GUT SO! Ich bin einer, der zu diesem Thema eigentlich gar nichts sagen dürfte, denn ich verdiene SEHR GUT. Ich hatte das Glück, zu einer Zeit geboren zu sein und groß zu werden, wo solide Ausbildung noch bedeutete, einen vernünftigen Job zu finden und – wenn man sich nicht ganz dumm anstellte, sondern im Gegenteil engagierte – auch Karriere zu machen. Nun wisst Ihr, dass das heute komplett anders ist, die Arbeitgeberseite sitzt aufgrund des derzeitigen

Regimes eindeutig am längeren Ast und lässt den Arbeitnehmern keine andere Wahl. Und ja – ich stehe auf der Seite der 6000 ausgebeuteten Seelen der Trans-Infinity, denen es allesamt nicht so gut geht wie mir. Mein Job hat für diese Gesellschaft und diesen zum Sterben verurteilten Planeten so gut wie keinen Wert, ich füttere einen Computer mit Zahlen mit dem Ziel, dass die Gesellschafter und Aktionäre der Trans-Infinity reicher und reicher werden. Jeder kleine Sozialarbeiter und jede kleine Pflegerin leisten unschätzbar mehr für die Menschheit und das große Ganze. Ich werde also dieses kranke und korrupte System nicht mehr länger unterstützen, sondern mich der Streikbewegung anschließen: Alle Räder stehen still, wenn unser starker Arm es will."

Er lächelte, das passte so gar nicht zu den davorstehenden entschlossenen Worten, und Marianne zweifelte kurz an seinem Verstand, doch Gustave setzte sich hin und begann, still zu essen, murmelte mit vollem Mund: „Ach ja, greift zu, esst, solange wir noch genug davon haben – fresst's, fresst's, solang wos do is!"

Er erntete verständnislose Blicke und hob schließlich nochmals an: „...und wie ihr wisst, ist morgen der 11.11., in China, aber mittlerweile ja weltweit der sogenannte ‚Singles-Day', ein Tag des Kaufrausches im Internet... Und stellt Euch vor, was wäre, wenn just an diesem Tag alle Systeme zusammenbrechen würden, ich sage ALLE!" Nun war die merkwürdige Entschlossenheit wieder da und Gustave stand nach ein paar Bissen auf, zog sein Tablet hervor und zeigte den verblüfften Anwesenden etwas, das wie Kreidegeschmier aussah: „Wisst Ihr, was das ist? Nein? Es ist eine Formel, versteht Ihr, eine FORMEL!" Mit großem Nachdruck begann er, die Zeichen auf dem Display zu erklären, Marianne war sich nun sicher, dass er den Verstand verloren hatte. Nach mehreren zusammenhanglosen Sätzen schloss Gustave schließlich mit den Worten: „...und hier steht das Endergebnis, es ist die 7, seht Ihr, die SIEBEN, sie ist die magische Zahl, die alles erklärt! Einstein hat bekanntlich seine Allgemeine Feldtheorie mit ins Grab genommen, weil er erkannt hat, welche Sprengkraft darin steckt und welch Schaden damit angerichtet werden kann und dass die Menschheit alles zum Schaden verwendet hat und selten zu ihrem oder des Planeten Nutzen... ICH hingegen, werde zum Wohle der Menschheit und des Planeten morgen, Sonntag, frühmorgens ins Büro fahren und mein kleines, wohlvorbereitetes Experiment starten, und wenn es klappt, dann werden morgen früh auf der ganzen Welt die Lichter ausgehen..."

Gustave blickte triumphierend in die Runde, Marianne fröstelte und spürte, wie ihre Sitznachbarin sie mit dem Fuß anstieß. Dann vibrierte das Smartphone in ihrer Handtasche, Marianne blickte gewohnheitsmäßig sofort danach und sah eine WhatsApp-Nachricht: „Rufe sofort einen Arzt!", stand da zu lesen.

*

Die letzte angenehme Wahrnehmung die Gustave verspürte, war der Nachklang von Vanillepudding, Kaffee und Cognac. Er hatte die Nachspeise gerade fertiggegessen, als sich die Ereignisse zu überstürzen begannen. Es rumorte im Vorraum des Restaurants „Prilisauer" und Gustave dachte einen kurzen Moment, dass es ein Fehler gewesen war, mit dem Rücken zum Eingang zu sitzen – seine Instinkte hatten ihn verlassen. Schon fühlte er sich von hinten gepackt und in eine Zwangsjacke gesteckt – kurz lächelte er noch einmal bei der Erinnerung an den Begriff „hab-mich-lieb-Jacke", den sie früher gebraucht hatten, dann wurde er schon von vier starken Armen gepackt und aus dem Lokal gebracht. Danach verschwand alles in einem Strudel, der ihm immer stärker zu werden schien und ihn einsaugte. Zuerst wurde er in einen vor dem Restaurant geparkten Rettungswagen gezerrt, danach wurde ihm sofort eine Injektion verabreicht, die anschließende Fahrt schien eine Ewigkeit zu dauern.

Er fühlte sich an einen alten Traum erinnert, als er aus dem Fenster blickte und die vorbeirasende Kulisse der Stadt wahrnahm, die schon nicht mehr die seine war. Wieder und wieder sah er sich in einem mit irrwitziger Geschwindigkeit fahrenden U-Bahn-Zug durch einen Tunnel rasen, ein entgegenkommender Zug schoss auf dem anderen Gleis an ihm vorbei. Die verschwommenen Gesichter der Fahrgäste wirkten alle erschreckt als sie ihn erblickten, und erst jetzt wurde ihm bewusst, dass er allein in seinem Zug war, und plötzlich wurde ihm klar, wohin die Reise ging.

*

Warum hatte ihm Marianne das angetan? Doch war er es nicht selbst gewesen, der alles aufs Spiel gesetzt hatte? Während er die Erinnerung an die glücklichen Tage hervorholte, an einen Blumengarten beim Restaurant Cipriani auf der venezianischen Insel Torcello, streifte ihn ein eisiger Windhauch. Es war wie auf einem Gipfel in den winterlichen Alpen, doch nein, es gab keinen felsigen Untergrund, auf dem er stand, vielmehr schwebte er in der Gondel eines Heißluftballons, und plötzlich wurde ihm bewusst, dass der Windhauch daher rührte, dass die Gondel mit unbarmherziger, immer größer werdender Geschwindigkeit in diesem aus Nebel und Wolken gebildeten Dom einem ungewissen „unten" entgegenraste.

6
Aus den Notizen des Dr. N.

Klient „C": „...ich bin angezählt, denn ich habe bereits Bekanntschaft mit dem Tod gemacht. Der Tod schmeckt nicht besonders gut, er schmeckt - irgendwie elektrisch – wissen Sie, so wie man früher – damals! – Batterien getestet hat, mit der Zungenspitze beide Pole berührt und so, so ein Gefühl hatte ich im Mund, an diesem 1. Mai 2015...

Wissen Sie, ich bin nur mehr ein Schatten meiner früheren Existenz. Damals, an diesem 1. Mai 2015, wurde alles anders, da bin ich zum ersten Mal nach einem Schwindelanfall zu Boden gegangen, war kurz bewusstlos, und seither höre ich dieses Rauschen in meinen Ohren. Dieses Rauschen, es verfolgt mich ständig – erst dachte ich, dass es vom jahrelangen Hören lauter Musik ist – es war das Metallica-Konzert im November 1992, ha ha! Aber nein, es ist der Kreislauf. Ich bin ziemlich wetterfühlig geworden. Es gibt Tage, da brauche ich Stunden, um mein Frühstück einzunehmen, und danach nochmals Stunden, um mich im Bad unter die Dusche zu stellen. Ich habe richtiggehend Angst davor, dass etwas passieren könnte. Wenn ich dann mit der U-Bahn fahre, setze ich mich sogar hin, etwas, das ich früher nie getan hätte. Wenn mir jemand den Platz früher angeboten hat, sagte ich sowas wie, ‚danke, ich bin noch nicht so alt wie ich aussehe, ha ha' – heute aber bin ich manchmal sogar dankbar dafür, betrachte die anderen Leute nicht mehr als lästig oder gar Feinde. Und wenn ich dann aus der U-Bahn aussteige und mich vorsichtig am Geländer anhalte beim Treppensteigen, wird mir klar, dass ich mitleidige Blicke ernte. Früher raunte man bei meinem Erscheinen im Büro, das ist der, der die Fördersysteme am Wiener Südbahnhof gemacht hat...

Wenn ich mein Stammlokal betreten habe, wusste man, das ist der, der unlängst diesen Auftritt mit seiner Band hatte und das wahnsinnige Bass-Solo gespielt hat, usw. usw. – heute wie gesagt werde ich ignoriert oder ernte bestenfalls besorgte Blicke, ob ich es eh bis zum nächsten Geländer oder Sessel oder sonstwas schaffe."

Dr. N.: „Wann hatten Sie Ihren ersten Asthma-Anfall?"

Klient „C": „Ich glaube, nein ich weiß, das war im Mai 1988. Ich hatte mir gerade das neue Album ‚OU 812' von Van Halen besorgt und danach noch einer alten Bekannten im Weißgerberviertel einen Besuch abgestattet. Zu Mittag traf ich mich mit einem Kumpel. Wir gingen in Hacking entlang der Mauer des Lainzer Tiergartens spazieren und ich bekam plötzlich nur noch sehr schwer Luft, dachte es ist eine Allergie, weil es war ja gerade Frühling und alles, wirklich alles stand in voller Blüte. Na ja - Sie sehen, im Moment geht es mir ja wieder mal nicht so gut. Diese nutzlosen Tage zwischen Weihnachten und Silvester! Eine wahrlich tote Zeit – ich meine, wenn ich jetzt aus Ihrem Fenster blicke, sehe ich nur eine graue Stadt und kahle Bäume...

Tja, sie wollten ja die Geschichte von Anfang an hören: Also es war genau in dieser unnötigen Jahreszeit, kurz vor Silvester 2016, ja genau – am 31. Dezember 2016, da spürte ich die Veränderung, die mit mir vorging, zum ersten Mal so richtig. Ich lief irgendwann ziellos durch die Stadt. Im elften Bezirk, da gab es so ein verwildertes Areal, stillgelegte Gleise der alten Schlachthofbahn kreuzten freudlose Gassen, verwitterte Andreaskreuze ragten nutzlos in die eiskalte Winterluft, die Sonne war hinter dem Hochnebel kaum zu erahnen und ließ die nahen Gasometer in einem seltsamen Licht erscheinen. Ich kam an einer Ruine vorbei, das musste mal ein Beisl gewesen sein, in dem die Lastwagenfahrer nach dem Verladen zusammengesessen sind - ja eine warme Suppe wäre jetzt gut gewesen! Nebenan befand sich eine Gstettn mit einem Haufen Gerümpel, jede Menge Flaschen; ein Fernseher lag obenauf und ein paar Damenschuhe mit hohen Absätzen und weißem Plüsch – *shoes of an angel*. Das Ganze wirkte irgendwie surreal und erinnerte mich an eine Novembernacht im Jahr 1987, die untrennbar mit dem Song ‚Shoot High Aim Low' von Yes verbunden war – Synonym für mein verpfuschtes Leben. Und dann passierte folgendes: Ich überquerte eine Straße, übersah die rote Ampel und ein Auto bremste sich mit quietschenden Reifen ein. Der Fahrer öffnete das Fenster und brüllte mich an, ich zeigte ihm nur kurz den Mittelfinger, da eskalierte die Situation. Obwohl in dem Auto zwei erwachsene Männer saßen, beides bullige Typen, schrie ich drauf los: ‚Hoit dei blede Gosch'n, du Rotzbua, weu sunst gibt's a poa Watsch'n und i moch aus dein Krewegerl an Schrotthaufen, ollas kloa?' Bis heute weiß ich nicht genau, welcher Teufel mich da geritten hatte, denn die beiden hätten mich ohne weiteres zerlegen können, aber so was von...

Hier, in diesem Moment, begann ich, mich zu radikalisieren. Es lag an diesem Silvestertag, als ich den Spaziergang machte, schon einige Zeit in der Luft, dass demnächst etwas Großes, etwas Schreckliches passieren müsse. Nicht nur, weil sich im kommenden Jahr die große russische Revolution zum 100. Mal jähren würde – nein. Schon die beiden vergangenen Jahre hatte es Anzeichen gegeben. Da waren diese ständigen Attentate der Islamisten, sie hatten schon vor zwei Jahren begonnen, in Paris, die Redaktion der Zeitung ‚Charlie Hebdo', dann im November das ‚Bataclan', ein Jahr darauf der Anschlag auf den Weihnachtsmarkt in Berlin, die ganze Zeit über der Vernichtungskrieg in Syrien, die Wahl von Trump in Amerika...

Es lag auf der Hand, dass die alte, die kapitalistische Weltordnung, schwer auf dem Prüfstand bzw. deren Untergang vorprogrammiert war. Nicht, dass ich irgendwelche Sympathien mit den Islamisten gehabt hätte, ihr Kampf war nicht der meine, doch war ich in einer nicht unähnlichen Situation wie so mancher Attentäter.

Ich war jenseits der Fünfzig. Ich blickte zurück auf ein Leben vertaner Chancen. Ich hatte es bewusst darauf angelegt, mich als Outlaw darzustellen, und war dennoch immer ein treuer Diener des Systems gewesen. Nun, da mich vor einem Jahr der Tod gestreift hatte, wusste ich, dass es an der Zeit war, etwas zu tun. Ich war als Jugendlicher das eine oder andere Mal mit dem Gesetz in Konflikt geraten, wohl um meine nicht vorhandenen Abenteuer mit Frauen und Mädchen zu kompensieren. Ich hatte dabei immer Glück gehabt. Ich war wegen Bombendrohungen an meiner Schule an einer Verurteilung vorbeigeschrammt. Mein Vater hatte einen Kredit für mich aufgenommen und mir einen guten Anwalt besorgt, der mich aus der Sache glimpflich herausgeholt hat..."

Dr. N.: „Wie war das Verhältnis zu Ihrem Vater?"

Klient „C": „Es ist nicht ganz einfach zu definieren, er war es ja nicht, der mich erzogen hat. Wir sind sicher irgendwie aus dem gleichen Holz geschnitzt, haben in gewisser Weise ähnlich leidvolle Erfahrungen gemacht, haben beide wahrscheinlich das gleiche komplexe Verhältnis zu Frauen – ich meine, er hat das alles irgendwie gewusst oder zumindest vieles mitgekriegt, aber geholfen hat er mir nicht so richtig, außer in der Sache mit dem Anwalt. Wobei – ich verdanke meinem Vater natürlich auch meine Tierliebe und die Ehrfurcht vor der Natur. Er ermahnte mich bei den gemeinsamen Wanderungen sogar, nicht absichtlich auf Ameisen zu treten. Vom Großvater habe ich übrigens meine Abneigung gegen Fortschritts- und Technologiegläubigkeit: Ich kann mich noch gut erinnern, wie er mit mir im Wald spazieren war und dann kopfschüttelnd bei der Autobahnbrücke gestanden ist und gesagt hat ‚die fahr'n alle wie die Narren' – und da hatte ich erstmals den Gedanken, den Autoverkehr gewaltsam zum Erliegen zu bringen, und erfreute mich an der Vision, dass Gras zwischen den Betonplatten der Fahrbahn wächst und die Natur sich alles zurückerobert..."

Dr. N.: „Sie waren also schon in jungen Jahren kein Guter..."

Klient „C": „Nein, ich habe immer, wenn im Fernsehen in einer Geschichte Gut gegen Böse antrat, zu den Bösen geholfen. Ich stand auf der Seite von Lupo, nicht von Cappuccetto. Ich kann mich auch noch erinnern, wie ich mal, so in der Hauptschule, einem Taferlklassler erklärt habe, ich hätte Tollkirschen bei mir, die ja hochgiftig sind. Ich zog aus meiner Schultasche ein Sackerl, worin sich für Menschen zwar ungenießbare aber an sich auch ungefährliche ‚Vogelkirschen' befanden. Ich zwang den Buben dazu, welche zu essen, ha ha, der hat vielleicht Angst bekommen, dass er jetzt sterben muss, ha ha!"

Dr. N.: „Guat is, guat is, guat is. Wir machen dann Schluss, aber ich brauch noch fünf Minuten, noch FÜNF Minuten! Sag'n sie, wie war genau Ihr Verhältnis zu den Mädchen in dieser Zeit, später zu Frauen...?"

Klient „C": „Nun ja, ich hatte ‚kein Leiberl', wie es so schön heißt. Als Fünfjähriger habe ich die Tochter des Gemischtwarenhändlers vergöttert, die war siebzehn und saß an der Kassa, hatte lange blonde Haare und ich hab mich sie natürlich nicht anschauen getraut. Dann in der Volksschulzeit haben sich ein paar Mädchen zusammengetan, weil ich sie manchmal blöd angeredet habe, und sie haben mich am Heimweg mit Schnee eingerieben. Na ja, ich war in die eine oder andere Mitschülerin schwer verliebt, aber ich hätte mich nie getraut, ihr das einzugestehen, viel mehr machte ich bewusst irgendeinen Blödsinn, um mich unbeliebt zu machen, dieser Schaden ist mir geblieben...

Ja, die Schulzeit war überhaupt eine Katastrophe. Als ich Ende der 1970er Jahre in die Technische Schule nach Wien kam, bin ich mir wie ein Außerirdischer vorgekommen. Ich kam da vom Land und man hat mir das angesehen. All die schönen, eleganten Frauen, die ich da am Schulweg – noch in der alten Stadtbahn – getroffen habe, die waren für mich unerreichbar, aber so was von! Ich war dermaßen von Unsicherheit behaftet, dass ich in Wirklichkeit meine gesamte Jugend versäumt, um nicht zu sagen versemmelt habe...

Na ja, anyway - eben an diesem 31. Dezember 2016 hatte ich also ein Deja-Vu-Erlebnis. Ich hatte das Gefühl, dass jede Frau, die mir begegnete, sobald ich ihren Blickkontakt suchte – weil ich sie sympathisch fand, sich abwandte oder böse zurückschaute. Eine Verinnerlichung, die ich seit Jahrzehnten in mir trage. Schon als Jugendlicher habe ich so empfunden. Sobald ich eine Frau attraktiv, schön oder sympathisch fand, war sie tabu für mich, hatte ich das

Gefühl, dass ich im Begriffe war, etwas Unrechtes, Verbotenes, Unanständiges zu tun, oder zumindest es zu wollen oder zu denken... Dieses Mantra hat mich Zeit meines Lebens verfolgt. Es gab vielleicht ein, zwei kurze Phasen in meinem Leben, wo dieser dunkle Schatten über mir nicht vorhanden war, wo ich mit dem Gefühl durch die Straßen gehen konnte, die Menschen haben gar nichts gegen mich...

Meistens jedoch war es so, dass ich mich stigmatisiert fühlte und zum Leben außerhalb der Norm und der Gesellschaft gezwungen sah."

Dr. N.: „War diese ‚Christina' für Sie eine Frau, die unter die zuerst beschriebenen Kategorien wie attraktiv oder so fiel?"

Klient „C": „Und ob! Sie hat mich von Anfang an beeindruckt mit ihrer kompromisslosen Art. Sie war immer eine, die sich grundsätzlich nichts gefallen ließ und hat gegen ihre Firmenleitung aufbegehrt, da hat sie wesentlich mehr Eier bewiesen als jeder Mann. Sie hatte zum Beispiel eine große Sympathie für die Leute auf dem Majdan entwickelt, die mit bloßen Fäusten und Steinen gegen Scharfschützen gekämpft haben.

Tja, und mit dieser Frau Tisch und Bett zu teilen, das war natürlich etwas, worauf ich stolz sein konnte. Und obwohl es mir bei ihr an nichts fehlte, begann ich bald, nach anderen Frauen zu schielen...""

Dr. N.: „Na ja, das ist ja nichts Böses, wenn man einer Frau nachschaut und ihren tollen Hintern bewundert, net wa? ...oder sich einmal – so frei nach unserem gemeinsamen Freund Heinz Conrads – einen bisserl gewagten Film ansieht, net wa?" Er leckte Speichel von seinen Lippen und fragte noch einmal, „net wa?"

Klient „C" (vorsichtig): „Also, Sie verurteilen das nicht einmal, wenn... ich meine, wenn ein Mann in einem schwachen Moment...""

Dr. N.: „Des weiß i net, was Sie in schwachen Momenten machen, net wa, aber lassen Sie mich so sagen, manche Frauen brauchen das halt, hin und wieder, ein bissl was für's Gemüt und dann wieder kalt-warm. Ich teile nicht die Meinung dieser überkorrekten und selbstgerechten MeToo-Leute, die aus allem ein Drama machen. Das kommt im Berufsleben immer wieder mal vor, sie hat a bissl g'schwanzlt, er hat scho fest brummt, na und dann hat er sie halt gevö…, na was solls!" Dabei klopfte sich der Doktor auf die Schenkel.

Klient „C": „Nein!!! Sie täuschen sich! So habe ich das vorhin gar nicht gemeint, ich respektiere doch die Würde dieser Frauen, ich würde nie gegen ihren Willen… also…"

Der Klient wurde im Sprechen immer leiser und schließlich sagte er im Tonfall eines Kindes, „Göttinnen und Elfen darf man nichts Böses tun."

*

Dr. N. beobachtete auf dem Bild, das die Überwachungskamera aus der Zelle lieferte, wie Klient „C" aus Zeitungsartikeln bestimmte Personen aus Fotos ausschnitt und diese von ihm „zensurierten" Bilder dann an der Wand befestigte und dazu sprach: „Der war nie dabei, den hat es nie gegeben…" Dann fertigte er aus Brotstücken, die er mit Zahnpasta beschmierte, kleine Puppen an und beklebte sie mit den ausgeschnittenen Figuren. Danach veranstaltete er Hinrichtungen und vernichtete die Puppen. Er ließ sie an imaginären Galgen baumeln, biss ihnen die Köpfe ab, zermalmte sie mit seiner Faust. Auf der Figur des Aufsichtsratsvorsitzenden trampelte er herum und lachte dazu hysterisch. Dazu schrie er: „Es ist mir sch…egal, ob die Aktionäre eine Dividende erhalten, die Verfluchten, die sollen gefälligst selbst arbeiten!" Irgendwann sezierte er eine der Puppen unter einem imaginären Mikroskop und murmelte: „Ich habe noch nie so etwas Schönes wie diesen Virus gesehen. Der Menschheit geschieht es ganz recht! Sie haben jeden Respekt vor der Natur verloren, das ist jetzt die Rache der Natur, sollen sie daran zugrunde gehen! Jawohl, die Natur schlägt zurück, dass ich DAS noch erleben darf!"

Eine Nachricht, die „C" erreichte, warf ihn jedoch vollends aus der Bahn. Er ließ das Telefon sinken und starrte geradeaus ins Nichts.

Dann schrieb er seine Antwort: „Es ist Zeit zu gehen, meine Batterien sind tief entladen. Um es mit Udo Lindenberg zu sagen: ‚Ich bin im A...' Menschen wie Du halten die Welt am Laufen mit ihrem Optimismus den ich, Verbitterter, naiv nenne. Ich bin nur noch destruktiv, und das ist nicht mehr meine Welt und meine Zeit. Besser ich gehe, denn ich habe genug zerstört...“

*

(Es folgen die provokanten Gedanken und Äußerungen eines Rebellen in den letzten Zügen...)

Patient „C" zeigte bei der nächsten Visite bereits ernste Anzeichen von lebensbedrohenden Fieberschüben. Er war schon auf dem Weg in eine andere Welt...

Die Schwester reichte dem Patienten ein Glas Wasser, dieser nahm einen Schluck, sie fragte: „Brauchen Sie noch etwas?"

Patient „C" (grinsend): „Nein Danke, alles gut!"

„Stimmt es, dass sie sich weigerten, sich impfen zu lassen?"

„Ja, weil ich Kapitalismus-Kritiker bin und die pharmazeutischen Konzerne an mir nichts verdienen werden, außerdem werden Impfstoffe immer mit Tierversuchen getestet und ich will nicht für Tierleid mitverantwortlich sein...“

„...und da nehmen Sie in Kauf, schwer krank zu werden oder sogar zu sterben? Sie gehören schließlich einer Risikogruppe an. Also ich wäre da vorsichtiger!"

„Was heißt hier Risikogruppe? Was heißt hier vorsichtig? Ich war noch nie vorsichtig, sonst wäre ich schon längst vor Langeweile gestorben, Ha ha! Ihr könnt mich alle mal! I'm still young! Und wenn schon, des is Rock'N'Roll – Risiko gehört dazu – und ich bin eben Rebell und kein Warmduscher. Jede Revolution hat Kollateralschäden mit sich gebracht, ja sie waren sogar notwendig, das war schon 1789 so, und auch Lenin hat gesagt, ‚der Zweck heiligt die Mittel' – und außerdem und überhaupt mach ich das im Ernstfall so wie früher mit einer ‚Wiener Mischung', nämlich ein Influbene, ein Schluck aus der Bacardi-Flasche und die Maschin rennt scho wieder... – sehen Sie, und so bin ich trotz aller Blödheiten 57 Jahre alt geworden, was will ich mehr? Wenn ich jetzt abtreten muss, dann ist meine Uhr eben abgelaufen. Ich hatte in den letzten Jahren oft dieses Gefühl, es ist nur noch ‚geborgte Zeit' und ich bin eigentlich ‚auf Abruf...' Wie hat der Falco so schön g'sungen? Wann's vorbei is, is vorbei Baby Blue..."

„Wie kriegt man bloß so eine wahnsinnige Einstellung?"

„Indem man eben so gelebt hat wie ich, immer an seine Grenzen gegangen ist, und indem einem ‚das Normale' nie gereicht hat - und angesichts der von unserer Regierung angeordneten Einschränkungen der persönlichen Freiheit habe ich mich jetzt gerade sowieso gefragt, was FÜR MICH wohl schlimmer ist: ein Leben in Gefangenschaft oder sterben..."

„Darum geht es aber nicht allein, das wissen Sie, sondern auch um Ihre Verantwortung für DIE ANDEREN, die Sie nicht unnötig gefährden sollen..."

„Ach, was soll ich auf ‚die Anderen' Rücksicht nehmen? Erstens bin ich Einzelgänger und kein Herdentier und lehne dieses System und damit diese Gesellschaft grundsätzlich ab..."

„Schade, dass Sie so eine extreme Einstellung haben, damit machen Sie sich nicht viele Freunde", sagte da die Schwester und wandte sich ab.

Der Patient fuhr fort: „...ist mir egal, das war jetzt gerade eben eine Lektion in Kompromisslosigkeit, und es reicht mir zu wissen, dass ich Recht habe, und... und zweitens kann dieser Planet ohnedies nicht zehn Milliarden Menschen ernähren – eine reinigende Katharsis war also längst fällig..."

„Sie sind ja...", fuhr da der Doktor dazwischen, der gerade eingetreten war, „...mir fehlen die Worte bei so viel Zynismus und Verantwortungslosigkeit!"

Patient „C": „Wieso verantwortungslos? Was kümmert mich dieser sch*** Staat? Ich bin seit 40 Jahren berufstätig. Ohne mich wären viele Gebäude und Anlagen nicht errichtet worden, ICH habe diese Projekte geplant und kalkuliert, ICH habe diese Anlagen errichtet, ICH habe dementsprechend viel zur Wertschöpfung in diesem Land beigetragen und Arbeitsplätze gesichert!" Etwas leiser fuhr er fort: „...und ich habe mich 40 Jahre lang von diesem sch*** System ausbeuten lassen, ich muss diesem Staat daher für gar nichts ‚dankbar' sein und lehne dieses f***ing System sowieso ab, deswegen stehe ich dem ‚nationalen Schulterschluss' auch mehr als kritisch gegenüber – f*** the system ist für mich nämlich nicht nur eine leere Worthülse, und jede notwendige Veränderung oder Revolution bringt nun mal, wie gesagt, Kollateralschäden mit sich."

„Kollateralschäden, das ist ja unerhört!" rief der Doktor aus, „...und diese ‚Anderen' sind schließlich auch MENSCHEN, und die sind Ihnen im täglichen Leben zumeist wohlgesinnt entgegengekommen – sagen Sie, wissen Sie überhaupt, wie schwer es Sie erwischt hat?"

Patient „C": „Geschenkt!"

Die Schwester war wieder in den Raum getreten und wandte sich nun ungefragter Weise an den Klienten: „Nun, sie wissen, Ärzte haben einen Eid geschworen, und auch wir Krankenschwestern sind verpflichtet, jedem Menschen zu helfen, solange es nur irgendwie Sinn macht und eine Chance auf Rettung besteht, das gilt auch für Sie. Auch wenn es mir bei so jemandem schwerfällt. Wir stehen im Moment alle zusammen um Menschenleben zu retten!"

„Mich brauchen Sie nicht zu retten, ich bin Herr der Lage, und wenn nicht mehr, dann eh scho' wissen, dann sterbe ich lieber einfach alleine, wie ein Tier, das sich am Ende zurückzieht in seine Höhle... Ach ja, und wegen ein paar empfindlicher 80-jähriger, die nicht abtreten wollen, nehmen wir also eine solche Krise auf uns und fahren nicht nur die Wirtschaft an die Wand, sondern schränken auch alle persönlichen Grund- und Freiheitsrechte ein, es werden Betretungs- und Versammlungsverbote ausgesprochen, das finden Sie alles gut, ja?"

Darauf die Schwester: „Hören Sie mal, jeder von uns hat betagte Verwandte die uns nahe stehen, das können Sie doch unmöglich ernst meinen! In so einer Situation bedarf es wahrhaft unserer Solidarität!"

*

Einige Zeit später auf der Intensivstation, wohin Patient „C" inzwischen verlegt wurde:
Er röchelte ein wenig, dann war wieder nur das Geräusch des Beatmungsgerätes zu hören, schließlich zog er die Maske weg und sagte nach einer Weile zur Schwester:
„Na ja, was Sie unlängst über Solidarität gesagt haben, da kann ich Ihnen schon beipflichten, denn auch ich hatte Kurzarbeit verordnet

bekommen und verzichtete auf zwanzig Prozent meines Gehalts, und siehe da, es ging trotzdem weiter – freilich von meinem hohen Niveau aus gesehen geht das leichter als bei vielen anderen, aber immerhin. Man stelle sich vor, wir würden ab jetzt alle – wirklich ALLE – auf zwanzig Prozent verzichten – alle Lohnabhängigen über einer gewissen Mindestgrenze freilich, alle Eigentümer, alle Aktionäre, alle Geschäftsleute, alle würden auf zwanzig Prozent verzichten zu Gunsten von mehr Gerechtigkeit auf der Welt, zur Abschaffung des Gefälles zwischen Reich und Arm, Nord und Süd, Weiß und Schwarz, für mehr Klimaschutz...

Ja, und damit wäre sogar die Finanzierung für ein bedingungsloses Grundeinkommen gesichert! Wenn ich solche Vorschläge mache, kommt bestimmt gleich die Kommunismus-Keule...“

Er hatte sich schon wieder in Rage geredet und ließ sich weder von der Schwester noch vom Doktor stoppen:

„...Wissen Sie, meine Landsleute sind von echter Solidarität in der Mehrzahl jedenfalls weit entfernt – und sie machen mir Sorge – bereitwillig unterwerfen sie sich dem Diktat des Regimes und nehmen unhinterfragt alles hin, was da so angeordnet wird, ja eifern sich sogar im Vernadern von Mitmenschen, die auf Parkbänken miteinander reden, die Polizei teilt Anzeigen aus für ,U-Bahn-Fahren ohne Grund' – Stasi 2.0 nenne ich das!

So sinnvoll viele dieser ,Maßnahmen' auch sein mögen und so gut ,wir' im Vergleich zu anderen Staaten mit der Krise umgehen bzw. bis jetzt umgegangen sind, so sehr muss immer daran erinnert werden, dass der, der sich jetzt autoritär wie seine Parteivorgänger vor knapp 100 Jahren gibt, vor nicht allzu langer Zeit die Wiener Bevölkerung, insbesondere jene, die – oft unverschuldet – den Job verloren haben, beschimpft und verhöhnt hat mit dem berühmten Sager von den Familien, wo nur die Kinder früh aufstehen, um in die Schule zu gehen! Aber was will man von einem Land, wo nach der Krise die Baumärkte früher aufsperren als die Schulen und Kindergärten, und wo der Innenminister ehedem Mitglied einer katholischen Studentenverbindung war. Ja, ich weiß, sein Vorgänger hätte die Leute aus den Parks mit seiner Reiterstaffel wegprügeln lassen, aber das macht es nicht besser...

Wir sollten auf jeden Fall nie vergessen, dass autoritäre Führungen den Ausnahmezustand geradezu brauchen, um sich zu legitimieren. Doch die würdelose Autoritätshörigkeit meiner Landsleute hat eine 200-jährige Tradition – von Metternich über den ‚gütigen Kaiser' bis Ständestaat und Nazi-Diktatur, wie soll da jemals Widerstandsgeist oder zumindest kritisches Hinterfragen entstehen? In diesem sch*** Land jubilieren die Freilandhühner, wenn sie die Käfighaltung verordnet bekommen..."

Jetzt wurde der Doktor wütend: „Also, jetzt reicht es aber! Sie sind ja ein Nestbeschmutzer, und SIE sind es, der seine Landsleute beschimpft und verhöhnt! Sie sind so ein sch***-oa***-links-grüner Intellektueller, einer dieser sogenannten ‚Gutmenschen', die in Wahrheit gefährliche Charakterzüge haben. Dieser Fatalismus bringt uns in dieser Situation genau gar nichts, es wäre angesichts Ihrer Lage allerhöchste Zeit, sich eine demutsvollere Grundeinstellung zuzulegen! Und wenn Sie alles hier so schlecht finden, warum sind Sie dann nicht ausgewandert?"

„Wenn die Grenzen nicht dicht wären, dann wäre jetzt der ideale Zeitpunkt zum Auswandern. Die politischen Zustände in diesem Land sind unerträglich und die Menschen, die sie akzeptieren, ebenso."

Der Patient wurde etwas versöhnlicher: „Was mich noch hier gehalten hat, wollen Sie wissen? Dass am frühen Morgen das frische Gras so riecht wie es schon vor 50 Jahren gerochen hat, als ich noch ein kleiner Bub war, und dass das Vogelgezwitscher so klingt wie damals, und der laue Abendwind am Waldrand den Duft von Erde und Laub herbeiträgt, aber ansonsten hält mich hier nix! Aber was red' ich überhaupt mit Ihnen! Ich hatte schon in der Volksschule einen IQ von über 140, ich hätte es gar nicht notwendig, mich da mit Ihnen herzustellen, aber wenn Sie es wissen wollen: Meine Analyse lautet frei nach good old Mr. Augustin: Alles ist hin, das System ist am Krepieren und das ist eigentlich gut so. Nehmen Sie den Tourismus – das heurige Jahr ist diesbezüglich gelaufen. Die einen haben heuer kein Geld für den Urlaub, weil arbeitslos oder Kurzarbeit, die anderen haben ,nach der Krise' so viel zu tun, alles wieder aufzuholen, dass sie keine Zeit für Urlaub haben werden – soviel zum lächerlichen Aufruf der Ministerin, ,aus Solidarität Urlaub in Österreich' zu machen - Ha! Und das ist nur ein Indiz dafür, dass wir in die größte Rezession seit Menschengedenken schlittern. Manche Gasthäuser und kleine Hotels werden die lange Zeit des ,Lockdown' nicht unbeschadet überstehen und nachher einfach nicht wieder aufmachen, weil die Besitzer inzwischen schlichtweg kein Interesse mehr haben, eine ,Ruine' weiter zu betreiben, und sich in der Zwischenzeit ein anderes Einkommen gesucht haben. Die daraus resultierenden Jobs für die Kellnerinnen, Köche und Putzfrauen sind dann aber auch weg - und zwar für immer..."

Wieder verließ den Patienten die Kraft, der Doktor blickte nachdenklich der Schwester nach, die den Raum wieder verließ, während Patient „C" sich ein wenig erholte, um dann weiter zu dozieren:

„...und ebenso werden Künstler und Veranstalter das Handtuch werfen und sich im Sinne des Überlebens um etwas anderes umschauen müssen, denn gefördert wird nur, was dem Regime passt, die Hochkultur halt. Zurück bleibt eine ,neue Normalität', die um einige liebenswerte Institutionen und Erscheinungen ärmer sein wird."

Er spürte, dass es mit ihm zu Ende ging, aber er hatte noch eine Mission zu erfüllen...

„Inwieweit die Bauwirtschaft wieder ‚in die Gänge‘ kommt, wird sich weisen. Geschlossene Grenzen bedeuten jedenfalls den Mangel an Billig-Arbeitskräften aus den östlichen Nachbarländern, daraus resultierend weniger Profit bei der Errichtung der Gebäude und somit schlechtere Stimmung in der Branche, vor allem bei den sogenannten Investoren, diesen Verbrechern, die gehören doch alle...“ – er zögerte – „...also der Stalin hätte sie an die Wand gestellt und...“

Wieder fuhr nun der Doktor dazwischen, der zum Fenster hinausgesehen hatte und sich jetzt wieder dem Bett zu wandte: „Schluss jetzt, versündigen Sie sich nicht, das geht zu weit, verdammt noch mal!“

„Niemals!“, brüllte der Patient, „...ich werde diese Klerikal-Faschisten niemals akzeptieren und keine ihrer Entscheidungen, bis zum letzten Atemzug bleibe ich Rebell, mein Großvater darf nicht umsonst beim sozialistischen Schutzbund gekämpft haben! Die Hippie-Generation ist gescheitert, es hat ihnen alles nichts gebracht, sich an den Händen zu halten und am Lagerfeuer ‚We Shall Overcome‘ zu singen und so weiter – Har Har, das war wertlos, jetzt regiert die Gewalt!“

„Es ist an der Zeit, alte Gräben zuzuschütten und nicht ewig diese Parolen zu zitieren, die keine Lösung bringen“, entgegnete der Doktor.

Der Patient atmete schwer, aber er musste sein Pamphlet los werden und dem Doktor seine Meinung sagen, ob der sie nun hören wollte oder nicht: „...besonders zu beleuchten ist in diesem Zusammenhang übrigens dieser ‚Run‘ auf die Kurzarbeit. Von

Meldungen über Missbräuche haben wir schon gehört, und für mich ist das jetzt ganz klar die perfekte Ausrede für die Bosse und Ausbeuter dieses Landes, volle Leistung für noch weniger Geld als bisher zu erhalten. Hier wurde also nicht zufällig ein Hebel geschaffen, der in perfider Weise der Verteilung von unten nach oben dient. Für die Herrschenden war die Pandemie die perfekte Ausrede für alles Mögliche, das uns da jetzt aufs Aug' gedrückt wird, und hätte es das Virus nicht gegeben so hätten sie's erfinden müssen! Also Sie können Gift drauf nehmen, dass diese Sache die bestehenden Gegensätze und Tendenzen auf dieser Welt verstärkt, da bin ich mir sicher."

„Und Sie glauben nicht, dass jetzt bei vielen Menschen ein Umdenken einsetzen wird?"

„Angesichts der Uneinigkeit der EU zur gemeinsamen Bewältigung und angesichts der bekannten Versäumnisse im eigenen Land - frühzeitige Warnungen über zu wenig Schutzausrüstungen wurden nicht gehört, in Tirol wurden gesundheitliche Interessen jenen der Hotellerie und Seilbahn-Branche untergeordnet – angesichts dessen wäre es jetzt natürlich die Zeit für Veränderung! Ach was...", ereiferte er sich nun, „... dieser ganze Wintertourismus ist ja sowieso eine Farce! Sie und ich wissen, dass diese Semesterferien, einst ‚Energieferien' genannt, 1974 nach dem Ölpreisschock eingeführt wurden, um in den Schulen eine Woche Heizkosten zu sparen. Und was passiert? He? Halb Österreich, nämlich jene, die sich's leisten können, fährt in die Berge, verbraucht Energie mit dem Schilift, im Zweifelsfall wird Kunstschnee um viel Geld und mit wertvollem Wasser erzeugt, und schon um elf Uhr Vormittag sieht man nur noch rote Gesichter in den Apres-Ski-Bars – das hat der Kreisky damals so sicher nicht gewollt, der dreht sich im Grab um! Ganz abgesehen davon, dass diese Schigebiete im Sommer aussehen wie Mondlandschaften – eine Schande ist das, das gehört sofort abgeschafft! Und der Vorschlag, dass die Kurzarbeit und die Stützung für die Betriebe mit einer Erbschafts- und Schenkungssteuer finanziert werden sollen, stößt ja erwartungsgemäß schon auf Widerstand – ‚die Pandemie ist ja nicht unsere Schuld', werden jetzt nämlich die Reichen sagen, ‚unsere auch nicht' die Arbeitslosen und die von Kurzarbeit betroffen etc.

Die Wahrheit ist: Schuld hat niemand oder haben vielleicht – siehe vorher genannte Gründe und aufgrund unseres idiotischen kollektiven Konsum- und Freizeitverhaltens – wir alle!"

Daraufhin fragte der Doktor: „Und was folgt für Sie nun daraus, werter Herr Marxist, Trotzkist, Maoist oder was auch immer?"

„Jetzt, da wir uns schon daran gewöhnt haben, nehmen wir es doch zum Anlass und begnügen wir uns mit weniger Profiten, Boni und Gewinnen!

Geben wir uns alle in Folge dessen auch mit geringeren Gehältern zufrieden!

Geben wir weniger Geld für Unfug aus, den wir in Wahrheit gar nicht brauchen!

Verzichten wir auf teure Urlaube, die nur die Umwelt belasten und zur globalen Schieflage bzw. der Ausbeutung der Menschen in der dritten Welt beitragen!

Verlagern wir die Produktionen – nicht nur von medizinisch notwendigen Gütern - zurück nach Europa, nach Österreich!"

Er hatte die letzten Halbsätze wie bei einer politischen Brandrede ausgerufen und so, als stünde er an einem virtuellen Rednerpult. Er hielt inne, und sprach dann ruhiger weiter:

„Wir haben jetzt gesehen, dass es auch langsamer und einfacher geht, dass ein Leben ‚im Verzicht' – wie lächerlich – auf unserem hohen Niveau im Vergleich zum globalen Süden! – dass ein solches Leben möglich ist und sich gar nicht mal so schlecht anfühlt. Ich zum Beispiel habe das Beste draus gemacht aus dem Lockdown und habe die kleinen Spaziergänge in meinem Grätzl genossen, da ich nicht mehr weiter weg konnte, und freute mich über die versteckten kleinen Schönheiten, die ich da täglich entdeckte in meiner kleinen Welt, und genoss das unwirklich schöne intensive Farbenspiel dieses seltsamen Frühlings der maskierten Menschen, die man nur von ferne grüßt. Aber da haben wir es ja wieder, während jene, die ohnedies schon am Existenzminimum leben, plötzlich ins Bodenlose fallen, bejubeln Life-Style-Magazine ‚die neue Langsamkeit' – und das zu wissen und nichts dagegen tun zu können tut weh! Es muss nicht gleich die totale Askese sein, aber die ‚neue Normalität', die ich meine, sieht auf jeden Fall anders aus als jene, die ‚von oben' verordnet wird..."

Die Sache mit dem intensiven Farbenspiel konnte der Doktor nach einem neuerlichen Blick aus dem Fenster bestätigen, die Kraft des Patienten ließ indes völlig nach und noch einmal sagte er leise und nachdenklich: „Nein, die Welt ist jetzt schon nicht mehr die, die sie vorher war, und sie wird niemals mehr so sein..."

„Ein schönes Manifest, das Sie da verkünden, aber es wird leider ungehört bleiben, fürchte ich", sagte da der Doktor.

„Das mag schon sein, aber genau deshalb können Sie auch gerne Ihre verdammte Maschine abschalten, I'm free to go..."

I'm free to go.
There's no more need to stay.
Throw away the works of years
And return to Adam's way.

Retreat from shadow
To dabble baths and sun-bleached joys.
Live it out on an island in the mind
Untouched by human flaws.

I'm free to go.
There's nothing in my way.
Up above the rainbow's end
The gold all melts away.

Return a hero
From distant lands of fight and fire.
Escape into the piece in my mind
And climbing higher and higher.

I nearly made it that time.
I nearly got away.
I nearly made it that time,
But I always have to stay. *)

*) COLOSSEUM II - "Castles"
(Gary Moore/John Hiseman, © 1978)

*

(Letztendlich landen alle Männer dieser Geschichte in der Klapsmühle...)

Aus den Notizen des Dr. N.:

Bei Klient „G" zeigte sich ein völlig anderes Bild. Er verweigerte jede Antwort, grinste nur still in seiner Zwangsjacke vor sich hin, Speichel tropfte aus seinem Mund. Einmal konnte ich ihn murmeln hören, es war teilweise unverständlich, doch in etwa lauteten seine Worte:

Klient G: „Wir bewegten uns nicht mit Lichtgeschwindigkeit, sondern bloß mit 138.000 km je Sekunde, aber was machte DAS für einen Unterschied? Man sagte, dass man nach einer solchen Transition zweifach existiere, für einen Moment hier und im Paralleluniversum, doch ETWAS von der Spaltung würde bleiben...

Moment mal, was heißt hier ‚Wir'?"

Zwiegespräch

(Teil 5)

Through the Looking-Glass

Wenn Du heute auf ein Konzert gehst, überwiegt da das Interesse oder denkst Du oft, dass Du selbst „da oben stehen könntest"?

Sowohl als auch, das hält sich die Waage. Ich denke, da muss ich durch. Erstens nimmt man immer etwas mit, und letztlich ist jedes Konzert eine Bereicherung, auch wenn es manchmal gar nicht meine Musik ist. Du nimmst irgendetwas mit: Wie spielt der das genau, usw., und das ist voll interessant. Zweitens ist es mitunter eine ziemliche Watschn, die ich da kriege, weil ich mir denke „da könnte ich selber auch stehen" – aber wie gesagt, da muss ich jetzt durch, so seh' ich das.

Oftmals ist es auch berufliches Interesse im Sinne des Schreibens, wenn ich mir ein Konzert gebe.

Das passt gut zur nächsten Frage:
Ab wann hast Du Dich dann zunehmend journalistisch betätigt? Ging das Hand in Hand mit politischen Aktivitäten, oder ist das gesondert zu sehen?

Also, das hängt zusammen. Es war natürlich der Manfred und die Freundschaft mit ihm. Anfangs war es sehr ambivalent, nicht einmal, weil ich gewusst habe, dass er der Ex von der Dolores war, aber weil er ein ganz anderes Leben als ich gepflegt hat. Er stand auf Country-Music – ihm gefiel die Johnny-Cash-Version von „Ring of Fire" besser als die vom Eric Burdon -, dann waren da immer wieder irgendwelche Alkohol-Exzesse und diese nicht-enden-wollenden Nächte, wo es mir dann irgendwann zu blöd war, aber wenn Du mitgefangen bist, kommst Du nicht weg...

Er war hauptberuflich PR-Berater und hat nebenbei geschrieben, die letzten Jahre dann zunehmend nur mehr das, was er wollte, also für die „Volksstimme" und so...

Der Manfred hat mich motiviert zum Schreiben, am Anfang waren da diese lokalen Purkersdorfer Newspaper von denen ich schon gesprochen habe...

Und dann kam das Angebot, für die „Volksstimme" zu schreiben, das war 2003, gerade in der Zeit, als meine Ehe in die Brüche ging. Ich schrieb also für die Volksstimme und war zunehmend auch politisch in diese Richtung orientiert. Es war die Zeit von Blau-Schwarz, und ich war vom Kuschelkurs der Grünen ziemlich enttäuscht. Von der SPÖ habe ich mich schon unter Kanzler Klima abgewendet, bis dahin war ich „Parteisoldat" gewesen. Ich tendierte dann zu den Grünen, habe aber bald festgestellt, dass die blau-schwarze Koalition eine viel vehementere Opposition erfordern würde als die Grünen machten. Damals habe ich begonnen, KPÖ zu wählen bzw. ernst zu nehmen. Das ging Hand in Hand mit meiner Tätigkeit für die „Volksstimme". Der Manfred war da bei einem kommunistischen Kongress in Italien gewesen, ich glaube in Genua 2002 - es war die Zeit des Aufkommens der Globalisierungsgegner.

Mein erster Artikel war über ein Konzert im 22. Bezirk, da hat Wickerl Adam „Joe's Garage" von Frank Zappa aufgeführt, Conrad Schrenk hat die Lead-Gitarre gespielt gemeinsam mit Zebo Adam, Wickerl Adams Sohn, und wenn Du die Augen geschlossen hast, glaubtest Du, das Original zu hören. Es war sensationell gut, und über dieses Event habe ich einen Bericht geschrieben.

Ich habe dann wöchentlich meine Artikel abgeliefert, und Ende 2003 ist die „Volksstimme" dann eingestellt worden, da war ich im Schreiben schon ziemlich versiert.

Ich will jetzt nicht zu politisch werden, aber wenn Du Dir die Wahlergebnisse der KPÖ ansiehst, denkst Du nicht, dass man da vom Wegwerfen eine Stimme sprechen muss...

Positiv ist mir in Erinnerung, dass sie vor einiger Zeit in Graz sehr erfolgreich waren...

Ja, Graz war ein persönlicher Effekt vom Kaltenegger, der quasi als Robin Hood auftrat und sein Geld den Bedürftigen gespendet hat. Du hast natürlich recht, auf Bundesebene ist es eine verlorene Stimme, auf lokaler Ebene besteht durchaus die Chance, dass die KPÖ einen Bezirksrat oder so stellt, doch bin ich persönlich zur Zeit ohnedies wieder am Wanken, wen ich wählen soll. Bei den Grünen gefällt mir, dass sie die Parkraumbewirtschaftung in Wien so konsequent durchgezogen haben. Wobei es natürlich voreilig war, das Parkpickerl im 14. Bezirk einzuführen, ein halbes Jahr, bevor der neue Fahrplan in Kraft tritt, der den Pendlern erleichtern soll, das Auto am Stadtrand stehen zu lassen. Das Parkpickerl zwangsweise einzuführen, wo die Zugsanbindung gar nicht gegeben ist, wurde als Provokation aufgefasst. Mittlerweile haben wir den neuen Fahrplan und nach Purkersdorf fahren jetzt beispielsweise mehr Züge als früher.

Aber grundsätzlich bin ich „Kommunist" in dem Sinne, dass ich stolz darauf bin, nichts zu besitzen. Das heißt, ich besitze nichts außer eine Gitarre, zwei Bassgitarren, eine Handvoll Bücher und CDs – sonst NOTHING! Kein Luxus, kein Wohlstand, brauch ich alles nicht!

Aber, um beim Schreiben zu bleiben: Bald nach dem Ende der „Volksstimme" habe ich die „Linkswende" kennengelernt, für die ich schreibe und wo ich mich eine Zeit lang sehr engagiert habe, vom illegalen Plakatieren bis Teilnehmen an Demonstrationen...

Hattest du auch mit den Tierschützern vorm Kleiderbauer zu tun?

Natürlich habe ich auch bei Tierschutz-Demos mitgemacht, habe auch mit so einem Typen zu streiten begonnen, der vom Straßenrand aus uns alle als „arbeitsscheues Gesindel" bezeichnet hat. Dem habe ich dann erklärt, wieviel ich arbeite und was ich im Monat verdiene und dass ich trotzdem Rückgrat habe und gegen gewisse Dinge bin.

Ich weiß nicht, ob der Nußschädel das verstanden hat, aber whatever...

Mein politisches Engagement hat in dieser Zeit begonnen, ich war 2003 auch bei einer Demo gegen den Irak-Krieg dabei, der stand damals knapp vor dem Ausbruch, es war also eine Friedens-Demo die im Endeffekt leider nichts bewirkt hat.

Um das Politische abzuschließen stelle ich Dir jetzt eine spontane Frage: Wenn Du jetzt Minister in Österreich werden würdest, was wären die ersten Maßnahmen, die Dir besonders wichtig wären?

Das fällt mir jetzt schwer. Als einer, der beruflich kalkulieren gelernt hat, weiß ich, dass man kein Geld ausgeben kann, das man nicht hat. Meine Anliegen wären Investition in den öffentlichen Verkehr, um Autofahren dann verbieten zu können oder höher zu besteuern oder so. Es sollte viel mehr investiert werden in nachhaltige Bauweise - was da an Energie verschwendet wird, das glaubst Du nicht! Das Verbot der Glühbirne und der Ersatz durch quecksilberhältige Energiesparlampen war der größte Schwachsinn. Der Anteil vom Licht am weltweiten Energieverbrauch beträgt vielleicht zehn Prozent - das ist schon was. Aber viel mehr Energie wird durch Heizung, Klimaanlagen und durch Mobilität verbraucht. Ich würde gerne mitwirken an einer gescheiten Grundsatzplanung – vielleicht hast Du den Begriff „Smart City" schon gehört, dass man eben nicht an einem Ende der Stadt wohnt und am anderen Ende arbeitet und wieder wo anders die Kinder zur Schule gehen. Das sind alles Strecken, die gefahren werden müssen und die man vermeiden sollte. Neue Stadtteile wie die Seestadt Aspern werden jetzt so gestaltet, dass alles durchmischt ist, dass man alles zu Fuß erledigen kann. An solchen Dingen mitzuarbeiten würde ich spannend finden, und insofern will ich gar kein Minister werden, weil da bist Du dann der Getriebene und kannst gar nix arbeiten, redest nur Bla Bla, viel lieber würde ich in einem Gremium sitzen und arbeiten, also in einem Ausschuss oder so mein Wissen einbringen und so Dinge verändern. Auf jeden Fall würde ich gerne das Lobbying abstellen, weil alle Politiker haben ihre Klientel – siehe z.B. die Geschichte mit den Bienen und den Pestiziden – das war doch lachhaft!

Wenn ich zurückschaue auf die 80er: ich war damals sehr überzeugt von der ÖVP als junger Student, der Dougie saß im Gemeinderat für die ÖVP, war im Wirtschaftsbund, und Du...

...ich war damals SPÖ-Parteisoldat aus familiärer Tradition.

Wir hatten aber nie politische Probleme miteinander, das möchte ich festhalten.
Wenn man rückblickend eine Zeitleiste Deiner musikalischen Projekte erstellen würde, dann fiele einem die relative Kurzlebigkeit der einzelnen Projekte auf, andererseits bist Du gewissen Musikern immer wieder treu geblieben. Wie erklärt sich das?

Es liegt daran, dass Freundschaften daraus werden, siehe z.B. der Tim, der zu ZOFF-Zeiten in mein Leben getreten ist, also 2003, und mit dem ich heute noch befreundet bin, obwohl wir – ähnlich uns beiden – politisch nie eines Sinnes waren und sind. Ich bin mit Tim auch weltanschaulich nicht eines Sinnes, er ist ein ganz anderer Typ, ich könnte ihn so normal nicht ausstehen, er ist einer der über Leichen geht, vor allem was Frauen betrifft, er ist auf irgendeine Art frauenverachtend und hat mit Feminismus gar nichts am Hut, auch nicht mit Verteilungsgerechtigkeit. Er findet toll, dass Gerard Depardieu nach Russland ausgewandert ist, weil er einfach gegen hohe Steuern ist. Ha ha! Wobei ich ihm aber trotzdem eine gewisse Lernfähigkeit nicht absprechen möchte, das sei gesagt.

Es gibt trotzdem eine Schnittmenge, wo wir uns treffen, ein gewisser musikalischer Background, wo wir gerne fachsimpeln, das ist bei Tim und mir Stones, Kiss usw.

Das macht mich eben auch irgendwie aus. Und diesbezüglich attestiere ich ihm auch eine Lernfähigkeit. Als zum Beispiel vor zwei Jahren Peter Frampton in Wien gespielt hat, habe ich ihn spontan gefragt, ob er mitkommen will, ich hatte eine Karte über – er hat nicht viel gekannt von Peter Frampton – außer vielleicht die ganz bekannten Hits, also er war nicht so ein Fan wie ich. Nach dem Konzert war er dann komplett drauf! Er bat mich, eine CD zu brennen mit Frampton-Songs, und die spielt er seitdem ständig.

Was an Tim speziell hervorzuheben ist: Er kann aus meinen halbfertigen Song-Ideen ganze Lieder machen, die sich nach etwas anhören. Er ist als Sänger besser als als Gitarrist, er gehört seit Jahren zu meinen konstanten musikalischen Faktoren, sonst fällt mir nicht wirklich jemand ein.

Früher gab es da noch den Herbie, mit dem habe ich in den frühen Achtziger Jahren Zivildienst gemacht, Du hast ihn 1986 als Bassist von Spitout gesehen, im Vorprogramm von Saxon wie schon erwähnt, in den späten Achtzigern hatte er dann eine Coverband, die waren eigentlich Konkurrenten von Schüttelfrost, spielten aber mehr die Metal-Schiene, also z.B. Songs wie „Highway Star", der „Glaserer" war ihr Sänger.

Der Herbie hat davon irgendwann genug gehabt, er tritt nur mehr ein-, zweimal im Jahr auf mit irgendeinem Cover-Projekt, ansonsten produziert er Musik im Studio. Wir hatten 2005 dieses Projekt „2 DEEP 2 DUB", wo wir zu elektronischen Beats live dazu improvisiert haben.

Abschlussfrage:
Wenn Dich eine Zeitmaschine in die Mitte der 80er zurückbeamen könnte und Dir gleichzeitig die „Weisheit" von heute mitgäbe, was würdest Du im Leben (Musik, Beruf, Persönliches) anders machen?

Böse Frage! Sehr böse Frage! Ich weiß es nicht. Na ja, wahrscheinlich, wie schon gesagt, mehr Networking. Ich hätte an meiner Trinkfestigkeit gearbeitet, um die entsprechende Coolness zu kriegen. Meine heutige Weisheit sagt mir z.b., dass ich im Stehen weniger leicht einen Rausch bekomme als im Sitzen. Ich weiß auch, dass es gut ist, wenn man an einer Bar lehnt, zwischendurch viel Wasser zu trinken, dann ist einem am nächsten Tag nicht so schlecht. Und dann würde ich mit der entsprechenden Coolness mehr Networking betreiben. Das bringt einen beruflich und persönlich weiter.

Würdest Du die Prioritäten anders setzen? Mehr auf die Musik oder mehr auf den bürgerlichen Beruf?

Das kann ich Dir nicht beantworten. Mit der heutigen Weisheit, dass es uns nie mehr so gut gehen wird wie in den Achtziger Jahren, hätte ich natürlich das Abenteuer des Künstlers gewagt. Logisch! Aber nach einer Abstinenz von 5, 6 oder 7 Jahren in den bürgerlichen Beruf zurückzukehren, ist nochmal schwerer (als es mir damals ohnehin gefallen ist) – das ist also ein zweischneidiges Schwert. Tja - was wäre, wenn...

Natürlich, das ist eine Bruchstelle in meinem Leben, wobei die größere Chance habe ich ja dann versäumt Anfang der Neunziger Jahre, also in dieser Zeit des Erwachens (in Anlehnung an einen Film den ich mal gesehen habe), wo ich hätte mehr daraus machen können und sollen. Wenn man jemand wie den Freddie kennt, der für den – von manchen als Inzuchtszene verunglimpften - ORF tätig ist, dann sollte man nichts unversucht lassen, dort auch hineinzukommen und sich nicht zieren, so wie ich das getan habe.

Blöder Einwurf – sind wir nicht alle zu Wien-zentriert? Ist Wien überhaupt die richtige Location, um Künstler zu sein und Musik zu machen?

Ist es nicht in Österreich so, dass man erst im Ausland (Los Angeles oder London) reüssiert haben muss, damit man bei uns zu Hause „wer ist"?

Ja, nur so einfach will ich es mir nicht machen. Zu sagen, ich bin nichts geworden, weil es in Österreich so schwer ist, das würde ich nicht so sehen, weil es gibt genug Musiker, die sich bei uns durchbeißen...

Wenn ich da nur an den Gitarristen vom gestrigen Konzert denke, von dem ich schon gesprochen habe, der Typ lebt von der Musik. Wie macht er das? Er hat sich vermutlich einmal einen Kredit aufgenommen, damit er das Studio bauen konnte, wo er – nomen est omen – rund um die Uhr arbeitet. Er sagt, „ich darf arbeiten", nicht „ich muss".

Er spielt bei allen möglichen Leuten, die er produziert, dann auch live on Stage die Gitarre, da kriegt er halt seinen Anteil von dem, was im Hut landet, das ist sozusagen die Butter aufs Brot, und dazwischen arbeitet er als Musiklehrer draußen in Niederösterreich...

...das erklärt, warum er überhaupt einen Kredit bekommen hat...

...ja, und damit zahlt er seine Krankenversicherung und damit ist die Miete abgesichert, das ist der Punkt. Das heißt: Du kannst von der Musik leben, und Du musst halt die Standfestigkeit haben, und ich würde sagen, dass es in L.A. um nichts einfacher ist als hier, weil dort gibt es noch viel mehr gute Leute. Ich glaube, dass es dort sogar schwieriger ist. Die, die ausgewandert sind und dort „etwas geworden" sind – also auch die gibt es, und es freut mich für jeden, der es schafft.

Also z.B. der Ulrich Ellison und seine Frau Sabine – die kenne ich beide seit Jahren. Sie spielte mal als Bassistin in einer Swamp-Rock- bzw. Rockabilly-Band namens Bloo Voodoo, sie hat nebenbei als Kellnerin gearbeitet in einem Biker-Beisl. Die ist also mit ihrem Freund und späteren Ehemann Ulrich nach Amerika ausgewandert, nach Austin in Texas, und die leben dort von ihrem musikalischen Projekt, sie haben gerade ihr zweites Album veröffentlicht. Also es gibt diesen Weg, und der ist sicher nicht schlecht, aber man kann auch bei uns, wenn man nur will. Du musst die Härte haben im Nehmen und das Standvermögen. Der Freddie ist so ein Beispiel. Gut – er hat nach seinem Ausstieg aus seiner Band das Glück beim Schopf gepackt, und - nachdem er geheiratet hat und sozusagen sesshaft wurde - in dieser Villa im 19. Bezirk ein Studio im Keller errichtet. Aber Glück gehört dazu und er hat was daraus gemacht, die Musik zu „Müllers Büro" komponiert und auch fürs Fernsehen einiges geschrieben, und er hat das geschickt gemacht und das ist schließlich ein legitimer Weg.

Mein Fehler war vielleicht auch, bei Schüttelfrost auszusteigen, weil sie nur Covers spielten. Ich hätte ja genauso gut etwas Eigenes parallel zu Schüttelfrost betreiben können, so wie viele Musikerinnen und Musiker heutzutage mehrere Standbeine haben. Mit „Entweder – Oder" erreicht man im Leben nicht so viel wie mit einem „Sowohl – Als Auch" – das habe ich inzwischen gelernt...

Was im Übrigen wirklich speziell an Österreich ist, ist bestenfalls die Neidgenossenschaft untereinander, zumindest ist mir dies das eine oder andere Mal untergekommen. Bei meinen Social-Media-Kontakten mit Musikerinnen und Musikern aus Übersee, z.B. Amerika, Leute die beispielsweise Country-Music machen oder ganz anderes, und die im Gegensatz zu mir wirklich gut singen können – har har – also die respektieren mich und meine Musik und sind sozusagen für alles offen, und das finde ich schon irgendwie gut - an österreichische Kolleginnen und Kollegen anzudocken ist irgendwie schwerer.

Zum Abschluss:
Du hast nie Kinder gehabt, soweit wir das wissen. War das jemals geplant, bzw. kann es sein, dass Deine eigene familiäre Vergangenheit da mitspielt und Du deshalb nie den Wunsch entwickelt hast, „Dich zu vermehren"?

So ist es sicherlich – Punkt 1, und Punkt 2 auch die Scheu, diese Verantwortung zu übernehmen. Weil wenn es eigene Kinder sind, IST es eine Verantwortung. ABER: ich habe mit meiner zweiten Frau gemeinsam ihre beiden Kinder großgezogen, ich war also immerhin ein Patchwork-Vater und bin darauf stolz und froh darüber, dass ich diese Erfahrung machen durfte.

Drittens habe ich einen links-liberalen, vielleicht sogar feministischen Zugang, nämlich „ich muss mich nicht reproduzieren", ich sehe das nicht als meine Aufgabe, nur weil es die Katholische Kirche einmal gesagt hat, nämlich „seid fruchtbar und vermehret Euch". Ich bin der Meinung, unser Planet ist nicht einmal im Stande, die vorhandenen sechs oder mehr Milliarden Menschen zu ernähren, die er jetzt schon hat, es muss sich die Menschheit also nicht permanent vermehren. In unseren Breiten ist ja die Vermehrung nicht so stark, das wird aber durch Migration ausgeglichen, das ist für mich ein Grundsatzthema. Natürlich ist die chinesische Lösung mit dem Zwang zur Ein-Kind-Familie auch nicht klug, weil Zwänge nie klug sind, aber wenn die Menschen mündiger wären, und sich nicht so ungebremst vermehren würden, wäre es für die Menschheit und für den Planeten besser.

Diese Vermehrung wird dazu führen, dass alle miteinander weniger haben werden, was mich persönlich ja nicht stört, weil ich ja eh nichts brauche, aber bedingt durch die Globalisierung wollen die Menschen in den unterentwickelten Gegenden und Schwellenländern alles das besitzen, was für uns hier selbstverständlich ist. Sie sehen in ihren Smartphones und im Internet, wie man bei uns in Europa und in den Vereinigten Staaten lebt und wollen auch so leben, wollen auch diesen „Luxus", werden daher auch diese Industrien haben und den daraus resultierenden Energieverbrauch, und das wird dem Planeten nicht gut tun. Wenn sechs oder mehr Milliarden Menschen auf unserem Standard leben wollen – also wie soll das gehen?

Die Lösung wäre wahrscheinlich eine gewisse Bescheidenheit und Demut, die uns allen gut anstehen würde, und in weiterer Folge daraus resultierend vielleicht eine Nivellierung nach unten. Es kann auf der Welt nur Frieden geben, wenn alle so halbwegs auf dem gleichen Level leben.

Weil das aber utopisch ist, will ich mich gar nicht mehr vermehren. Ich habe die Angst, dass das, was die nächste Generation miterleben muss, gar nicht lustig wird für sie. Ich habe noch die Gnade, rechtzeitig abtreten zu können...

Nachsatz:

Mein Intellekt ist für mich irgendwie ein Fluch: Es ist verdammt anstrengend, immer alles zu Ende zu denken zu müssen und immer das große Ganze so im Blickfeld zu haben, wie ich das ständig tue...

Von wegen „Abtreten" – ein würdiger Abschluss, der in meine Biographie passen würde, wäre natürlich ein Stromschlag auf der Bühne, stilecht, wie in den 1970er Jahren öfters mal vorgekommen – dazu muss man wissen, dass aufgrund unterschiedlicher Stromversorgungssysteme oftmals „improvisiert" wurde und dadurch die Erdung der Verstärker und Gesangsanlagen schlecht oder mangelhaft ausgeführt war - weitere Ausstiegsszenarien werden in diesem Buch skizziert oder vorsichtig angedeutet.

Na ja, ich könnte hier noch deutlich länger und expliziter über mein verrücktes Leben und meine extremen Standpunkte schwadronieren, doch wollen wir es dabei bewenden lassen bzw. mit einem Satz zusammenfassen: Du kannst aus einem Wolf kein Haustier machen!

7
Les Derniers

Hadrian öffnete die Augen, ein früher Sonnenstrahl erhellte die Hütte, ein neuer Tag begann! Dieser Tag sollte eine neue Zeit einläuten und Hadrians Leben verändern. Der Morgen war erfüllt von einer beinahe sakralen Stimmung. Hadrian konnte sich kaum noch erinnern, jemals ein solches Hochgefühl empfunden zu haben, es mochte vor langer Zeit gewesen sein, möglicherweise vor der „Zeit der Finsternis", wie sie von allen Dorfbewohnern genannt wurde. Hadrian bemerkte, dass die Strahlen der Morgensonne nahezu jeden Winkel seiner Schlafkammer in helles Licht tauchten. Alle sprachen in den letzten Tagen davon, die „Zeit der Finsternis" scheine zu Ende zu gehen. Freilich kam es noch vor, dass sich die Sonne mehrere Tage hintereinander hinter einer dichten Hochnebelschicht versteckte, und freilich gab es draußen auf den Feldern im Schatten mancher Hügel immer noch Stellen, die von der spärlich scheinenden Sonne noch nicht erreicht worden waren und wo der Boden daher noch gefroren war. An eine Wiederaufnahme der Feldarbeit war noch nicht zu denken. Während Hadrian also in seine Kleidung schlüpfte und seine Blicke flüchtig ein Bild an der Wand über seinem Bett streiften, hörte er wohlvertraute Geräusche. Jack und Jones, der Hund und die Katze, hatten draußen auf sein Erwachen gewartet und nun kratzten die beiden Tiere an seiner Tür. Hadrian blickte aus dem Fenster, dann öffnete er es kurz. Die Luft war immer noch scharf und kühl, doch etwas längst Vergessenes drang in Hadrians Nase: ein leiser Luftzug ließ einen Geruch in seine Nase steigen, und Hadrian wurde bewusst, dass alleine dies schon eine Veränderung der äußeren Umstände bedeutete. Der Permafrost wich also zurück, Gräser und andere Pflanzen begannen wieder zu wachsen und so roch die Luft nun erstmals seit der „Zeit der Finsternis" wieder nach beginnendem Leben. Nun bemerkte Hadrian noch etwas anderes. Die Stimme des

Wachtmeisters drang an sein Ohr. Der Wachtmeister lebte in der Nachbarschaft. Er war unbestimmten Alters und hatte wohl in den schlimmsten Tagen und Nächten der „Zeit der Finsternis" ernsthaften Schaden erlitten. Die Bewohner des Dorfes kümmerten sich in rührender Weise um den Mann, der sich oft benahm, als wäre er nicht bei Sinnen. Auch jetzt erhob er seine sich überschlagende Stimme wieder zu unbändigem Gebrüll, als er vor das Haus trat: „So, wos ist da jetzt? Wie weit sad's denn? Wos is mit Eich, Wieso is do kana? Na Eich werd' i hölf'n!"

Der Wachtmeister stand vor seiner Hütte, einem unfertigen Ziegelbau inmitten eines Hofes voll Morast und Erde, der früher eine Pferdekoppel gewesen war und auf zwei Seiten von einem Weidezaun aus Holz begrenzt war. Der Wachtmeister zog nun ein seltsam verformtes Teil aus geschmolzenem Kunststoff, aus dem zwei verschmorte Drähte baumelten, aus seiner Tasche. Es waren die Reste eines Mobiltelefons, ein Relikt aus einer vergangenen Epoche, vor der „Zeit der Finsternis", das nun nutzlos geworden war. Es gab keine Elektrizität, die den Betrieb solcher Geräte ermöglichen würde, und der Äther, über den die Übertragung von Radiowellen und Funksprüchen einst erfolgte, war schon lange verstummt. Er hielt das Gerät an seine Ohren, dann brüllte er wieder in das Plastikteil hinein, gab sinnlose Befehle an Menschen, die nur in seiner Phantasie am anderen Ende der nicht mehr vorhandenen Funkverbindung existierten: „Hallo! Wo sad's denn? Wieso möld't sich do kana??? Des is a Witz mit Eich! Kana orbeit' wos! Es Orschlöcher!" Der Wachtmeister schritt in Richtung des Tores, das schief in den Resten des Weidezaunes hing. Seine Jacke, die mit ihren goldenen Knöpfen an eine alte Uniform erinnerte und ihm seinen Spitznamen eingebracht hatte, glänzte in der Morgensonne. Bald würde wohl einer der Dorfältesten vorbeikommen und dem Wachtmeister etwas zu essen bringen und ihn zur Ruhe gemahnen. Nach Einnahme seines Kartoffelbreis würde der Wachtmeister sehr schnell müde werden und sich in seiner Hütte schlafen legen. Und dann würde er für einige Zeit die Dämonen seiner Vergangenheit, die ihn plagten, vergessen.

Hadrian schloss das Fenster und ging zu seiner Zimmertüre. Er vermied es, das Bild über seinem Bett anzusehen, um nicht an jene Dämonen erinnert zu werden, die ihn selbst manchmal in den Nächten plagten. Dann trat er vor die Tür. Es roch nach warmer Milch und Malzkaffee aus Zichorie und Eicheln, es war Frühstückszeit. Eine Ahnung von glücklicher Kindheit und Geborgenheit stieg in ihm hoch. Jack und Jones begrüßten ihn freudig. Auch sie schienen sich über das nun wärmere Wetter und die Sonne zu freuen. Hadrian beneidete sie um ihre Leichtigkeit des Seins. Noch einmal drehte er sich um und blickte sehnsuchtsvoll zu dem Bild. Es zeigte das blasse Gesicht einer Frau mit blonden Haaren, lediglich ihre Lippen leuchteten in unnatürlichem Rot. Hadrian wusste nichts von ihr, wer sie einst gewesen war, ja ob sie denn überhaupt je gelebt hatte. Er hatte dieses Bild in den Resten einer alten Zeitschrift entdeckt und es herausgerissen - ein Schriftzug beginnend mit „Marylin..." war undeutlich erkennbar -, in einen Rahmen gefügt, der sich in seiner Schatztruhe gefunden hatte, und befunden, dass möglicherweise seine Mutter so ausgesehen haben müsse. Die „Zeit der Finsternis" hatte lange gewährt, die Zeitrechnung war Hadrian – so wie allen anderen Dorfbewohnern – längst abhanden gekommen. Wie durch ein Wunder hatte die kleine Gemeinschaft die Stürme und die Kälte überwunden und fest zusammengehalten und so der „Zeit der Finsternis" getrotzt. Hadrian war in dieser Zeit herangewachsen und nun kein Kind mehr, die Erinnerung an seine Mutter war ebenso verblasst wie dieses Bild an der Wand, das in ihm nun zunehmend den Wunsch nach einer Gefährtin wachsen ließ. Hadrian wandte sich ab, doch an diesem Morgen war ein Entschluss in ihm gereift...

*

Die Welt des Hadrian liegt in einer nicht allzu fernen Zukunft und es ist eine Welt, die aus den Fugen geraten ist. Während eine Seite im Dunkel versunken ist, brennt eine unbarmherzige Sonne auf die andere herab, während hier Kälte regiert und alles Leben beinahe unmöglich macht, so herrscht dort Dürre, die kaum neues Leben entstehen lässt. Und während hier einzelne Grüppchen von Menschen in kleinen Weilern sich zusammentaten, um gemeinschaftlich dem Unbill der sie umgebenden Natur und marodierenden Banden von „Briganten" zu widerstehen, leben dort die Gejagten in den Reservaten ihrer Beherrscher: hohe Felsen auf der einen und ein Ozean, in dem tote Fische schwimmen, auf der anderen Seite machen ein Entkommen unmöglich. Ihre Beherrscher aber verfügen über Waffen, mit denen sie ihre Opfer jagen und erlegen und von deren Gehirnen sie sich ernähren. Ein Planet liegt in seinen letzten Zügen, doch die Hoffnung und der Mensch sterben zuletzt. Zusammenhalt, Erfindungsreichtum und Neugier lassen eine kleine Anzahl an Überlebenden dieser Apokalypse trotzen. Hadrian ist einer von ihnen. Er weiß nicht viel von der Welt um ihn herum, doch hat er von den „Briganten" und ihrer versunkenen Stadt gehört, die sich gar nicht weit von seinem Dorf einst befunden hat. Am Ufer des großen Flusses gelegen, der im Norden vorbeizog, hatte sich zu Beginn der „Zeit der Finsternis" ein Eisstoß ungeheuerlichen Ausmaßes gebildet und eine Masse aus Wasser, Eis und Gesteinsbrocken hatte alles unter sich begraben. Man erzählte, dass einige der Überlebenden dieser Katastrophe sich mit den Resten von Hab und Gut in höher gelegene Regionen gerettet hatten und über Annehmlichkeiten verfügten, die seinen Dorfbewohnern allesamt verwehrt waren, dass darüber aber auch Zwietracht und Streit unter den „Briganten" entstanden war und so viele von ihnen das umgebende Land durchstreunten und unsicher machten...

*

Hadrian dachte oft über die Erzählungen der alten Dorfbewohner nach und schon lange wälzte er den Plan, das Dorf und seine schützende Gemeinschaft zu verlassen und sich den „Briganten" anzuschließen. Er würde sich ihnen unterwerfen und das alles nur, um das eine Ziel zu erreichen, nämlich eine Gefährtin zu finden. Hier im Dorf war dies nicht möglich. Die Gleichaltrigen waren durchwegs männlicher Natur und ihr Vergnügen fanden sie darin, den Wachtmeister hin und wieder zu ärgern. Hadrian konnte dem nicht viel abgewinnen und bereitete sich still und heimlich vor. Und an diesem Tag nun war es so weit: In seiner Schatzkiste fand sich ein winziger Rucksack, er befüllte ihn mit gedörrten Früchten, Kartoffeln und einem Wasserbehälter. Er wusste um die Waghalsigkeit seines Unterfangens, er würde Kälte, Hunger und Durst verspüren, er würde möglicherweise gefährlichen Tieren begegnen und anderen Menschen, deren Verhalten er nicht einschätzen konnte. Der schwerste Moment für ihn kam, als er sich nach dem Frühstück, das er im Kreise seiner Hausgemeinschaft eingenommen hatte, von Jones, der Katze, verabschiedete. Er wusste, dass dieses Tier mit dem Haus und der umgebenden Landschaft verbunden war und ihm nicht folgen würde. Sehr wohl aber würde ihn Jack, der Hund, begleiten. Er folgte Hadrian aufs Wort und auf jeden Pfiff. Von den Menschen verabschiedete Hadrian sich nicht, wiewohl er wusste, dass er ihnen sein Überleben in der „Zeit der Finsternis" verdankte, aber sie würden ja doch nur versuchen, ihn zurückzuhalten. Mit jedem Jungen, der die Gemeinschaft verließ, schwand natürlich ihre Überlebenschance für eine weitere Zukunft, so viel war sicher. Doch für sich selbst sah Hadrian hier keine Zukunft mehr. Er pfiff nach Jack und verließ das Dorf in Richtung Süden, ging also der Sonne entgegen auf den Resten einer Landstraße, die ihn den Berg hinab führte. Er kam zu jener Stelle, wo die Straße sich in Kurven den Berg hinunter wand. Am Straßenrand befand sich ein verrostetes Wrack, die Reste eines Autos, das hier liegengeblieben war, als die „Zeit der Finsternis" hereingebrochen war. Es war von einem Gebüsch überwachsen und verströmte nach so langer Zeit immer noch einen merkwürdigen Geruch von Öl und Benzin. Ein Tal breitete sich vor Hadrian aus. Bis zu dieser Stelle war er schon öfter gekommen, wenn er mit den Leuten aus dem Dorf auf Nahrungssuche gegangen war, oder wenn versucht wurde, ein Tier zu erlegen.

Hadrian stieg weiter den Berg hinab, den Weg hatte er alsbald verloren, jetzt würde er auch sicher niemandem mehr aus seinem Dorf begegnen, ab nun betrat er Neuland. Jack, der ihm bis hierher widerspruchslos gefolgt und lustig mit dem Schwanz wedelnd hin- und hergelaufen war, blickte immer unsicherer um sich, manchmal auch sorgenvoll nach oben zum Himmel. Immer wieder blieb das Tier stehen, blickte zurück und knurrte leise, folgte Hadrian dann aber widerwillig. Bald waren sie im Tal angekommen und folgten dem Lauf eines Baches. An manchen Stellen war er von einer dünnen Eisschicht überzogen, dann plätscherte er wieder lustig über Kaskaden, wie überhaupt die Luft erfüllt war vom Erwachen der Natur, den Geräuschen des Wassers und des schmelzenden Schnees. „Frühling" war das Wort, nach dem Hadrian lange gesucht hatte und das ihm nun wieder einfiel. Hier in diesem Zauberwald war beides zugleich zu sehen: die letzten Spuren der „Zeit der Finsternis" und der beginnende Frühling. Hadrian fühlte sich wohl hier, Jack, sein treuer Gefährte, wohl weniger, und dazu kam die Gewissheit, dass es hier während der Nacht sehr kalt werden würde, Hadrian beschleunigte also seine Schritte, so gut es in diesem unwegsamen Gelände möglich war.

Ein Gedicht fiel ihm dabei ein:

Sonne scheint auf kahle Bäume, der Himmel blau wie Eis
Sonne spendet keine Wärme, täuscht nur vor es wäre heiß

Schon bald weitete sich das Tal, eine sanfte Hügellandschaft breitete sich vor Hadrian aus. Nachdem er eine große Wiesenfläche passiert hatte, stieß er wieder auf Spuren früherer Zivilisation wie Autowracks und Häuserruinen.

Die Sonne stand bereits im Zenit, als er eine seltsame Barriere überwinden musste. Sie bestand aus einem aufgeschütteten Damm aus Steinen, Resten von Stahl und verrosteten Drähten, die von Masten herabhingen, und Holzschwellen, die in regelmäßigen Abständen im Boden eingelassen waren und einen merkwürdigen Öl-Geruch verströmten. Es waren die Reste einer Bahntrasse, die nun teilweise von Gras überwachsen und unter Geröll verschüttet war. Hadrian folgte eine Zeitlang dem Damm nach Westen, ging der Sonne nach, doch war es ihm auf Dauer zu mühsam, sein Schrittmaß dem Abstand der Holzschwellen anzupassen. Schließlich stand Hadrian vor den Resten einer eingestürzten Brücke, hier hatte der Damm sein vorläufiges Ende gefunden, und Hadrian erschien es ratsam, den nun vor ihm liegenden Hügel hinauf zu steigen, auf der Suche nach einer Möglichkeit zu schlafen oder vielleicht sogar einer menschlichen Ansiedlung. Jack, hatte er zwischenzeitlich kurz getragen, dort wo Barrieren zu überwinden waren, war dies unumgänglich gewesen. Nun schritten die beiden unbeschwert auf einer gut befestigten Straße. Wie durch ein Wunder schien dieser Hügel völlig unversehrt die Stürme der „Zeit der Finsternis" überstanden zu haben. Große, freilich lange nicht gepflegte und wild verwachsene Gärten mit ehemals stolzen Villen, die längst nicht mehr bewohnt wurden, waren zu sehen. Schnee und Kälte hatten diesen Menschen ebenso den Garaus gemacht wie anderswo. Die Fensterscheiben waren zerborsten, die verbliebenen Öffnungen wirkten wie dunkle Höhlen, die Hadrian ein wenig Angst machten. Er wollte gar nicht wissen, was sich dahinter verbarg. Rasch stieg er weiter auf den Hügel, hatte bald dessen höchsten Punkt erreicht und schritt am Kamm entlang. Von hier bot sich ihm eine gute Fernsicht. Weiter im Norden wirkte der

Himmel bedrohlich und dunkel, eine gewaltige Wolkenmasse rollte von der Hochebene jenseits des großen Flusses heran, die sich wohl bald als Nebelschicht übers Land legen würde. Im Süden hingegen war der Himmel noch blau und unverhangen, und entlang der nächsten benachbarten Hügelkette schlängelte sich das breite Betonband der Autobahntrasse. Auch dort waren vereinzelt, wie wahllos hingestreute Punkte, die Reste von Autowracks zu sehen, Zeugen davon, dass hier Menschen auf der Flucht vor den Naturgewalten ihr unglückliches Ende gefunden hatten.

Langsam sank die Sonne. Hadrian begann zu überlegen, wo er einen sicheren Schlafplatz finden könnte. Die Reste eines Holzschuppens, der abseits der Straße stand, boten sich ihm an. Obstbäume standen neben der Straße, sie trugen kleine saure Äpfel, viele lagen auch auf dem Boden, gefroren in der „Zeit der Finsternis" und nun gerade wieder aufgetaut. Hadrian war erfreut über die unerwartete Mahlzeit, Jack konnte er dafür nicht begeistern. Hadrian ließ ihn davonlaufen, und schon bald kam dieser mit den Resten eines undefinierbaren toten Tieres im Maul von seinem Ausflug zurück. Unterdessen hatte sich Hadrian im hinteren Teil des Schuppens aus den Resten von Strohballen und Blättern eine provisorische Liegestatt gebastelt und erschöpft und müde schliefen die beiden Wanderer ein.

*

Am nächsten Tag zeigte sich die Welt Hadrian wieder verändert: Nebelschwaden zogen über die Landschaft und es war deutlich kühler. Er bereute es schon, seine gewohnte Umgebung verlassen zu haben, doch für eine Rückkehr war es zu spät. Erst jetzt bemerkte er nämlich, dass er sich in nächster Nähe einer von Menschen bewohnten Ansiedlung befand. In der hereinbrechenden Dunkelheit des Vorabends hatte er die Häuser auf der nahen Hügelkuppe nicht gesehen. Das leise Knurren von Jack war das erste, das Hadrian darauf hinwies, dass etwas in der Luft lag. Er beschloss, den Holzschuppen vorerst nicht zu verlassen. Der Geruch von Rauch, der von der Anhöhe herüberwehte, geriet an Hadrians Nase, darin vermengte sich eine Ahnung von Selchfleisch, etwas das in Hadrian Erinnerungen an eine frühere Zeit weckte, an Geborgenheit, Kindheit und ein Elternhaus – eine Küche, ein Herd und Köstlichkeiten aus der Hand der Mutter...

Eine Gestalt näherte sich dem Holzschuppen, in dem Hadrian sich versteckt hielt. Jack begann wieder zu knurren, doch diesmal machte er den fatalen Fehler, laut bellend auf die Gestalt zuzulaufen.

Agneta kannte die Gegend rund um ihre Ansiedlung sehr gut. Sie hatte die „Zeit der Finsternis" im Kreise ihrer Dorfgemeinschaft überlebt und auch sie stand nun an der Schwelle zum Erwachsen-Werden. Im Grunde genommen war sie eine kleine Erwachsene. Sie hatte gelernt, Eichhörnchen mit bloßen Händen zu fangen und über einem Feuer zu braten, und sie hatte gelernt die begehrlichen Blicke der alten Bauern mit den grauen Bärten zu ertragen und darüber hinwegzusehen. Sie wusste, dass sie die einzige Person in der Gemeinschaft war, die für den Fortbestand der Bevölkerung sorgen konnte. Die anderen Frauen waren alle viel zu alt. Alleine, die Männer gefielen ihr alle nicht sonderlich, außerdem waren viele davon weitläufig mit ihr verwandt...

Als der Hund bellend auf sie zulief, tat sie das, was ihr der Überlebensinstinkt riet, nämlich sich zu verteidigen. Sie fasste den Hund mit beiden Händen, hob ihn hoch und schleuderte ihn mit aller Wucht gegen einen Betonpfeiler, der zu den Resten des Holzschuppens gehörte. Das Tier wimmerte ganz kurz und blieb dann regungslos liegen. Stolz blickte sie sich um. Doch dann bemerkte sie, dass sie einen Zeugen für die Heldentat hatte, mit dem sie nicht gerechnet hatte: Sie sah Hadrian, der starr vor Schreck die Szene beobachtet hatte.

Agneta warf sich wild auf ihn. Er verspürte ein bisher unbekanntes Gefühl in seinen Lenden, das ihn kurz in Besinnungslosigkeit stürzte. Nach einem kurzen Ritt auf dem am Boden liegenden Hadrian lief Agneta mit triumphierendem Geheul aus dem Schuppen und zurück zu ihren Leuten. Sie deutete dabei auf ihren Bauch. Hadrian hatte für den Fortbestand der Dorfgemeinschaft gesorgt ohne es zu wollen. Er war verwirrt. Tränen der Trauer um Jack kullerten über seine Wangen während in der Dorfgemeinschaft ein Freudenfest vorbereitet wurde.

Epilog

Hadrian blickte melancholisch über die Hochfläche, die sich vor ihm in der Abendsonne ausbreitete, deren Strahlen ihren Weg durch die Nebelschicht gefunden hatten und diese rot färbten. In weiter Ferne glaubte er den Wachtmeister zu erkennen, der über eine Wiese ging und immer wieder den Kopf ruckartig verrenkte, dabei jedoch sein Gebiss nicht öffnen konnte, weil die Burschen ihm ein Kaubonbon mit Gips verabreicht hatten. Er stieß seltsame Laute aus, Speichel triefte aus seinen Mundwinkeln...

Welch' absurde Vorstellung – das hier war nicht „sein" Dorf, oder konnte er, der Weitgereiste, plötzlich weiter sehen als andere, Dinge sehen, die diese nicht sahen? Hatte er „das zweite Gesicht"? „Sein" Dorf würde vielleicht ebenso weiterbestehen wie dieses hier. Die Leute würden ihre Gebete für eine gute Ernte verrichten und für den Fortbestand und neues junges Leben, sie würden beten vor der versteinerten Büste des Wachtmeisters, der sein Gebiss nicht mehr öffnen konnte. Hadrian begann bei dieser Vorstellung zu lachen, es war ein befreiendes Lachen, doch währte die Befreiung nicht lange. Er schwankte zwischen der Trauer um seinen Hund und der Sehnsucht nach Agnetas Schoß. Sie hatte nur entfernte Ähnlichkeit mit dem Foto dieser Marylin über dem Bett in seiner alten Stube, dennoch hatte sie seinen Körper und sein Herz verzaubert.

Ob ihm je eine Dorfgemeinschaft eine neue Heimat sein könnte, oder ob er weiter auf die Suche gehen sollte – er wusste es nicht. Hadrian begann zu laufen.

...er würde weiterlaufen bis ans Ende seiner Welt und seiner Zeit - ja er war verdammt dazu, einfach immer weiter zu gehen und niemals zu verweilen. Er würde an eine steile Küste gelangen und tote Fische im Wasser sehen und er würde feststellen, dass dieses Wasser in der Nacht grün leuchtete. Ihm würde aufgrund seines „zweiten Gesichts" gewiss werden, dass jenseits des Wassers auf einem fernen Kontinent Menschen einander jagten und töteten und ihre Gehirne aßen, und er würde rasch umkehren und weglaufen und schließlich auf einer Anhöhe vor einem Abgrund stehen, das weite Land vor sich betrachten und sich frei fühlen, fast so als könne er fliegen: er würde sich hinlegen und sein Haupt in eine Wiese betten, inmitten einer diffusen Unendlichkeit aus Grün und Blau. Gräser würden im sanften Wind schaukeln und er würde meinen, im Paradies zu sein.

Im Gedenken an Jack und Jones, die reduzierten Gedanken aus der Sicht eines Tieres (man verzeihe mir diese Anmaßung, ist doch der Mensch im Vergleich zum Tier eine wertlose Kreatur, da er nichts Besseres zu tun hatte, als allen anderen Lebewesen mit ihren angestammten Rechten den Lebensraum zu zerstören):

Ich will nichts, bin allein auf weiter Erde

Wo bist Du, Freund?

Friede mit allen -

Schlafen